忘生阁

贰

玲珑心

海的温度 著

◆

引子

（一）

秋风萧瑟，枯叶飘零。洛阳城外邙岭一片肃杀之象，干枯的树枝不时在风中折断，发出清脆的咔嚓声。

樵夫老魏头喜滋滋地将打好的柴一条条码好，用绳子捆紧。

这是一处小山坳，不知何时长满了高高低低的灌木，夏天时候荫翳蔽日，常有瘴气出没，所以不常有人来，如今秋高气爽，瘴气散去，正是打柴的好时候。自从前几年被老魏头寻摸到这么一处好地方，一家人整冬的柴火都不用愁了。这里柴多而干净，全是各种手臂粗的硬柴，比前山打的干草、桐木等耐烧多了。

这处山坳并不平坦，低洼处像是个半月牙，靠近山体那侧，有个被埋了一半的圆形土台，生生比这边高了丈余，上面长满了黑黢黢的槐树。老魏头先将低洼处落地的木柴归集在一起，见土台上几棵槐树树枝干枯垂落，便往土台上爬去。

土台上一层厚厚的落叶，踩在上面咯吱咯吱响。老魏头深一脚浅一脚朝正中那棵最粗大的树木走去，不料脚下一滑，一屁股坐在了地上。

幸亏落叶松软，脚倒没有受伤，不过年纪大了，这么一墩，还是有些吃不消。老魏头按住旁边一块花斑石头，准备站起来。

手上刚刚用力，花斑石头突然一动。老魏头一看，顿时吓了一跳。原来是一条扁担长的青花水蛇，脑袋上长满乌青的鳞甲，正慢慢移动。

老魏头久处山林，经验丰富，情知此季节正是蛇类冬眠之时，活力不足，只要不去惹它便没事，忙悄悄挪动身体，手脚并用，爬到旁边一棵大树上。

青花水蛇蠕动了一番，慢慢抬起头来，接着开始扭动，脑袋或一探一探，或在盘起的腰身中穿插，同时灵活地摇摆尾部，如同跳舞一般，极富有韵律性，而身下的落叶纷纷被卷起，环绕着水蛇纷飞。

老魏头还是第一次见如此异事，不由大感惊奇，探身往落叶圈中观看，一时忘了脚下，咔嚓一下踩断了树枝。

青花水蛇瞬间固化，保持着昂头跳舞的姿势一动不动，一双烟雾蓝的眼睛紧紧地盯着老魏头。老魏头吓得屁滚尿流，跪在树杈上祷告起来："蛇爷爷饶命，小的不是故意要惊扰您……"

水蛇似乎听懂了他的祷告，慢慢调转了头。

——蛇头后面，分明还长着一颗人头，五官齐全，双眼微闭。老魏头身子一抖，"啊"的一声从树上掉了下来，已经滑入落叶的水蛇箭一般折回，刚好驮在老魏头身下。

老魏头毫发无损，呆坐在地上，过了良久才回过神来，而那条水蛇早已不见踪影。老魏头匍匐在地上，战战兢兢地磕起了头："多谢蛇爷爷搭救……"

（二）

敦厚坊中，一家挨着一家的商铺正开门迎客，喧闹之中透着几分安逸，唯独一个挂着"忘尘阁"招牌的店铺，房门虚掩，冷冷清清，几个上门的客人见状，纷纷摇头离开。

其实店铺里并非没人，伙计胖头正站院内掌柜的门前，一脸焦急，顾不上招呼店里的生意。

房间里有一些异动，似乎什么东西在翻滚、挣扎、撕扯，还伴随着压抑的低吼。胖头将耳朵贴在房门上，小心翼翼地叫道："老大，你好些了没？"

床上一条于臂粗的青花水蛇，正拱着身子左右摆动摇摆，身体摔打在墙壁上发出啪啪的声音，同时尾巴紧紧缠住床腿，鼻子用力地在桌角的棱角上蹭。

胖头急了，将门拍得山响："你是不是不舒服？我去请郎中来吧？"

左侧脸颊的一块旧皮终于脱落。水蛇几近虚脱，直挺挺躺在床上，努力想要做出回应，但发出的却是若有若无的嘶嘶声。

胖头跳脚叫道："老大，你到底在不在？我买你最喜欢的烧鸡，你要再不出门，我就吃完了啊。”在另一个房里养病的老伙计汪三财忍无可忍，披着外衣出来，抚着胸口叹道：“几天不下床不出门，还有个做掌柜的样子么？！”

胖头讪讪地解释道：“老大他不舒服。”

汪三财一连咳了好几声，勉强道：“算了，还是我拼了老命来。”说着摇头叹气，慢吞吞去了前堂。

水蛇翻了一个身，将身子盘起，高高扬起脑袋，疯狂甩动，已经褪下的长长蛇蜕水袖一样在空中舞动，只听轻微的“刺啦”一声，右边脸颊和鼻子上仅存的旧皮被扯了下来，露出细腻的新生纹理和灵巧精致的鼻子。

水蛇软塌塌地俯在床上，勾着脑袋，有气无力地盯着自己胸腹部那些骷髅状的墨绿色斑点。一盏茶工夫过去，新换的外皮颜色柔和了些，水蛇缓缓盘起，脑袋迎着从窗口缝隙里钻入的凉风，一动不动。

胖头忙过一阵，又回到房门口。侧耳细听，房里声息全无，肥脸上顿时显出不安的神气，嘴里叫道：“我撞门了啊！”用尽全力朝房门撞了过去。

门刚巧开了，胖头收不住势头，扑倒在屋内地面上，摔了个结结实实。

掌柜公蛎穿着一件崭新的长袍，懒洋洋地靠在门后，道：“睡个懒觉，都不让人安稳。”

胖头飞快爬起来，噏着下嘴唇，欣喜道：“吓死我了，这些天都不出门，我还以为你病了呢。”

公蛎的脚步有些浮，慢慢扶着桌子走到床前重新躺下，道：“我没事，只是天冷了不想动。”

胖头用手扇着鼻子，道：“屋子里一股子烂树叶的味道……今天天气不错，还是出去晒晒太阳好些。”盯着公蛎的眼睛，忽然道：“真没病？我怎么看着觉得哪里不对劲儿呢？”伸手去摸他的额头，被公蛎一把打开。

公蛎不耐烦道：“我说没事便没事。出去，别影响我睡觉。”

胖头突然张大了嘴巴，伸出手在公蛎眼前晃了又晃，迟疑道：“你的眼睛……眼睛好像有点问题。”转身拿了桌子上的铜镜，道：“你自己看。”

镜子中，公蛎黑色的瞳孔不知何时成了烟雾蓝色，但蓝色之下，又隐隐透出一圈暗红，而且因为多日未睡好，眼白布满血丝，看起来就像害了眼疾。

公蛎猛地眨了眨眼，觉得视力正常，又拉开衣服查看胸口的鬼面藓，按了几

按，发现并未加重，便知这是蜕皮之后的正常反应，遂放了心，白了胖头一眼，道："少见多怪。"

一瞥之下，目光穿透胖头厚厚的袍服，似乎看到下面藏着一把红彤彤的小刀，但定睛再看，却只看到胖头粗壮的腰身和粗糙的衣服了。

公蛎道："你腰里别着什么东西？"

胖头低头看了看，茫然道："没什么。"忽然想起来什么，往腰里一摸，压低声音喜滋滋道："这个这个，十分好用……我寻了来，财叔还不让拿，我偷偷藏起来的。看着是木头，锋利得很呢。"

瞧这个胖头，连个囫囵话都说不齐整。

公蛎接过来一看，原来是一柄袖珍小小木剑，不过半尺来长，一条似蛇似龙的怪兽盘踞其上，有爪无角，表情凶恶，雕工简单古朴却极为生动；兽身为柄，喷出的火焰则为刀刃。整把小剑黑黝黝的，底色微微有些暗红油光泛出，木质坚硬细腻，入手沉甸甸的，若不是上面的纹路，看起来不像木头，倒像是铁铸的一般。

公蛎对刀啊剑啊之类的没有兴趣，丢给胖头道："滚，我要睡了。"

胖头傻笑道："你没事就好，我这就滚。"心满意足地出了房间，并小心地将房门关好。

公蛎瞬间瘫作一团，重新变回一条水蛇，软绵绵地躺在了床上。

壹

避水珠

（一）

　　这几日算是初冬十分少见的好天气，暖阳高挂，云淡风轻，配上袅袅升起的炊烟和隐约走街串巷的叫卖声，整个洛阳城，从内而外透着一种懒洋洋的安详。

　　忘尘阁的掌柜公蛎，站在院中，伸了一个大大的懒腰。胖头见状，大肥脸笑得像株开得过于灿烂的向日葵："老大，你没事了？"

　　公蛎已经在屋里躺了半个月，说他病了吧，死活不让请郎中，说他没病吧，又总是打滚翻腾，低声哀号呻吟，听起来一副痛苦至死的样子，而且不管胖头怎么哀求，他都不许胖头近前，只要每天一只烧鸡，让胖头晚上摸黑放在窗台上。

　　公蛎昂首挺胸，对着金色的阳光，长长地吐出了一口浊气，顿觉神清气爽。

　　汪三财听到动静，从前堂探出头来，看了看公蛎，重新缩回脑袋，小声嘟囔道："一天一只鸡，能有什么事？"

　　胖头就像街头那只肥胖的大肉狗，撒着欢儿绕着他转了两圈，傻笑道："老大，你的样子，好像变了些。"

　　公蛎道："哪里？"

　　胖头咯吱咯吱啃着手指甲，一脸谄媚道："不知道，反正眼睛鼻子看起来舒服了些。"

　　公蛎一把将他手指打落，接着飞快地拿出一柄铜镜，眯眼，皱眉，微笑，凝重，摆出各种表情。

　　可是眉眼同以往比并没有什么不同，不过因为刚蜕了皮，皮肤白了些，而且今天刚换了件洒金镶边藏青袍服，感觉还不错。

　　公蛎对着镜子左看右看，悻悻道："毕岸那家伙呢？"

汪三财接腔道："毕掌柜有正事要忙。如今大好时节，不冷不热，哪能窝在家里。"言下之意，嫌弃公蛎偷懒。

公蛎自知理亏，和胖头同装未听到。

一股青苹果的味道飘来，公蛎忽然开心起来，大声道："小妖姑娘来啦？"

胖头探头一看，道："没有啊。"

话音未落，隔壁流云飞渡的小丫头小妖，蹦蹦跳跳地走了进来，脆生生叫道："财叔，能不能借秤给我一用？"一看到公蛎，歪头打量了一番，一本正经道："哇，龙掌柜，今天满月了？"她穿着一件苹果绿的小夹袄，下面是镶边草绿府绸裤子，一双同色绣花鞋，脚尖上缀着一朵葱绿的绒花，在枯叶纷飞的初冬时分，显得格外清新。

公蛎乐滋滋道："什么满月了？"

小妖嘻嘻笑道："你不是坐月子吗？天天窝在房间里，听说吃饭都不出门。哟，门上还挂个红绫！给我瞧瞧，你生了一个什么样的宝宝？"

公蛎回头一看，可不是，门框上果然挂了一条红绫，也不知是谁挂的，自己也忍不住笑，但看到胖头笑，却瞪了他一眼，上去一把将红绫扯了下来，嬉皮笑脸道："我倒是想生个娃儿，可是也要找人生才行呀，你先帮我找个娘子好了，要不……"

小妖啐道："呸，还掌柜呢，也没个正经。"

公蛎不敢太过造次，忙正色道："我这是闭关修炼呢。"

小妖道："那你说给我听听，闭关这么久，都修炼什么了？"

公蛎故作深沉，拈指而笑。小妖歪着脑袋道："我看财叔说的不错，你就是又懒又馋。"

胖头正要替公蛎辩解，小妖接着咯咯一笑，拍手道："哈哈，同我一样。可惜我们姑娘不如毕公子好骗，我每次偷懒装病都被她发现。"

公蛎正巴不得把话题往苏媚身上引，忙谄媚道："你家姑娘冰雪聪明，什么能瞒得过她？——好些天没见她了，她在不在家？"

小妖小嘴一瘪，道："我就知道你惦记着我家姑娘。我跟你说啊，我家姑娘不喜欢你这类型的。"她一边说一边摇头晃脑的，十分可爱。

公蛎心事早就被她看透，也不以为意，腆着脸道："我不过是关心邻居而已。"

小妖道："别怪我没提醒你。"说着拉着胖头，半是撒娇半是哀求道："胖头哥哥，我家秤杆早上被我跌断了，姑娘要是知道了肯定要骂我。今天店里生意好，只留小花一人看店我不放心，老借用你家的也不方便。你能不能等下去陈家量器店里帮我买套新的来？"胖头脸红扑扑的，鸡啄米似的点头。

公蛎追问道："你家姑娘去哪里了？"从上次柳大一事之后，他闭关蜕皮，再也没见过苏媚。

小妖撅嘴道："我也不知道。她这些日天天在外面跑。我担心得不得了。"

公蛎转念一想，毕岸也不在家，说不定两人一起去哪里快活了，心里顿觉不爽，酸溜溜道："你家姑娘本事大着呢，自然有人替他卖命。你担心什么？"

小妖眉毛一扬，道："最讨厌你这样子！"拿了秤砣秤盘就走。

胖头跟在小妖身后走了几步，好不容易才憋出一句："我这就去买。"

小妖甜甜回道："谢谢胖头哥哥，等我月钱发了还你！"

胖头每次一见到小妖，便面红耳赤说不出话来。公蛎早看在眼里，挤眉弄眼道："你莫不是看上这个小丫头了？"

胖头看着小妖走去的方向，愣了良久，才闷闷地道："我妹妹若是还在，也像她这么大了。"

关于胖头的妹妹，公蛎以前曾听他提起过，不过他对胖头的事情从不上心，所以不甚在意。今日心情不错，便随口问道："你妹妹，当时怎么送了人？"

胖头的眼闪了两下，低下头，躲避着公蛎的目光："家里欠了别人的钱，养不起这么多孩子，就把妹妹送出去了。"接着道："妹妹送出去的时候才七岁，如今应该同小妖差不多大。"

公蛎仗义地拍了拍胖头的肩膀，信口扯道："没事，等我有空了帮你找妹妹。"

胖头眼睛一亮，惊喜道："真的？"

公蛎看胖头认了真，心想洛阳城这么大，又过了这么多年，谁知道那小丫头还在不在世上，忙蹙起眉头，装出一副体贴的样子，分析道："当年挑选好人家送了去，家里条件定然是不错的。如今人家过得好好的，你去打扰了好不好呢？她的养父母也不一定愿意你认。"

公蛎另一个要表达的意思是，带着胖头一个拖油瓶就好了，要是再找到他的妹妹，岂不是又要多养活一个人？

胖头撮着嘴唇，一副要哭的样子。

公蛎心软了，道："好了好了，等我再恢复两日，我就带你去找找看。"

（二）

胖头去买秤，公蛎本觉得自己身为掌柜受一个小丫头指使有点不合身份，但在家里又无聊，便一起出了门。

街坊们见到公蛎，纷纷打招呼。裁缝铺的杨珠儿，细细地打量了公蛎的脸，说道："龙哥哥好！脸色苍白了些，我中午做些红豆粥，你过来喝。"开茶馆的李婆婆本正气急败坏地骂街口那个打烂了她茶盅的小男孩王宝，看到公蛎便大声戏谑道："哟，龙掌柜出月子了？"难怪小妖会开同样的玩笑，都是这个尖酸刻薄的李婆婆乱嚼舌头根儿。

不过李婆婆接下来的一句话让公蛎顿时心情大好："多日不见，龙掌柜长得是越来越周正了！"

未等公蛎搭话，李婆婆对着从流云飞渡走出来的一群年轻女子招起了手："姑娘们来歇歇脚吧，婆婆这里有上好的云绿茶，要不要尝尝？"

女孩子们只扭头看了看，继续嘻嘻哈哈笑闹着走开，留下满街的香味。李婆婆不满地敲了敲茶壶，鄙夷道："瞧瞧如今的小丫头，成什么样儿！"说着朝对面正在做活计的杨珠儿瞪了一眼。

王宝不知从哪里猛地冲出来，抓了一把胡豆，一边跑一边往嘴巴里塞。李婆婆拎着茶壶追赶不上，便扯着嗓子叫他爹王二狗"出来管管"。

脂粉香、茶香、饭菜香，以及店铺中古旧家具的气味，连同街上的说笑声、喧闹声，混杂着形成一股浓郁的市井味道，看似杂乱，却井井有条，让人不由自主从心底氤氲出一种暖洋洋来。

公蛎一路嗅着美人儿留下的馨香，装作随意道："我记得半月前，门口有一群女人走过，你说很美。那些女人哪来的，长什么样儿？"

胖头早不记得了，傻呵呵道："隔壁流云飞渡的胭脂水粉大减价，天天都有美人儿来买呢。你说的是哪一拨？"

公蛎心里揪了一下，道："你好好想想，就是那次……"

正说着，忽然有人从后面疾步跑来，在公蛎的腰间一撞；一低头，腰间的螭吻珮已经不见。

公蛎虽然平时懒散，但对付一两个小毛贼自然不在话下，几步窜上，一把抓住了前面装作若无其事的小乞丐，闪电一般从小乞丐怀里扯出自己的玉佩，冷笑道："爷我在道上混的时候，你小子还吃屎呢。"

小乞丐不过八九岁，大眼骨碌，十分机灵，大大方方看着公蛎，躬身道："老叔有何贵干？"

胖头却没反应过来，还小心地扶住小乞丐："慢点跑！"

公蛎手上用力，冷笑道："小小年纪不学好，偷人东西！"

不料这小乞丐极为狡诈，闭口不提偷窃公蛎玉佩之事，只是拼命扭动挣扎，大声哭叫："我问你讨东西你不给就算了，也不能诬赖我。"一边说还一边求救："恶霸欺负小要饭的了！救命！"

街上行人众多，纷纷侧目，在旁人看来，确实是公蛎一个大男人欺负一个小娃娃。连胖头都劝他："老大你这是做什么，他一个小娃娃家能撞得多疼？……"

这原是街头小骗子被抓后的常用伎俩，公蛎本来懒得同他计较，偏偏这小乞丐作死，眼泪像断了线的珠子，演得极真，还故意借着挣扎将鼻涕眼泪糊在公蛎的新衣服上，顿时激起了公蛎的邪恶之心。

只见公蛎将胖头拨到一边，挥手给了小乞丐一巴掌，力道不大不小，刚好拉脱他的下巴，让他说不出话，然后眉头紧皱，大声呵斥道："你这孩子，你娘快死了，你知不知道？救命钱你都敢偷？小小年纪不学好，满嘴里没一句实话！"说着自己挤出几滴泪来，呵斥他不听话，让爹娘操心。

小乞丐气得手脚乱舞。公蛎根本不让他有反驳之机，痛心疾首对围观者道："我是他家叔叔，住在城东，奉他爹娘之命来找他多日了。他娘病重，他爹把家里的老耕牛都给卖了，没想到他不学好，竟然偷了救命钱出来玩。"

众人纷纷指责小乞丐。

公蛎红着眼圈，脸上一副恨铁不成钢的样子，嘴里道："我这就送你回去，看你爹不打断你的腿！"提起小乞丐的腰带就走。

街上自然也无人阻挡。胖头一脸惊喜地跟在后面，不住道："老大你原来还有这么个侄子，我怎么从来没听你说过？"

公蛎嗤之以鼻："蠢货！"提着小乞丐径直走到街角无人处，一把将他丢在了地上，端起下巴一拉一提，将错位的下巴恢复原位。

小乞丐老实了许多，胆怯地看着他，再也不敢胡言乱语。公蛎朝他屁股上踹了一脚，恨恨道："小小年纪比你老子还坏！"

胖头又开始犯傻，连声追问："你认识他老子？"

公蛎不耐烦道："老子就是我！"胖头挠头道："你不是没成亲吗？什么时候有这么大儿子？这不是你侄儿吗？都被你绕晕了！"

公蛎懒得理他，转向小乞丐喝道："说，你还偷了什么？"

小乞丐可怜兮兮求饶："老叔我错了，我今天是第一次偷东西，以后再也不敢了，求你放我一马。"

胖头心软，劝道："要不就算了，也没丢什么东西。"

公蛎见小乞丐胸前鼓鼓囊囊，似乎藏着什么东西，凝神观看，小乞丐狡黠的很，猛然起身，转身逃窜。

公蛎出手更快，一把朝他胸前抓去。小乞丐身形瘦小，头一低钻过公蛎臂弯下。公蛎只抓住他衣襟里垂下的一条带结，扯出个半旧的红缎荷包来。

小乞丐迟疑了一下，终究还是没敢回来要。

公蛎任由小乞丐逃走，捏着荷包大喜道："发财了！"

这个荷包做工十分精致，掂在手中沉甸甸的。打开一看，里面却没有银钱，只有一块环半形的玉珏。玉质老厚，带着暗红的沁色，上面雕刻着一个无角的龙头，张着大嘴巴，看样子，似乎口里还衔着什么东西，只是缺失了；周围布满了奇怪的花纹，两端还有卡槽，好像只是半边。

公蛎翻来覆去看了又看，也瞧不出这块玉珏到底价值几何。胖头接过来，学着注三财的样子，舔了一下，道："苦的！"又装模作样嗅了嗅，道："有些腥味。"

一般有腥苦味的，多是些劣质杂玉，不值几个钱，不过聊胜于无，碰上不识货的骗几个钱还是可能的。公蛎一把夺过，重新放回荷包："别让你唾沫给污了。"

经这么个小插曲，白得一块玉珏，公蛎心情不错，意气风发地闲逛去了。

回到忘尘阁，生意正好，胖头忙上去帮忙，招呼客人、填写当票，公蛎一看，当物全是些寻常的衣服首饰，客人不是腰身粗壮的农妇，便是佝偻粗鄙的男人，顿时没了兴趣，找了个借口回房睡觉去了。

及至傍晚，公蛎才起了床。胖头已经做好了饭端上来，却只有一盆清炒萝卜和几个冷烧饼。公蛎馋虫拱动，极力暗示胖头再去买一只烧鸡来，一连递了好几个眼色，胖头皆咬唇不动。

公蛎忍不住捅了他一拳，低声道："今日生意多好，还不该去买只烧鸡庆贺一下？"

胖头嗫嚅道："钱……花完了。"

公蛎上去摸他的口袋道："你的钱呢？"胖头在北市购进了些小玩意儿在铺头里卖，前一阵子毕岸坐阵时生意还是很不错的。

胖头将整个口袋翻了过来，小声道："都给你买了烧鸡了。加上今日花费的，只剩下这三文。"

汪三财早看到两人嘀嘀咕咕，忍不住道："过日子要细水长流，所谓开源节流，生意再好也得勤俭节约。毕掌柜将店交给我，我总要给他个交待，哪能赚一点小钱，当天就挥霍完？"

胖头不敢犟嘴，唯有点头赔笑。公蛎懒得理汪三财，不耐烦地推搡胖头道："瞧你做的这猪食，贱嗖嗖的，能吃吗？去，给我买只烧鸡来！"

汪三财啪的一声将筷子拍在了桌子上，压住气道："食物无贵贱之分。若龙掌柜嫌弃做得不好，下次亲自下厨，也让我们尝尝您高贵的手艺。"

胖头夹在中间手足无措，忙两头劝："财叔，是我手艺太差——老大，我真没钱了啊！"公蛎一饿便容易发火，再说他本来只是抱怨两句，已经坐在桌子旁拿起了筷子，听到汪三财挤兑他不下厨，板起了脸喝道："到底我是掌柜还是你是掌柜？"

汪三财也怒了，山羊胡子气得一抖一抖的："你还知道自己是掌柜？除了吃和睡，你还做过什么？要不是毕掌柜好说话收留你，谁知道你还在哪里胡混呢！"

公蛎被人揭了老底，恼羞成怒，跳起来叫道："当初还不是你们求着我做这个掌柜，老子还不乐意呢！这么个鬼地方，你当老子愿意待？"怒气冲冲拂袖而去。

（三）

公蛎一走出忘尘阁，心里便开始后悔。自己才是掌柜，要走也是汪三财这个老家伙走，可要就此回去，脸上又挂不住，只有顺着街道游荡。

不知不觉晃到北市。如今天气渐冷，除了酒楼茶肆和烟花柳巷，大多店铺已经关门打烊。公蛎身无分文，只有对着飘来的酒肉香味和纸醉金迷的喧闹流口水的份儿，漫无目的地在怡华楼、闲情阁等门前闲逛了片刻，只好怏怏不乐地离开。

天色越来越暗，寒风乍起。公蛎暗骂胖头，见自己冲出来竟然不追着拦着。一路徘徊，慢慢往回走，来到北市西北的土地庙。

这里同敦厚坊隔河相望，左侧有个土地庙，右侧一个财神庙，中间还有些低矮的土房，供奉着不知名的神鬼，前后种满了大大小小的松柏，夏时常有闲散人等在此聊天下棋乘凉。白天还好，一到晚上，一明一暗的香火映照着残缺不全的神像，偶尔还夹杂着偷偷找神倾诉或祷告的信徒的呢喃声音，看起来便有几分阴森。后面是一大片低矮的民居，布局凌乱，如同迷宫，乱七八糟住着一些卖艺杂耍、做小生意、打短工和做手工的，也有一些乞丐长期盘踞于此，不过治安倒好，从未听说此处犯过什么案子。

一阵寒风吹来，公蛎不由得缩了缩肩，寻思要不在这附近找个避风的地方凑合一下，待到明日先去找毕岸告汪三财一状，然后再做打算。左右一打量，见财神庙后有一个大磨盘，磨盘下有个土洞，又背风又暖和，遂摇身化为原形，刚好窝在土洞里，甚是舒服。

可惜肚子饿，难以入睡。正辗转反侧，忽见对面大院门开了一条缝，闪出个鬼鬼祟祟的黑影来。

原来是个十一二岁的文弱少年，穿着一件半旧的麻衫，踮起脚尖引颈张望，并笼手学起了猫叫，似在等人。

土地庙的阴影中也传来了猫的叫声，一呼一应。过了片刻，一团小黑影慢慢溜到了磨盘处，刚好对着公蛎躲藏的洞口。

来的是个小些的孩子，猫着身子朝对面的少年招手，小声叫道："阿牛！这里！"公蛎一下便听出来，是今日偷自己玉佩的小乞丐，但左脸红肿，眼角乌青，似被人打过。

叫阿牛的少年十分警惕，一边继续学着猫叫，一边快步来到磨盘后面，道："东西到手了没？"

小乞丐点点头，道："到手了。"声音稚嫩，口气却老到得很。

阿牛伸出手来，道："赶紧给我。"

小乞丐苦着脸道："今天那人难搞得很，我足足跟了他半日才得手，结果……"他哼哼了几下，恼火道："我刚得了手，又看见一个人的玉佩不错，就顺了过来，谁知道那个恶棍，比我还无赖。"

公蛎摸了摸自己的螭吻珮，猜他口里的"恶棍"便是自己，得意地想，老子长期混码头的，还能栽在你一个小鱼虾手里？

阿牛急道："然后呢？"

小乞丐闷闷道："他抓到我，把刚得手的那东西也偷了去。"

公蛎想，老子哪里是偷，明明是你自己掉出来的。

阿牛急得跺脚："这可坏了！你不是自吹聪明吗，偷鸡不成蚀把米！"

小乞丐恨恨道："今日运气可真差。傍晚开工又被人发现，打了我一顿。"

阿牛幸灾乐祸道："活该，我爷爷说，你这样做事，早晚被抓。"

小乞丐的脸顿时板了起来，一副气恼的样子。

阿牛道："好了，我说错了。还有那么多小伙伴要吃饭，你不做这个能做什么？"

小乞丐嘟嘴使气，背过身去。

阿牛满脸焦急，半晌才道："这可怎么办？你抓紧点，爷爷急着要呢。哦，玲珑姐姐可等不及了。"

小乞丐绞着手指，垂头丧气道："我明日四处转转，再去找找看。给玲珑姐姐的药呢？"

阿牛踌躇起来，埋怨道："小武，我们说好今晚见面一手交钱一手交货，你的东西没拿来，我这个怎么给你？"

小乞丐小武仰起脸，哀求道："你先把药给我。我想让玲珑姐姐快点好。那个东西，我一定尽力再找。"

阿牛哼了一声，半是鄙夷半是泛酸道："哼，你还想着玲珑姐姐嫁给你？玲珑才不会嫁给一个小乞丐小盗贼呢。"

小武胀红了脸，道："不要你管！玲珑姐姐说了，等我长大，她就嫁给我。"

阿牛嫉妒道："才不会呢。玲珑姐姐骗你的。她最喜欢我。"

小武气鼓鼓瞪着阿牛，好久才憋出一句话来："不会！她说过喜欢我！"

公蛎听着两个孩童一本正经地为一个女子争风吃醋，差点儿笑出声来。

阿牛无言以对，悻悻道："我爷爷说，凡是漂亮的女人都是蛇蝎心肠。还说，玲珑可不像表面看着那么简单，要我不要去找你们玩。"

小武大声道："你胡说！"阿牛一把拉住，惊惧道："这么大声，你不要命啦？"

小武收低了声音，生气道："你到底给不给？"

阿牛不情愿地从怀里掏出一个东西塞给他，道："这个便是。分三次，每次一碗水煎成半碗水，连药渣一起吃了，马上便好了。"

小武欣喜异常，跳跃起来道："真的这么有效？"

阿牛一把拉住，低声道："嘘！小心人听见。我爷爷的本事，你是见过的，还不信？"

小武将药包放在鼻子下闻。阿牛嘱咐道："不过我爷爷说，他早年曾发过誓，不能再给人瞧病抓药，所以这药，你千万不能告诉任何人说是爷爷抓的，连玲珑姐姐也不能告诉。"

小武用力地点头，小心翼翼的将荷包贴在胸口，歪头想了想，道："你今日让我偷的那个东西，有什么用？"

阿牛道："那就是块普通的玉珏，不过年代久些。我爷爷最爱收藏这些古玉。"

小武不再多问，欢天喜地地摇手同阿牛告别，走了几步，又回头恳求道："你可不要让人知道我同你见面的事儿，三爷不让我私下与人玩儿，他会打断我的腿的。"

阿牛点头道："放心，我知道。不过你这几日要尽快查找，一定要把那东西拿来给我，否则玲珑姐姐的病我就不让爷爷管了。"

小武蹑手蹑脚回去了。

公蛎本来也睡不着，听小武一口一个"玲珑姐姐"叫得甚是亲热，似乎是个妙龄少女，而且身患重病，不由动了心思，等阿牛回家之后，便追着小武去的方向跟了过去。

这是一个大杂院，同阿牛的家隔了两三户，屋檐低小，大门破旧，公蛎毫不费力便从墙壁的缝隙中溜了进去。

这破大杂院，倒也风雅，中间一条窄窄的甬路，两旁分别种着五行花草，但却是粗刺刺的荆棘，叶子落尽，只剩下满身的刺；之后是两间上房，旁边还有几间破败的草屋。公蛎见紧邻上房的草屋有灯光，便盘踞在窗台上向里面偷看。

原来是个乞儿集聚地。六七个小乞丐吭吭唧唧挤在一起，围着一个盆子抢东西吃。除了刚才见到的小乞丐小武，剩下的大多身有残疾，其中几个孩子身体扭曲得厉害，一个脚掌外翻，完全不能站立，只能在屁股上绑一个稻草坐垫，以手按地一步一挪；一个双腿自膝盖之下齐齐折断，就这么以仅存的断腿站在地上，生生矮了一截；还有一个小女孩手骨折断，随便用一根木棍和布条裹着，手臂肿得像发面馒头一般。这些孩子们一个个伤痕遍布，衣衫褴褛，可怜得紧。

公蛎不忍再看，慢慢从窗棂上溜下，准备重返磨盘下的土洞，忽听一个柔柔的声音道："小武，快来帮忙！"

正在发愣的小乞丐小武跳了起来，应道："来啦！"跑到一个低矮的小柴房里，叮叮当当一阵响，一个少女提着一桶粥走了出来。

公蛎的眼睛瞬间亮了。此女不过十七八岁，一张线条柔和的瓜子脸，明目皓齿，朱唇粉面，身材不肥不瘦，玲珑有致，虽布衣荆钗，却自有一种动人光华。小武一脸欣喜地抱着碗筷跟在后面，用小指指指黑洞洞的上房，小声道："玲珑姐姐，他还没回来吗？"

玲珑换了下手，道："我就是看他不在，才过来的。"公蛎见她挽起的手臂雪白圆润，如同藕段，不由心痒，重新回窗台潜伏起来。

小武十分高兴，抽着鼻子道："今天煮了什么，好香！"

玲珑嗔道："你刚去哪儿了，也不看着他们几个。"

小武迟疑了下，道："我拉屎去啦。"

玲珑扑哧一笑，不再追问。两人进了屋，几个残疾小乞丐欢呼着扑了上来，啊啊呀呀的，没一个能够说句完整的话来，竟然全部是些哑巴，而且涎水滴落，笑起来口眼歪斜，多是智障。

玲珑将粥桶放下，抱起那个没腿的小家伙，也不管他的脏手在自己身上乱抓，掏出手绢儿将他脸上的食物残渣擦干净，嘴里道："小平今天的伤怎么样了？"

断臂的女孩呵呵地傻笑，嘴角流下口水。小武将她受伤的手臂拉过来。玲珑看了看道："好多了。要注意保护，不要再弄伤了。"问候了一圈，这才摸着小武脸上的淤青，道："又被人打了？"

小武任由她抚摸，傻笑着不做声。玲珑摇了摇头，长长地叹了口气，接着帮几个小乞丐盛好饭，小心地看护着他们吃完，又打扫地面，铺好木板和破烂的铺盖卷儿招呼着他们躺下，极其细致体贴，没有一丝一毫的不耐烦。

这期间，小武一直乖乖地跟在玲珑后面打下手，表情十分开心。

一切收拾完毕，闭门鼓已经敲响。玲珑摸了摸小武的头，疼惜道："你也早点休息吧。明天开工机灵着点，别再被人抓到了。"

一个小乞扑过来，拉着她的衣襟咿咿呀呀地叫，不舍得让她走。小武去掰开他的手，眼睛却看着玲珑："姐姐不能留在这里。三爷看到，会骂的。"

玲珑笑了一下，哄道："好孩子，你们休息吧，我明晚再来。"

小武跟着送出来，默默行至院中，迟疑道："姐姐。"

玲珑回过头，道："怎么？"她一张脸在月光下如同玉雕，美轮美奂，并无一丝病态。公蛎伸着脑袋，看得呆了。

小武也愣愣地看着她。玲珑轻轻地拍了拍他的脸，道："回去吧，外面冷。"公蛎恨不得变成小武，也让她在脸上拍一拍。

小武低下头去，双脚在地面上蹭了又蹭，低声道："姐姐，这里……"却没有拿出刚才阿牛给的药来，而是朝对面黑洞洞的厢房一指，道："……这里……今天又来了一个。"

玲珑呆了一呆，道："又一个？"话音未落，只听啪啪两声轻响，上房的灯光忽然亮了。

空气中传来一股淡淡的硝味，公蛎探出脑袋，可惜上房窗纱甚为厚重，什么也看不到。

小武低声道："快走吧！"推着玲珑出了门，然后飞快跑回房间，在几个小乞丐中挤着躺下。而那几个嘻嘻傻笑的小乞丐似乎也感觉到了空气中的紧张，睁着惊恐的眼睛看着门口，吓得一动不动。

公蛎惦记着玲珑，心想盘算着跟去看看她住在哪里，明日找机会搭讪一下，便不再理会小武等人，慢慢溜下窗台，刚刚落地，上房门忽然哗啦一下开了，惨白的灯光差点照到公蛎。

一个干瘦的驼背男子走了出来。他穿着一件长得拖地的黑袍，戴着一顶宽檐尖顶帽子，挂着一根黑红色的龙头拐杖，装束十分奇怪。又黑又瘦的脸隐藏在黑暗中，依稀看到一道长长的瘢痕从鼻梁贯穿整个右边脸颊，呆滞中带着凶狠。

公蛎可不想无事生非，躲在门槛的阴影处一动也不敢动。

男子的喉间发出汩汩的声音，如同鸽叫，明显带有威胁的意味。

厢房的门并了，小武低眉顺眼地走出来，抱着一个破盆子，恭恭敬敬地鞠了躬，将破盆双手举至男子面前。

男子随手扒拉了一下，哼了一声。

小武的声音有点抖："三爷，一共五百三十一文。今天生意不好，伙伴们更换了好几个地方，都没什么进益。"

三爷又哼了一声，轻提拐杖朝小武一点。小武吓得后退两步，低头小声道：

"今天看中的几个大鱼都比较警惕，没有得手……"

啪的一声，毫无征兆的，三爷一拐杖抽打在小武的肩头。

小武一屁股坐在地上，疼得嘴角抽动了一下，脸上却满是谄媚的笑："三爷您吃过饭了没？我这就给您做去。"说着爬到三爷脚下，细心地将他衣服下摆上沾着的草叶拿掉。

三爷一脚踹开他，咕咕了一阵，终于蹦出两个字来："明——天——"声音沙哑阴森，如同从地底下发出来的一般。

这一脚用力甚猛，小武捂着肚子翻滚出老远，但竟然紧咬牙关，一声不吭，反而快速爬过来，挤出一丝笑脸道："三爷您放心，明日我带他们去北市码头，保证收入过千文……我这边，明日一定不会再失手……"他的眼神，带着一种丝毫不做作的臣服和讨好，像是一条被打怕了的小狗一见主人便摇头摆尾，但眼底有又一抹奇怪的亮光，同他孩子气的脸显得格格不入，单看表情和眼神，一点都不像个八九岁的孩子，而像是在社会底层摸爬滚打多年、见风使舵的混混。

公蛎明白了。这个三爷控制着一帮小乞丐，乞丐们每日讨到的钱统一交给他管理。

这在大都城里，也不算什么奇闻。公蛎以前在南市混的时候，常见有好吃懒做的父母或者所谓的丐头，将儿女及买来的孩子打扮成残疾孩童在街上乞讨，因扮相可怜，每日里赚的钱比打短工出苦力赚的多了去了。当初胖头刚跟着他的时候，两人一个扮傻瓜、一个扮残疾也这么在街上骗过钱，可惜只讨了不到十文钱，便被人拆穿了。

只是刚才明明不见上房有人，这三爷竟然凭空出现的一般，也不知什么来头。

公蛎没了兴致，溜着墙根，悄无声息地向前滑去。

三爷高高举起了拐杖，微微斜视的三角眼阴鸷地盯着小武。小武浑身发抖，却不躲不避，眼睁睁地看着拐杖往他脑袋上劈落。

拐杖在小武头顶一寸的地方停了下来。三爷面无表情，道："抱她——出来。"

小武机灵地爬起来，推开对面厢房，摸黑抱出一个小孩来。

却是个昏迷的小女孩，手里紧紧抓着一个红色的蝴蝶结；长相秀丽，手脸干净，穿着一件粉色裙子，像是家境殷实人家的孩子，不知是走失的，还是三爷他们拐来的。

公蛎不由停了下来，隐藏在土墙的缝隙中。

小武拍打着小女孩的脸，叫道："喂喂，醒醒！"

小女孩慢悠悠醒过来，看到小武，愣了片刻，哇地一声哭了起来，大叫妈妈。三爷弯下腰，阴沉沉盯着小女孩，脸上的刀疤一阵阵抽动，像条扭动的黑红毛虫。小女孩瞬间止住了哭声，颤抖着声音叫道："爹爹！我要爹爹！"

小武威胁道："闭嘴，再叫就掐死你！"伸手卡住了小女孩的脖子。小女孩的呼吸瞬间急促起来，一张小脸涨得通红，喉间发出将要窒息的"呃呃"声，双脚胡乱在地面上踢打。

三爷桀桀而笑，对小武的行为表示赞赏。小武受到鼓励，双手继续用力，眼神由先前的犹豫、不忍变得狂热、暴躁，特别是他嘴角的那一抹残忍的笑意，竟然让公蛎莫名其妙地打了一个寒噤。

公蛎飞快地转着脑筋。早知道这样，就不该动了色心，过来看那个玲珑了，眼不见心不烦。他胆小怕事，顶多不过是和汪三财吵嘴的勇气，如今看那个三爷凶神恶煞一般，既不忍心看小女孩受罪，又没胆量跳出来制止，一时手足无措，进退两难。

小女孩渐渐不动，昏死过去。小武松开了手，踢了两脚，又试了试鼻息，仰脸道："没死。然后呢？"

公蛎此时正在盘算要不要救下小女孩，一走神的工夫，只见空中腾地燃起一团绿莹莹的小火苗，落在三爷的手掌心。小武扶起小女孩，三爷一手掐住她的下颚，另一只手翻转，将萤火捂入小女孩的口中。

小女孩抽搐起来，四肢抖动，口眼歪斜，瞬间变了模样，如今便是她亲生父母面对面也认不出她来了。

——巫术！

当初柳大易人容貌，尚需借助阴气化成的银针，如今这个三爷竟然能够凭空起火，随意易容，巫术之境界自然要比柳大更高几个层次。

公蛎面如土色，紧紧贴靠在门框的阴影中，瞬间觉得自己僵硬地难以移动了。

小武脸上并无半点怜悯之色，反倒绕着小女孩手舞足蹈："三爷好厉害！我们又多一个小伙伴啦。"

三爷咕咕地笑起来，笑声诡异，表情皆无，只有瘢痕在抽动。公蛎突然冒出满身的冷汗，觉得这个地方如同魔窟，恨不得立马逃离。

但他此时盘踞在门上，正对着三爷，不敢有大动作，只能慢慢移动。

三爷转动身子，阴恻恻对着厢房叫道："小平——"

那个断了手臂的女孩小平，跌跌撞撞地爬了出来，匍匐在三爷脚下瑟瑟发抖。

三爷拉起她受伤的手臂，扯开绑着的布带和木棍，眯眼看了看，猛然一抖，只听轻微的咔嚓一声，她本来红肿未消的手臂忽地折成了一个奇怪的角度，垂了下去。

她尚未长好的手臂又断了。公蛎吓得忙将脑袋钻入盘曲的身体下。

小平浑身痉挛，痛得满地打滚，却不发出一丝声息。寂静的夜里，只有身体翻滚发出的轻微摩擦声，以及门后挤成一堆的孩子们急促的呼吸声。

小武面无表情地在一旁看着，待到小平不再翻滚，飞快捡起布条和木棍，将她的手臂重新缠上，也不知骨头有没有接上，只管推她回房中，接着又半推半抱出那个双脚扭曲的男童来。

小武按住男童的肩膀，三爷弯腰拉住男童的两脚，向内侧一扭，脚心向上，脚趾勾曲，越发变得厉害。但这个男童却不像小平那般疼痛翻滚，如同木头一般，随他摆弄，嘴里还在嚼着食物，然后自己以手撑地，一步一挪地回去了。

小武双眼放光，摩拳擦掌道："三爷下次教教我，就不用您亲自动手啦。"

公蛎忽然从心底生出一丝寒意，觉得小武的表情和神态比巫术更为恐怖。

三爷的眼睛落在新来的小女孩身上。小武殷勤地抱起她，道："三爷，这个您打算怎么弄？"

三爷撸起她的衣袖，露出两只肥嘟嘟的小胳膊，白白嫩嫩，他咕咕一笑，突然咧开嘴，咬住了小女孩的手臂。饶是隔着两三丈远，公蛎清晰地看到他尖尖细细的牙齿嵌入小女孩的肉中。

女孩皮肤上的水分如同被抽走了一般，原本肉嘟嘟的小脸瞬间收缩，紧紧贴在骨头上，皮包骨头的样子如同灾区逃难而来的濒死孤儿。

公蛎心智大乱，失声叫道："啊呀！"高高跃起，本意是想逃开，却忘了自己身为原形，而且俯在门框内侧，脑袋撞到上面的土墙，不仅没逃出去，反而啪地一声落在了院中。

三爷抬起头来，血迹顺着嘴角滴落，更加面目可怖。

小武飞快打开门，左右看看，道："没人。"转过身才看到摔得晕头转向的公蛎："从哪里掉下来一条蛇？"

公蛎连逃跑的勇气也没有了，只剩下无尽的恐惧，浑身上下抖得比刚才折断手臂的小平还要厉害。

三爷一步一挪地走了过来，在公蛎身前站定。公蛎昂起脑袋，呲出牙齿，以示恐吓。

说时迟那时快，三爷迅速出手，卡住了公蛎的脖子。

他手指纤细，指尖冰冷，十分准确地卡在公蛎的七寸上。公蛎几次用力甩动尾巴企图缠住他的手腕，皆因无法用力而不得。挣扎中，只见小武鼓掌道："三爷好手段！"

三爷嘴巴微动，手上更加用力，公蛎透不过气，脑袋渐渐歪在一旁，恍惚瞥见小武眼里崇拜和残忍交织在一起，那一抹奇异的亮光，让公蛎莫名惊悚，用尽全力一挣，双目几乎爆出。

三爷忽然满脸惊愕，手上有所放松，一人一蛇愕然对视。公蛎觉得哪里似乎有些不太对劲，但在如此生死关键时刻，容不得多想，尾巴一挑，缠在三爷的手腕上，脑袋扭动，企图去咬他的虎口。

三爷嘴角抽动，阴恻恻一笑，另一只手中的拐杖忽然化作一条红色的毒蛇，扭动着便朝着公蛎扑来。

虽同属蛇类，但公蛎一向讨厌同这些凶狠残暴的有毒同类打交道，且中原地带毒蛇甚少，公蛎哪里知道如何应对，况且谁知道它到底是拐杖还是毒蛇，唯有发出咝咝的求饶声："同类勿伤……"但这条红色毒蛇却对蛇语无动于衷，张开血盆大口，一口朝公蛎的脑袋咬落。小武在一旁加油鼓劲："赤龙加油！咬掉水蛇的脑袋！快！快！"

三爷仰面嘎嘎而笑，公蛎看着红蛇长长的毒牙上透明的毒液滴落下来，忙扭身躲避。

恰在此时，双眼忽然针扎一般疼痛，接着只觉眼前一片红光晃动，再也看不到任何景象。

公蛎惊慌之极，连连尖叫，并凭着本能用尾巴在三爷手腕上疯狂抽打，也不知过了多久，隐约听到一丝细细的金玉抖动之声，似乎还有一股淡淡的香味，然后便是小武的惊呼声，接着手上的力道忽然消失，身体重重地摔在了地上。

幸亏眼睛很快恢复正常，眼前的红光消失，周围模糊的景象渐渐清晰。

三爷早不见了，地面上一堆破烂的衣服，黑袍尖帽，正是他刚才的装束。而那条拐杖化成的红蛇，在地上扭动了片刻，化作了一段焦黑的大腿骨。

小武小心翼翼地躲在一边，满脸警惕，一会儿看看三爷的装束，一会儿看看瘫在地上的水蛇。

小武拿棍子捅捅三爷的衣服，见并无异样，嘴里小心地叫道："三爷您走啦？"却跳上三爷的衣服猛踩了一通。然后无声一笑，走到变了容貌的小女孩身边，拿出一把小刀来，毫不犹豫朝她的脸上划了一刀。

这神态，这姿势，几乎同三爷一模一样。

公蛎艰难地吐出一口气来，原本瘫软在地上的身体强撑着挺直，做出攻击的态势。

小武听到动静，回转身对着公蛎，道："小平阿三，明早我煮蛇羹，给你们俩补身子！"挥着小刀便来刺。

公蛎咧开嘴巴，露出尖利的牙齿，吞吐着细长的蛇信子吓唬他。小武丝毫不害怕，灵活地绕着公蛎兜圈子。

公蛎刚才七寸被扼，气血不畅，四肢无力，竟然连个小小的乞丐也不能对付，只有昂头对峙，一时半会儿小武倒也伤不了他。正焦虑间，眼睛余光忽见原本焦黑的拐杖一动，依稀要恢复成红色毒蛇的样子，公蛎吓得猛一激灵，用尽全力，昂起脑袋作势朝小武一扑，趁他后退之际，转身箭一般逃开，疯了一般东一头西一头乱钻，也不知钻到了哪里。

上房门后阴影处，一个看不清面目的小驼子，激动地用手指抠弄着墙壁上的土，欣喜若狂。

（四）

过了良久，公蛎才冷静下来。他发现自己身处一个黑黢黢的房间内，周围软绵绵的，充满着布帛和棉花的气味。

一缕月光透过天窗照了进来，旁边还有几颗亮晶晶的星星在眨眼。

眼睛并没有瞎！公蛎从来没有如此高兴能够看到天空，心满意足地吁了一口气，小心翼翼地从布堆里钻出来，盘绕在天窗的窗棂上，探头查看外面的动静。

还好，那条会吐火的赤龙并没有追过来，连三爷和小武那头也听不到什么响动。公蛎吐出蛇信，一边试探着空气中的异动，一边回头看自己刚才待的房间。

　　这一看，又差点吓个魂飞魄散。原来是个摆放布偶的小仓库，大大小小的布娃娃挂满了房间的墙壁，有的已经破败不堪，有的却异常崭新；大的有成人大小，小的只有两尺来高，神态逼真，表情迥异，像极了真人；而那些未完工的布偶，有缺胳膊的，没有腿脚的，缺个脑袋的，五官不全的，身体扭曲的，胡乱地堆在地面上，看起来有些可怖。

　　不过房间里除了角落里有一只肥硕的老鼠，没有其他活物。公蛎放了心，竖起脑袋听了听，准备离开。

　　刚才的激烈逃脱，虽然没受到什么伤，但一松弛下来，浑身肌肉酸痛，摆动尾巴都有些困难。公蛎暗叫倒霉，强忍着难受，勾头顺着天窗往下滑动。

　　身后一闪，好像有一对眼睛在盯着自己。扭头一看，刚才被三爷施了法的小女孩，竟然吊在半空中，笑眯眯地看着自己。

　　公蛎的鳞甲本能地竖了起来。

　　幸亏离得近，公蛎看清楚了，松了一口气。原来是一个崭新的布偶，高约三尺，挂在正对着天窗的位置，穿着同小女孩一样的粉色裙子，梳着两个抓髻小辫，头上还戴了个时下最为流行的红色蝴蝶结；一双明亮的大眼睛不知道什么做的，在黑暗中褶褶闪光。

　　公蛎安慰自己，不过是个布娃娃而已。刚转过身去，忽觉那个布娃娃朝着自己眨了眨眼睛。

　　公蛎毛骨悚然，但越是大骇越是想看个清楚。

　　布娃娃的确在动。它黑黢黢的眼珠子看着公蛎，慢慢地拉起衣袖，露出藕段一般的手臂。手臂上面，是一排滴血的黑红色牙印。

　　公蛎又一次直直地跌落在了地上。

　　所幸没有跌在房间内。公蛎慌不择路，沿着墙根蜿蜒而行，足足逃了人半个时辰，觉得安全了这才歇脚停步。

　　公蛎只觉得周围白茫茫一片，完全分不清东西南北，努力睁大眼睛辨认。哪知道仰脸一看，发现自己仍然身处布偶仓库前。

　　门口的空地上，生生被公蛎拖出一圈发亮的小路来。

　　公蛎惊得跳了起来——这么说，自己一直在兜圈子！

天窗上，一个美人布偶探出头来，黑眼珠子闪烁盯着公蛎，隐约发出咯咯叽叽的笑声，不知是不是因为严重恐惧而产生的幻听。公蛎本能地耸起鳞片，牙齿发出清脆的碰撞声。

布偶慢慢地从天窗的栅栏中挤了出来。栅栏只有两寸来宽，公蛎可清晰地看到它被挤压成扁扁的一片。

这却是个成人般大小的布偶，云鬟高耸，眉眼如生，若是在街上看到，公蛎定会意淫下，但此时此刻，只觉得恐惧。

布娃娃用脚勾着栅栏，倒挂在公蛎前面，一双黑漆漆的眼珠子透出几分调皮的神色："蛇？"

它竟然会开口说话！

公蛎觉得自己要窒息了，他后退了一步，将脑袋高高昂起，摆出要打斗的姿势。

布娃娃纵身跳了下来，身手甚为矫健，一点也没有人偶的僵硬和呆滞。

它在公蛎面前蹲了下来，伸出双手。

公蛎将吐出长长的蛇信，以示威慑。谁知它忽然双手一翻扣住了自己的下巴，用力撕扯，脱下一个完整的头套来，接着脑袋一晃，一头青丝如瀑布一般垂了下来。

公蛎的鳞片全立了起来，看起来就像酒店里刚上桌的松鼠鱼——不是因为恐惧，而是那种梦寐以求的香味。

丁香花味从她的发丝飘出，清冽淡雅，轻盈悠长，让人躁动的心一分分沉静下来。

她手抚胸口，长长地出了一口气，自言自语道："好险，差一点死在这里了。"胡乱将头发缩起，插上一只紫玉镶嵌的丁香发簪，歪头看着刺猬一般的小水蛇，惊讶道："这里怎么有活物？"一脚踩住了公蛎的脑袋。

公蛎一动不动，收紧了身上的鳞甲。

脚突然松开了。她后退了一步，放松地靠在了墙上，瞟了一眼低俯着脑袋一动不动的公蛎，忽然伸出手做出恐吓的动作："嘿！"

公蛎呆呆地看着她微微翘起的粉红色嘴唇，一阵头晕目眩。

她从绑腿上抽出一柄匕首，衣襟上擦拭着，眼睛仍看着公蛎。

公蛎依然不动——他根本没想要逃。

她皱了一下眉，又忽然笑了，当真如异花初胎，说不出的明媚动人："嗨，小水蛇，原来是你救了我。"眉头一蹙一舒之间，公蛎觉得心都要醉了。

她用匕首将裹得粽子一般的布偶装束划开，露出淡紫的软绸骑马装，裤脚和领口绣着紫色的丁香，伸展双臂，轻轻柔柔道："啊呀，好累。"

她的声音带着一点点撒娇，说"好累"的时候，嘴唇微微翘起，长长的睫毛在明净的脸上留下一丝阴影，神态之间带着几分调皮，像一个偷偷跑出来玩耍的小女孩。

她整理好衣服，将匕首重新放回绑腿，趴在地上，双手托腮看着公蛎，认真道："水蛇要是风干了，岂不是变成了一根长棍？"似乎联想到了被风干后水蛇的样子，她咯咯地笑了起来，如同银铃。

公蛎激动得热泪盈眶——如果蛇有眼泪的话。他恨不得立即打个滚儿变成人形，细数对她的相思。当然，最要紧的，是问她近来可好，有无感染那个难缠的鬼面藓。

雾气越来越浓重，身后那个装满布偶的房间已经掩入雾中，只听到难以入耳的"刺啦"、"刺啦"声，仿佛无数指甲在墙面上划拉。她警觉地站起身，扬起下巴，笑容消失，一张精致的脸显出冰晶一般的质感，如同冰雕。

公蛎沉醉在丁香花的香气中，连后面那些吱吱哭泣的布娃娃，都不觉得恐怖了，只是慢慢地游在她脚下，将脑袋搁在她的脚面上。

这个举动在蛇语中，表示"顺从"或"臣服"。

她诧异地动了下，却没有将公蛎一脚踢开。公蛎抬了抬颈部，头却垂得更低。

她显然十分意外，但很快明白了公蛎的意思，轻笑了一声，道："要是养一条蛇做宠物……"若不是怕吓到她，公蛎定会大声回应"我愿意做你的宠物！"可惜她打量着公蛎身上的花纹，还是摇了摇头。

身后的呜咽声越来越响，她拔出腰间的长剑，低声叫道："快逃！"紫色的影子一闪，冲入浓雾中。公蛎毫不犹豫，箭一般地跟着冲了过去。

不知过了多久，公蛎忽然清醒过来。自己孤身一人站浓雾之中，周围是一堵堵走不到边的高墙，里面传来低声的呜咽和鬼嚎声，声声凄厉。

那个身上绣着丁香花、浑身发出丁香味道的女孩子，如同凭空消失了一般，没有留下一丝痕迹。公蛎折回头，狠狠地在自己的尾巴上咬了一口，痛得打了个摆子。

现在不是做梦，刚才的才是做梦。

公蛎心里空落落的，早知如此，就应该及时出声，问问她的近况，哪怕得到一丝半点的讯息也是好的呀。

（五）

高墙内的哭声越来越急，一阵阵的阴风从四面八方往公蛎的身上扑。公蛎徒劳地将身体盘起来，昂起脑袋。

忽觉头上一道白影掠过，抓住他的脖子拎了起来。

公蛎早已失了分寸，不顾原形不得发出人语之禁忌，尖声叫道："你是谁？"

黑影回手将公蛎甩在自己肩上，脚步不停，接连跃过数堵墙壁，低声喝道："闭嘴！"

公蛎一愣，顿时浑身散了劲，软塌塌盘在他的脖子上，委委屈屈道："你怎么才来？"

来的竟然是毕岸。

兜兜转转好久，层层叠叠的墙壁终于不见，两人来到一处树林里。公蛎打量着黑黢黢的四周，惊魂未定道："我……我刚才差点被人烤了吃了。"

毕岸没好气地瞪了他一眼。公蛎却是那种越是不安话越多的人，想起刚才的情景，心仍突突乱跳，一惊一乍道："啊呀，刚才一屋子的布娃娃，眼睛手臂都会动！……这帮小混蛋，讨饭顺带偷东西……那个不知做什么的三爷，故意将人家健健康康的孩子弄残，然后放他们去乞讨——拐杖！拐杖突然变成了一条毒蛇！还会喷火。吓死我了，我身上都着火了！你看你看！"

公蛎将身体探至毕岸面前。但未等毕岸说话，自己先愣住了。

身上鳞甲如常，行动自如，除了因为长时间紧张而导致的酸痛，没有一丝灼伤的痕迹。公蛎有些不相信自己的眼睛，摩擦鳞甲，发出咔咔的响声："奇怪，我明明被火烧得乱蹦……"

他唯恐毕岸不信，将脑袋勾起，伸到毕岸的两眼之间："真的！那个三爷不知道什么来头，满身戾气，绝对不是什么好人。还有那个挂满布偶的房间，鬼气森森，我保准你进去也得吓出来……"

毕岸终于在公蛎说话的间隙插入一句来："胆子小，就不要乱闯。"

但做梦梦到丁香花女孩那段，他却没讲。

蜕皮那段时日，他无时无刻不在想象她长什么样子，想象两人相见、相恋；也不知多少次暗下决心，一定要找到她。可惜蜕完皮之后，又被洛阳的花红柳绿吸引，把这件事给放了下来。

公蛎将脑袋搁在毕岸的头顶上，干嚎道："还有！我的眼睛差点瞎了！"他晃动着脑袋，惊恐不已："我眼睛定是有毛病了！突然之间就什么也看不到了！"

毕岸这次倒是认真地抬头看了他一眼。

若是大白天被人看到，这定是一副极其滑稽诡异的景象：一个相貌英俊的白衣男子，顶着一条大青花水蛇，男子沉默寡言，水蛇喋喋不休，两人倒也相得益彰。

公蛎颠三倒四讲了一阵，用尾巴拍打着毕岸的背部："对了，你在这里做什么？"

毕岸理也不理，只管带着他左突右奔，走得毫无章法。有时直行，有时又斜斜地不知走向何处。明明看到前面是一堵墙，走到跟前，却变成了一棵树；明明是条道路，走着走着脚下忽然变成了深坑。

公蛎不知这是什么来头，吓得紧紧地扒着毕岸的肩膀，不住地惊呼提醒："有水塘！""小心撞石头上了！"

毕岸进退自如，跳跃转身等如行云流水，带动衣袂飘飞，身形甚是潇洒。公蛎终于放了心，闭眼养神，道："这什么鬼地方？我在洛阳城中，还从来没有迷过路呢！"

正说着，忽然身下一空，吧嗒一声重重跌落在地上。公蛎惊声尖叫，睁眼一看，原来已经回到忘尘阁门口，毕岸将他甩在梧桐树的阴影里，皱眉道："人形，快点。"

公蛎跌了个灰头土脸，嘀咕道："就不会轻点放吗。我这些日刚蜕换的新皮，都被你弄脏了！"

毕岸慢条斯理地拍打着弄皱的衣衫，道："非人形，不得人语。"公蛎不服气道："这谁定的规矩？我看也没什么嘛，这样说话才方便……"

话音未落，只听门吱呀一声，胖头探出脑袋，惊喜道："老大！"一看是毕岸，稍有失望："哦，原来是毕掌柜回来啦。"公蛎摇身一晃，慌忙恢复人形，窜出去揪住胖头捶打起来："你竟然敢在家里！"

胖头任他打骂，憨笑道："我出去找了，没找到，这不刚回来，正在寻思去哪里找好呢……"

公蛎今晚受了惊吓，倒觉得自己像是立了大功一样，骂道："你如今翅膀硬了，同山羊胡子合伙来欺负我……"

不待他说完，毕岸提着衣领将他丢了进去，不偏不倚落在堂屋正中的椅子上，公蛎揉着屁股，见毕岸神色严肃，悻悻地闭了嘴。

汪三财听到动静，也披衣起来，看到毕岸回来十分高兴，却对公蛎熟视无睹，搬出账簿，啰哩啰嗦说了一大堆的账目。毕岸和颜悦色道："财叔辛苦。忘尘阁生意，全权由您打理，有什么需要购置添、整理清除的，您自行决定便是。"说着从身上摸出一块牌子递给汪三财，道："这是鸿通柜坊的一百两飞钱，您去兑了吧，看哪里需要，只管开支。"

汪三财眉开眼笑，道："毕掌柜放心，老朽绝不乱花。"

公蛎眼巴巴看着，恨不得去抢过来，嘟哝道："我这个掌柜做的，连个伙计也不如！"

时辰不早，毕岸打发汪三财先行安歇。公蛎瞄见毕岸腰间荷包鼓鼓囊囊，琢磨着如何开口从他那里划拉些银钱来，便亦步亦趋地跟在后边，两人一起来到正堂。

胖头见公蛎无恙，欢天喜地地跑去厨房，端出一大盘切好的烧鸡和一壶烧酒来。

两人在中堂坐定，淡淡的月光透过窗棂射进来。公蛎故作矜持，拿了条鸡腿慢慢地啃，道："你今晚在那里做什么？"毕岸反问道："你今晚去那里做什么？"

公蛎不好意思说因为一只烧鸡同汪三财怄气，含糊道："我四处溜达，想了解下生意行情。"

毕岸自顾自倒了一盅酒一饮而尽，道："我看那片地脉有些异常，怀疑同巫氏有关。"

公蛎停止了咀嚼："谁？会不会是那个逃跑的巫琇？"这些天来，毕岸一直在追踪巫琇，但巫琇狡诈又善伪装，几次出击都扑了个空。

毕岸道："不是巫琇，也定然会是其他懂巫术之人。"

公蛎脱口而出："你惹他们干吗？我看那家伙有些道行，可别偷鸡不成蚀把米……"可是想到那些致残的孩子们，又说不下去了，嘟囔道："这些遭天谴的玩意儿，竟然想出如此狠毒的法子。"

毕岸默然不语。

公蛎对巫氏一族毫无兴趣，更巴不得自己离得越远越好，千万不要牵涉了进去。当下不再追问，偷瞄着毕岸的荷包，厚着脸皮道："你倒落个清闲，大半月都不回来，如今生意可差呢。财叔又看得紧，别说好酒好肉，就是买件衣服都被财叔唠叨个半天……"

未等说完，房门响了，阿隼风风火火地闯了进来，看到毕岸和公蛎相对饮酒，愣了一下。

公蛎对阿隼颇为忌讳，不敢再提银钱的事儿，忙热情地打招呼，并亲自去厨房取了酒盅。

等找到酒盅回来，阿隼已经将烧鸡吃的只剩下爪子和脑袋，公蛎大为懊恼，又不敢说什么，倒了满满一杯酒，谄媚道："为了洛阳百姓的安居乐业，大人真是鞠躬尽瘁。"

阿隼连酒盅也不要，拿过酒壶将半壶酒仰脸倒入口中，对毕岸道："前日我找机会核查了一下。大院租住者吴三，前年夏天从城外来到洛阳，多人可以证实，身份文牒也核验无误。精神有些问题，成日疯疯癫癫的，是个驼背，最喜欢打扮得古古怪怪，周围邻居已经习以为常。大院一共八个孩子，除了一个叫小武的，其他七个全是残疾。小武机灵，平日帮着吴三领着那帮小乞丐四处乞讨，偶尔小偷小摸。"

毕岸道："好。"

公蛎正认真听着，窝在一旁打盹儿的胖头忽然来了精神，揉着眼睛道："什么案子？"

阿隼对公蛎爱答不理，偏偏对胖头这个傻瓜青睐有加，道："孩童失踪案。"说着从怀里拿出一张纸来。

原来是张寻人启事，上面画着一个总角小女孩的图像，说是父母投奔亲戚，携四岁女昨日到京，不料在北市码头走失，若有人送回某某坊某某巷，定当重谢，云云。

公蛎"腾"地站了起来。这张图上所画，正是今晚见到的那个小女孩。

阿隼瞥了他一眼，道："怎么了？"

公蛎惴惴不安道："这个孩子……如今变了样子了。"他正想将今晚的所见所闻详细讲述一遍，只听阿隼嘴里含着食物，不耐烦地道："知道知道，我们都知道！要不是你，今晚可能已经抓到那个吴三了！"

公蛎愣了一下，警惕道："你怎么知道？"

毕岸露齿一笑，转向阿隼问道："那边怎么样了？"

阿隼道："未敢惊动。不过龙掌柜这么一闹，我担心打草惊蛇。"

毕岸道："未必。这样也好，惊慌之下，可能有更多破绽露出。"

公蛎顿时明白过来，气急败坏道："你们俩，你们俩早就合计好了是吧？就我被蒙在鼓里，还傻乎乎地替人出面，差点丢了性命……"

阿隼将剩下的鸡头也吃了，咕咕喝了两口酒，轻蔑道："我们有说要你参与办案吗？明明是你自己闯进来的，若不是我家公子带你离开那个古阵，你今晚就回不来啦。说不定明天，南市或北市就多了一个奇形怪状的残疾人在沿街乞讨呢。"

原来阿隼等早已发现洛阳城中乞儿之事。这几个月来，连续发生三起孩童失踪，但查来查去，竟然没有找到任何线索，所丢孩童如同凭空消失了一般，无一找回，不过追查过程中发现，街上繁华之地莫名出现多个残疾乞儿。

洛阳自被天后封为"神都"后，对身份文碟核查甚为严格，连乞丐也被官府造册清点，如今天下太平，多出这些残疾儿童未免让人生疑。毕岸跟踪多日，发现这些孩童印堂发暗，口不能言，问询起来似乎心智不全，但乞讨中或装憨或纠缠，不像天生痴呆之人，便疑有人组织控制他们，所以跟踪去了土地庙附近的弃儿窝点埋伏，希望能找到线索。

阿隼道："偏偏你这个不长眼的，怄个气离家出走就能碰上巫氏后人施法，你说你是不是同巫氏有什么渊源？"

公蛎本来不以为意，但见毕岸看了阿隼一眼，似有责备之意，不由心中一动，想到血珍珠、薛神医和柳大，似乎自己确实同巫氏一族比较有缘。瞪目良久，半晌才烦躁道："我哪里知道！我这人就是倒霉，出门闲逛都能碰上这种鬼事情……"愣了片刻，又急道："你们都在外面守着，还让那个小女孩被……那样？"他比划了一个脑袋变形的动作。

阿隼不耐烦道："安安生生做你的掌柜，不该管的事儿不要多管，好多着呢！"

公蛎最烦听到这句话，幸灾乐祸道："我看这个三爷来头不小，你们俩要小心。"

阿隼轻轻松松道："你从何处看出来头不小？"

公蛎故弄玄虚，模仿着三爷的样子道："他从空中抓了一朵萤火，往人嘴里一捂，小女孩样子就变了——"

阿隼哈哈一笑，猛然伸手朝空中一抓，朝他面门投掷而来，道："着打！"一团绿莹莹的小火球朝着公蛎翻滚而来，公蛎躲闪不及，不由自主向后仰去。

不料火球在即将接近公蛎鼻尖之时，倏然消失。

公蛎收不住脚，眼看便要摔倒。一直默然沉思的毕岸伸臂一揽，扶住公蛎，朝阿隼道："过了。"

阿隼见公蛎面带愠色，且公蛎惊魂未定，笑道："这不过是个小把戏。你想我们天天同巫氏一族打交道，总要懂些入门的技巧罢？"

公蛎不由朝毕岸看了一眼，小心翼翼道："你也懂巫术？"

毕岸道："知己知彼，百战不殆。"

公蛎心里对毕岸阿隼多了几分警惕，干笑了两声道："原来如此。"

阿隼拈起最后一根鸡爪，道："你吃不吃？不吃我可吃完了！"

公蛎心中又烦躁又沮丧，却也不敢同阿隼撕破脸，扑过来一把夺了鸡爪去猛嚼起来。

阿隼嘲笑道："听说你这十几天不出门，每日一个烧鸡，还没吃够？今日又因为烧鸡同财叔吵架，嘿嘿，真有出息。"

公蛎辩解道："食色，性也……老祖宗的话，怎么会错？"阿隼反唇相讥："大老爷们，天天吃了睡睡了吃，活着有什么用？老祖宗没教你么？"

公蛎气结，怒目而视。但他一向最为忌讳阿隼，不敢多言，只好自己给自己台阶下，悻悻道："我读书人，不同你大老粗计较。"说完又忍不住奚落道："看守了半个月，生生让人遁了，你还高兴什么？我要是你，今晚就得气得自己撞墙而死。"

阿隼怒道："你还好意思说？莽撞冒失，胆小如鼠，还贪财好色。不管什么案子，碰上你就没个好事！"毕岸制止道："算了，见招拆招也不错。他们的马脚一露出来，再收回就难了。"

阿隼迟疑道："公子，那件宝贝……"

公蛎一听宝贝，顿时两眼放光，忙道："什么宝贝？哪来的？"

毕岸未予理睬，只对着阿隼道："先不用管，千魂格之说，只是传闻，不知真假。不过院内的卦象和阵法，绝不是一个小小的吴三能够布置的。如今七个已满，近期应该不会再出现孩童失踪了。"停顿了下，道："此案倒是小事，怕只怕，还有其他不明势力参与进来。"

公蛎听得如坠云里雾里。拐子拐卖儿童，难道还有数量限制？

阿隼将剩下的半壶酒全部倒入口中，道："好，那我就按兵不动，等公子示下。"转眼看到公蛎若有所思，眼珠一转，笑嘻嘻道："龙掌柜既然这么喜欢宝贝，不如带着他去……"说着朝毕岸一挤眼。

公蛎看阿隼一脸坏笑，正想找个托词拒绝，却见毕岸微微摇了摇头，道："不用，他还是在家为好。"

阿隼恢复庄重之色，道："孩童失踪一案，官府那边，可催得紧了。"

毕岸道："七日之内，不管我这边有无动静，你那边只管结案，不用等。"

公蛎一听如此胸有成竹，料想不是什么难办的案子，顿时心痒，腆着脸道："有没有赏银的？要有赏银，我就同你一起去。"

阿隼不客气地道："除了变回原形吓唬女人孩子，你还有什么本事？"

一无所长这等事儿，自己讲是谦虚，从别人口里听来却极为刺耳。公蛎顿时大怒，但想要辩驳，却不知如何说起，怒视了半日，道："你这是嫉妒我！"

阿隼反唇相讥："我还讨厌猪呢，难道是嫉妒它心宽体胖？"

连毕岸也笑了起来。阿隼将盘中的鸡肉沫子扒拉干净，道："我看你还不如……"哈哈一笑，接着道："直接化为猪形最好。"

公蛎怒极，却不敢发作，只好委屈地看着毕岸。毕岸忍住笑，道："阿隼早点休息吧。明日还要早起。"阿隼收了笑脸，略一点头，看也不看公蛎一眼，扬长而去。

公蛎等阿隼走远，这才愤愤道："你看看你的手下，像什么话？"忽然想起他的巫术，瞬间堆出一脸的笑，慢慢挪着屁股坐下，道："你那个……易容的巫术，能将人变得美么？"

毕岸看了他一眼，道："不，只会变丑。"

公蛎有些失望，怒气顿时转回到阿隼身上来了："这个讨厌的阿隼！"

毕岸打量着公蛎，漫不经心道："你身上的鬼面藓怎么样了？"

公蛎没好气地扯开衣襟，给毕岸看："颜色深了些，不过不疼不痒。"

公蛎其实是很怕死的，不过他有独特的自我安慰法：一想起比自己英俊、优秀又有钱的毕岸也要死，瞬间便心理平衡了。

毕岸点头道："还是抓紧找到医治的根源。或者，找到巫琇。"公蛎懒得去想，道："反正我也没这个本事，就靠你了。"

毕岸笑了一下，道："你还是如此。"

他笑起来眼睛细长，嘴角微扬，原本严肃冷峻的脸平添了几分柔和。公蛎心里又忍不住嫉妒，瞄着毕岸身上那件黑色云缎骑射服，再看自己身上已经脏污的洒金藏青袍服，顿觉俗气，拈着他的衣袖摩挲着道："你这衣服哪里做的？哪日借我穿穿。"

毕岸一把甩开，道："你又不骑马射箭！"

公蛎暗叫小气，道："你近来忙得很，听说隔壁苏媚姑娘也不在家呢。"

毕岸低头把玩着手中的酒杯，道："她有事。"

公蛎心中更加不舒服，酸溜溜道："哟，果然她的行程还是你最清楚。"

毕岸又是一笑。

公蛎见他默认，反而不知说什么了，悻悻地道："也难怪，女人嘛，爱慕虚荣者多，像我这种身无分文的，人家怎么会看上我？"目光又落在他的荷包上，斜着眼睛道："当铺掌柜，听着好听，搭了人工不说，连私房钱都投进去了，也不见个回音儿。我哪里比得上你和阿隼，银两大把，家底丰厚，只管外出潇洒，留下我和胖头吃糠咽菜……"

毕岸道："男子汉大丈夫，有话直说，拐弯抹角遮遮掩掩的，小气。"说着看也不看他，解下荷包丢给了他："上次回纥宝贝案，官府的赏银。"

荷包里足有五十两。公蛎没想到得手如此容易，忙将荷包塞入怀中，喜笑颜开道："毕公子，毕掌柜，您教训的是。以后再有这等好事，一定要叫上我，公蛎保证赴汤蹈火，在所不辞！"

毕岸抿了一口酒水，道："好。不过这两天，你还是安生在家里待着吧，哪里也不要去。"沉默了片刻，毫无征兆地起身回房，行至门口，突然道："以后还是叫我毕岸吧。"

公蛎欢天喜地地捧着荷包跟在毕岸身后，讨好道："怎么能直呼您的大名呢，嘿嘿。"

毕岸回头看了他一眼，摔门而出。

不知为什么，公蛎突然产生了一种似曾相识的感觉，好像他同毕岸，已经认识良久。

（六）

若是他人经过一晚的惊吓，总是会静静地思考一番的，可惜这人是得过且过的公蛎，除了看美人儿、吃美食，其他一概懒得费脑筋。

公蛎手头有了银两，哪里还能在窝在家里，一连两日疯得不沾家，很快便将银子花了个八八九九，早将毕岸的告诫忘在了脑后。

第三日一大早，不顾天气寒冷，先去瑞蚨祥照着毕岸那身做了套衣服，又带着胖头去吃了一顿烤全羊，还给汪三财也打包带回两斤来，丢在柜台内上趾高气扬道："财叔，专门给你带的！"

汪三财却不领情，反而皱眉道："赚钱如储水，花钱如流水。还是悠着点吧！"又板着脸数落胖头："家里的米没了，你也不惦记买去，今晚吃什么？！"

胖头领了钱，一溜烟儿地去街口买米。公蛎回房了换了衣服，寻思去找个青楼喝个花酒，刚走到正堂，却见一个年轻女子走了进来。

好巧，来的竟然是昨晚见到的玲珑。她穿一件青花麻布小袄，下面一条石青褶裙，头上松松挽了个窝堕髻，面孔明净，未施脂粉，恬静贤淑的样子如同邻家女孩。

公蛎忙迎了上去，殷勤道："姑娘有何贵干？"

玲珑正打量着柜台里的摆设，看到公蛎，注目看了一眼，含羞施礼道："听说忘尘阁汪老先生对古玩深为在行，我来估个价。"说着拿出一个白绢包着的东西来。

当铺业务一共分为三种，首当其冲自然是典当，其次是售卖，再一个便是估价。所谓估价，即充当中介进行价格评估。常有业余藏家为了了解自己收藏的宝贝价格，或者有宝物要转让、产生破损索赔等，便会请一个没有利害关系的第三方，对宝贝价格作出一个客观评价。汪三财做典当行业多年，对玉石、兵器、字画、帛巾等各类物件皆有相当研究，不过如今玉器产业发达，北市各大玉器行都有专业的鉴定师，当铺承接这类业务已经极为稀少了。

汪三财正在接待一个大腹便便的商人，公蛎忙用托盘接过来，打开一看，不由满脸惊异。

这是块玉珏，同公蛎前日从小武身上得到的那个有几分相似。半环形、玉质老厚、不过上面并非兽头花纹，而是半条兽尾，同样雕刻着一些古怪的符号，卡槽的方面也同那块相反。

玲珑显然注意到公蛎表情的不同，探询道："先生可见过此物？"

公蛎对玉石了解些皮毛，哄哄那些农夫白丁可以，这个却真不知是什么玉，装模作样查看了一番，信口开河道："此玉看来年代久远，当属古玉。上面雕刻龙纹，应为皇家之物。不知姑娘从何得来？"

玲珑未答，眼波在公蛎脸上流转了片刻，抿嘴笑道："小女子原以为汪先生是位德高望重的老丈，没想到如此风流倜傥，年少英俊。"

公蛎还是第一次被年轻女子当面夸赞"年少英俊"，顿时心花怒放，道："过奖过奖。不才是这里的掌柜龙公蛎。"

玲珑嫣然一笑，道："原来是龙掌柜。那更要请教了，我这块玉珏，大概价值几何？"

她小小年纪，却举止端庄，不卑不亢，同苏媚的娇俏和珠儿的热烈大为不同，不由令人生出几分亲切随意来。

公蛎小心地捧起玉珏，装模作样对着阳光左看右看，做出一副思考的样子，正绞尽脑汁搜寻合适的措辞，只听身后汪三财惊叫道："这个……这个玉珏……哪里来的？"

公蛎就势递给汪三财，故作谦逊道："财叔见多识广，还是由财叔先过目为好。"

汪三财慌忙将手在身上擦拭干净，但并不接玉珏，只是俯身细看，眉头一会儿舒展一会儿凝重。玲珑一双大眼睛仔细地看着汪三财的表情变化，道："老先生……有何高见？"

汪三财看了良久，这才抬头认真地打量了下玲珑，激动道："敢问小娘子，这东西从何而来？"

玲珑脸上一红，道："这是我一位……好友送我的礼物。"看她含羞的样子，看来同这位所谓的好友，定然关系亲密。玲珑又道："如今家道败落，便想请汪先生估个价，看值不值得继续收藏下去。"她对着汪三财，眼睛却含笑看着公蛎。

公蛎挺胸收腹，摆出一副威严之相。实际上见自己手里那块同这块相像，正支起耳朵认真聆听。

汪三财绕着托盘看了又看，迟疑道："从这块玉珏的雕工、沁色、图案来看，像是……避水珏。"

玲珑重复道："避水珏？"

汪三财抒着山羊胡子，犹豫良久，方道："避水珏是先秦名玉，据传有避水之效，为先秦丞相李斯之物。听说失传已久，老朽只是见过它的图样。"

这么说，自己那块也是避水珏了？公蛎没想到自己捡个大漏子，不由大喜，争着道："这是什么玉，怎样才能避水？"

汪三财对公蛎这种一见女人便忘了自己掌柜身份的做派十分不满，瞥了他一眼，摇头道："避水珏为圆形，一条螭龙首尾相连，这个，只是其中的一半。"他指着旁边的卡槽道："另一半应为螭头。"

公蛎差一点就要说出剩下那一半可能在自己那里了。

汪三财命胖头端了一盆水来，用白帛垫着拿起玉珏，放至水盆边，道："我当年做学徒时，曾听师父说过，避水珏逢水而生阴气，水分两边。佩戴者出入水火之地，如无人之境。"

四人目不转睛盯着水盆。但水面平静，纹丝不动。

汪三财看起来比玲珑还要失望，叹道："唉，师父说，玉器辟邪，原本也是佩戴之人讲求心安而已，所以这个避水之说，估计也是以讹传讹。"

公蛎兴趣高涨，自告奋勇道："要不，我们去请你师父他老人家出山？"

汪三财白了他一眼，道："我师父已经作古十多年。"

公蛎忘了，人的寿命同得道的非人不可同日而语。

汪三财将玉珏调换方向，摆弄了多次，都不见水面有任何异动。公蛎正迟疑着要不要把剩下的那块拿出来，只见汪三财失望至极，摇头叹气道："只道避水珏重现天日，却原来……"

玲珑莞尔一笑，轻声轻气道："这却无妨。便是它能避水，难道我会拿着它跳河？"一双水灵灵的大眼睛又朝公蛎一瞟。

公蛎一阵心驰神摇。汪三财赞道："小娘子这份豁达，老朽甚为佩服。"说着将玉珏放回到托盘中，歉然道："避水珏一说，只听传闻，从未有人见过实物。老朽看来，这块东西年代虽然久远，但是个仿物。不过从玉质和雕工来看，当个十儿两银子，不成问题。"

玲珑咬唇笑道："其实我直说吧，小女子是个俗人，不过关心它能值几个钱。若它真是个避水珏，我还不知道该怎么处置呢。"

汪三财笑道："这倒是。这种特殊的东西，对有的人来说价值连城，对普通百

姓来说，却是一文不值，连佩戴都嫌弃又厚重又粗糙。”

公蛎好奇道："什么叫'特殊的东西'？"

汪三财对公蛎的不学无术十分不屑，只是当着外人不好发作，皱眉道："避水珏不是普通的玉佩玉璧，而是法师使用的法器。"

玲珑茫然道："可有何说道？"

公蛎唯恐暴露自己的浅薄，忙转移话题，热情道："姑娘是要当呢，还是只做估价？"

玲珑道："既然是仿物，也当不了几个钱，那就算了。"支付了二十文估价费，也不用汪三财填写估价单，便起身告辞。

刚走到门口，隔壁的小妖风风火火闯了进来，嘴里叫道："胖头哥哥，我的称买回来了没？"差点踩到玲珑的脚。

玲珑闪身躲避。小妖忙道歉，盯着玲珑看了看，叫道："原来是姐姐！"公蛎大奇，道："你们认识？"

玲珑轻声笑道："我同这位姑娘有缘。"两人寒暄了几句，玲珑便告辞了。

公蛎送出门外，独自伸着脖子看着玲珑的背影远去。小妖拿了称，嘲笑道："见了美人儿便拔不动脚了。你怎么不追着去？要不我帮你叫回来？"

公蛎早习惯了小妖的奚落，搓手道："你先说怎么识得玲珑姑娘，改日也给我引荐一下。"

小妖道："她叫玲珑？真真是人如其名——算不上认识，不过是一面之缘。"原来有一日小妖去北市购进香料，在街角看到一个小乞丐脸蛋通红，满口胡话，正在发烧，但见他浑身脏污发臭，头上还有虱子，很多人围观，却无一人上前救治。恰巧玲珑经过，二话不说抱起便走，带了小乞丐去看郎中，两人只是在途中聊了几句。

小妖道："她是个好人呢，听说她常常接济那些街头的乞丐。"接着撅起嘴巴，娇声道："可是那个小乞丐实在太脏了。我真心做不到，不过把身上剩下的几十文钱留给了他们。"

恰好胖头提了半袋米回来，憨笑道："你也很好了。"小妖十分开心，得意道："当然，我家姑娘说了，要长成一个大美人儿，自当内外兼修。"

公蛎忙道："那你知不知道玲珑姑娘住在何处？我得空儿去瞧瞧她，看有没有什么要帮助的。"

小妖黑溜溜的眼珠一转，道："帮助？我看你是垂涎人家的美色吧？"

公蛎吊儿郎当抖着腿道："我要帮人，自然要找个赏心悦目的人帮。"拿出荷包朝小妖抖落，让银两发出哗哗的响声。

小妖嘻嘻笑着，猛然伸手过来抢，道："你做善人，不如先来救济我吧。"

公蛎一个闪身，滑出半丈开外，笑道："你家姑娘大把钱，还用我帮？"

小妖差点摔倒，趔趄了几下才站住，上下打量着公蛎，疑惑道："好奇怪，我刚才明明能够抓到你的。为什么你的骨头好像软的一样，可以闪成那么个……那么个角度躲开。"

公蛎佯怒道："骂谁呢，谁软骨头？"

胖头插嘴道："你不知道，我们老大强着呢，脖子扭几圈都没事。"

小妖只当他吹牛，笑道："好好，我说错了，不是软骨头，是逃跑躲避功夫一流。"

三人说笑了片刻，又有客户上门，便散了。

公蛎回到房间，伸长脖子，慢慢将那块螭头玉珏吐了出来——贵重的东西，他有时会藏在双颊或者腹部。

这块玉珏沉甸甸的，透着一股厚重。公蛎对它是仿品稍有失望，但白得的东西，避开汪三财去北市的玉器行折价几十两，好歹够这半月的花销了，也算不错。

玉珏上粘了一点黏液，看起来有些恶心，公蛎随手将其丢进脸盆里，自顾自地对着镜子梳头。

嗯，镜子中的公蛎还是不错的，眼神清亮，面目白净。可惜五官太普通了些——若是有毕岸那般好皮囊，定能见到离痕姑娘。

转念公蛎又想起了丁香花女孩，不由重重地叹了口气。

这些天，说是到处吃喝玩乐，公蛎并未放弃查找。以他对女子体香的灵敏度，只要有一丝蛛丝马迹，定能捕捉到。可她如同蒸发了一般，竟然没留下任何线索。

公蛎正对着镜子长吁短叹，忽觉眼睛一花，似乎镜中脸盆中的水荡漾了一下。凝神一看，只见玉珏发出微弱的白光，慢慢浮起，上面的螭龙如同活了一般，龙须飘舞，锦鳞微张，威风凛凛的，正在水中打转，不过眼睛部位空洞苍白，似为盲龙。而其将到之处，水面两分，玉珏行之其中，却并不沾水。

公蛎急忙回头。玉珏还好好地躺在水底，并无异常；再望镜子，也不见刚才的

情景。

难道玲珑那块是仿的，自己这块却是真的？

公蛎将玉珏放进、捞出，折腾了老半天，却再也没有出现刚才的景象。再联想到近来，看东西重影，眼花，突然失明等，说不定同脑袋里那些未铲除的珠母菌丝有关系。

公蛎扒着眼睑上下看了半日，没看到珠母菌丝，却发现自己化为人形时原本乌黑的瞳孔，周围竟然有一圈烟灰蓝的色晕，虽然眼睛无明显不适，但公蛎仍然十分担心，思来想去，索性将玉珏放回脸颊，趁着汪三财和胖头不注意，出门找毕岸去了。

（七）

偌大一个洛阳城，想找一个人谈何容易。公蛎漫无目的地走了大半个时辰，也不见毕岸的踪影，不由泄气，不知不觉来到暗香馆，顿时又起了色心，谁料未进门便被龟奴拦住，说暗香馆如今改了规矩，入门先交五十两的定钱。可怜公蛎全身上下只有十几两，不由又羞又怒，装模作样对暗香馆的姑娘点评了一番，表示不满意，十分潇洒地昂首而去。

十几两银子，只够去找那些低级的暗娼妓院了。公蛎来到北市，偷偷瞄了几家，实在看不上那些满身呛鼻香味，花枝招展、举止轻浮的拉客女子，十分丧气地来到了附近的酒肆。

临近傍晚，天色渐暗，上午的羊肉早消化了个干干净净。公蛎一仰脸看到望潮酒家，打帘走了进去。他家有几样精致的小菜甚是可口，公蛎每月都会来一两次。今日口袋有钱，叫小二的声音都比他日大了些："小二！照老样子四个冷盘，再来壶温酒！"

小二名叫石头，是个憨厚小伙，快步过来，躬身笑道："好，公子稍等，这就来。"

酒菜很快上来，公蛎坐在靠窗的位置，一边小啜，一边借机观赏过往的女客，倒也惬意。只是很快隔壁桌上便来了两位锦衣华服的客人，一个眉目还算清秀的青年，一个风流倜傥的青胡荏中年男子，聊天的声音一个劲儿地往他耳朵里钻。特别是青胡荏，浑身上下散发着浓重的檀香，连饭菜的味道都压过了。

两人点了酒菜，靠近公蛎的清瘦男子道："我以后，可全指望哥哥了！"他穿了一件翠绿的暗纹袍衫，脸上的胡须刮得铮亮，头发一丝不乱，像一颗光洁的琉璃珠。

　　青胡荏仗义道："放心，你以后有什么事儿，只管来找我。"

　　琉璃珠笑得像朵花儿似的，怎么看怎么别扭。青胡荏道："你最近有何打算？"

　　琉璃珠咬着手帕子，吃吃笑道："我最近找到了一个好门路。哥哥要不要一起做？"若不是他满脸的青胡子荏，真会被人误认为女子。

　　青胡荏道："我光是家传的香料生意就够了。你什么生意？"

　　琉璃珠附耳道："倒腾玉器。"

　　青胡荏将胡豆嚼得嘎嘣嘎嘣响："玉器这行不错，不过水深，要沉下心入门了才好。"

　　琉璃珠十分自信，拍着胸脯道："放心，这次的生意我看得极为准确，一定能发大财。"

　　青胡荏显然不太相信，敷衍道："那就好。"

　　琉璃珠急赤白脸道："你不信？"

　　青胡荏摇摇头，道："兄弟，我可是在玉器上吃过亏的，这行不好做。"

　　琉璃珠急了，低声道："我这次绝对稳赚不赔。听说过避水珏没？"

　　公蛎本来正看外面的景致，听到避水珏三字，不由朝琉璃珠瞄了几眼。

　　青胡荏却道："你说贩卖玉器，原来是想倒腾古玉？"言语中有几分不赞赏之意。

　　琉璃珠道："你也知道避水珏？"

　　青胡荏不以为然道："当然，洛阳黑市都传遍了。说避水珏重见天日，各路人马都打着这个主意呢。"

　　公蛎有些吃惊。玲珑拿避水珏来当，不过是上午的事，竟然这么快传得连混码头的小混混都知道了。

　　琉璃珠摇头晃脑道："你只知其一不知其二。避水珏重新出现没错，但你知道在谁手里？"

　　青胡荏吃惊道："难道你知道？"

　　琉璃珠压低了声音，道："今日有个神秘人物拿了避水珏去敦厚坊一家当铺，听说无人敢收！我得到信儿，下午就将北市南市周边的几家当铺全部走了一遍。你

猜怎么着？"

公蛎不知琉璃珠是吹牛还是真有其事。可是上午玲珑那块，汪三财明明说是仿品，难道，还有另一块真的避水珏同时出现了？

青胡茬显然并无多大兴趣，劝道："我说，安安生生做些正当生意要紧，这些妖魔邪道的东西，还是少沾惹为妙。"

他越是这样说，琉璃珠越是不服，急急辩道："避水珏，怎么能说是妖魔邪道的东西呢？这可是一等的法器……你算算，你辛辛苦苦一年，能赚多少？我只要做成了这一笔，一辈子就有着落了！"说着猥琐地朝青胡茬抛了一个媚眼，伸出小指头去勾青胡茬的手，带着一丝娇羞的表情悄声道："小弟的钱，可不就是哥哥您的钱么。"

公蛎鸡皮疙瘩起了一身，一口老酒差点喷出来。青胡茬看了他一眼，露出一丝玩味的笑。

琉璃珠咯咯地笑了一阵，问道："刚才——说到哪儿了？"

青胡茬道："你说把当铺都走了一遍。"

琉璃珠激动地轻叩着桌面，道："对！把所有当铺都走了一遍。当避水珏的是个年轻女子，对避水珏的作用一无所知。"

青胡茬质疑道："年轻女子，怎么会有避水珏？"

琉璃珠双手一拍，道："这你就不知道了！"他凑到青胡茬耳边，道："这块玉珏，是她男人的。"

公蛎有些失望。他本来还想着这两日抽空去找下玲珑，原来她已经名花有主了。

见青胡茬无动于衷，琉璃珠急道："你知道她男人是什么人吗？"

公蛎对这个更有兴趣，不由支起了耳朵。青胡茬翻了个白眼，道："怎么，你又看上她男人了？"

琉璃珠搓了搓手，娇媚地眨眼道："怎么会？"

青胡茬自顾自喝了一杯酒，不耐烦道："你直接说重点。"

琉璃珠嘿嘿了两声，郑重其事道："她男人，是一家当铺的掌柜。"

青胡茬嗤笑道："看你的表情，我还以为是当今圣上呢。一个开当铺的，有什么好炫耀的？"又皱眉自言自语道："她男人开着当铺，她怎么还找别家的当铺？"

琉璃珠咯咯地笑了几声，压低声音道："这里面，水深着呢。这避水珏当年被一分为二，她男人手里的是其中的一半。这玩意儿，必须要完整了才能发挥作用，所以我盘算，他定是故意让她拿出来当，在市面上放出风声来，好找另一半——我跟你说，哥哥你别往外传去。黑市上说，她男人可是个难对付的角色，能变幻，会法术，好几个人物都毁在他手上。那个六指神医，笑面鬼柳大，这些日子消停了吧？虽说官府不说，大家都知道怎么回事。”

公蛎越发觉得奇怪。这些案子不是毕岸主办的吗，难道还有其他人？不过柳大在黑市上的外号叫做笑面鬼，公蛎还是第一次听说。

青胡茬皱眉道：“那些人敛财害命，不是什么好人。你别再打听这些乌七八糟的东西，都是神棍巫婆装神弄鬼吓唬人的。”

琉璃珠娇羞地低下头道：“我就知道你心疼我……”怄得公蛎汗毛倒竖。

琉璃珠接着比划道：“你放心，我这么小心，自有分寸。我亲眼见过薛神医的平地生莲，硬邦邦的地面上，说长就长了一朵莲花，澡盆子这么大，一个人坐上去都不倒呢。结果这么厉害的人物，还不给她男人撵得兔毛乱飞，如今还下落不明呢。”不待青胡茬质疑，他在桌子下窸窸窣窣，比划了一个什么手势：“避水珏的正主儿，据说，是这个呢。”

青胡茬眼睛瞬间瞪了起来，声音有点抖了：“不是人？……是哪路神仙？”

琉璃珠警惕地朝四周看了看，低声道：“听说是黄大仙！”

黄大仙，即黄鼠狼。公蛎心里咯噔了一下，难道，难道毕岸——想起阿隼露的那手，心里不由狂跳起来。

不过随即便释然了。玲珑同毕岸，哪里扯得上关系？再说，毕岸那副英俊潇洒之相，岂是黄鼠狼之流能够变化而成的？这些坊间传闻，真够能扯的。

青胡茬显然被吓到了，良久才道：“那你还敢插手？”

琉璃珠眉飞色舞道：“不入虎穴，焉得虎子？你就瞧好儿吧。”兰花指朝青胡茬额上轻轻一点，夹着嗓子嗲声嗲气道，“等我找到避水珏，嘿嘿……”两眼笑得眯成了一条缝。

青胡茬的表情有些奇怪，拨开他的手，低声道：“我们俩的关系……”

偏偏他这样说的时候，眼睛的余光扫向公蛎。公蛎吓了一跳，忙低头喝汤。

琉璃珠激动得乱眨眼睛，鸡啄米一样点头：“我知道我知道。哥哥有头有脸的人物，我当然不会出去说去。”

青胡茬朝他翘起的兰花指一瞟，皱眉道：“这些，可都改了吧。”

琉璃珠收回了兰花指，也不再夹着嗓子说话："哥哥稍候，我去个茅房。"

琉璃珠一扭一捏走了几步，可能想起了青胡茬刚才的告诫，忽然回眸猥琐一笑，昂首挺胸大踏步去了后院。公蛎再也忍俊不住，笑出了声，忽觉旁边目光如炬，一扭头，看到青胡茬靠在椅子上，正饶有兴趣地看着他。

两人目光一对视，青胡茬马上起身，坐到了公蛎旁边，上下打量着他，笑眯眯道："这位公子当真是一表人才。在下姓胡，单名一个烁字。请问公子高姓大名？"

胡家是香料大户，公蛎有所耳闻，也不知这个胡烁同胡家有无关系，但从衣着来看，他家家境定然不错。若是往常，认识个大户人家的公子，本是巴不得的，可是这胡大公子的表现，分明是有龙阳之好，让公蛎心里有些犯嘀咕。

未待公蛎开口，胡烁突然凑近，眯眼嗅了几嗅，低声笑道："公子好身板，好面相，可愿同在下交个朋友？"公蛎吓得往后一缩，抱胸叫道："我可不好这一口！"

胡烁哈哈大笑，站起来高声叫道："小二，这位公子的花费记到我的账上！"忽然低头，笑嘻嘻道："我看公子印堂发乌，近期将命犯桃花。没事还是待在家里吧，不要出来招蜂引蝶。"

离得近了，公蛎嗅到他的体香，竟然一阵迷醉的感觉，一抬眼，又看他似笑非笑盯着自己，顿时大为尴尬，语无伦次的，自己也不知说了句什么，丢了半两碎银在桌面上，落荒而逃。

既然找不到毕岸，只能回家。刚走过街口，背后被人一扯，回头一看，一个小孩子飞快地将一张简易信笺塞给自己，转身便跑。打开一看，上面写着五个字："速到土地庙。"像是毕岸的手迹。

土地庙。公蛎想起那晚的迷路，迟疑了良久，还是硬着头皮转身朝土地庙方向走去。

对面茶楼临窗的雅间，两个男子正目不转睛地盯着公蛎。

看着公蛎急匆匆的背影，其中一位肥头大耳的老者，嘿嘿地笑了起来："这小子，还是这么冒冒失失的。我第一次见他，他还在街头卖大力丸呢。过了这大半年了，我看他的修为没有一点长进。"

一位黑帽遮脸的年轻公子临窗而立，腰背挺拔，四肢修长，懒洋洋的声音带着一股特有的磁性："他真的是……那个？看起来似乎稀松平常得很。"

老者点点头，道："如今洛阳城中，盯着他的可不止我们，少主还是要及早下手。"

旁边一个车夫打扮的中年人，冷冷道："这有什么难的？我去擒了他来便好了。"

老者道："不可！事情尚未弄清楚，万万不可轻举妄动。"

公子细长的眼睛闪出一丝笑意，喃喃道："有趣，有趣。"

（八）

土地庙前已经挂起了灯笼，檐下三三两两地纠集着一些无家可归的乞丐，并不见毕岸的身影。在浓重的香烛气息下，什么味道也难以分辨出来，公蛎茫然地巡视了一番，呆立着不知如何是好。

一个满脸菜色的老妪牵着一个小女孩，忽然从松柏后面闪出来，衣衫褴褛，腰背佝偻，有气无力道："公子爷，可怜可怜我们祖孙两个吧。"

小女孩虽然脏兮兮的，但五官俊秀，眼睛大而有神，看起来十分伶俐，跪地朝公蛎磕了一个头。

公蛎从荷包里摸出五文钱来。

老妪接过钱来，却无走开的意思，眼睛盯着公蛎荷包，嘴唇嚅动道："公子，我这小孙女……"

公蛎心里惦记着赶紧找到毕岸，哪有时间同她纠缠，在荷包里摸索了一阵，狠狠心抠出一块二钱重的碎银子来，道："喏，去买点吃的吧。"

老妪却不接，反而拉着公蛎的衣袖道："求求公子，买了我这小孙女吧。"

小女孩顿时跪地不起，连续磕起头来。

如今既非天灾人祸，又非兵荒马乱，除非黑市，公开卖儿卖女的极为少见。公蛎留意了一眼，发现小女孩头上果然插着一支短短的草标。

老妪拉着公蛎的衣袖不放："公子爷，我这孙女儿虽然不会讲话，却是极为机灵的，恳求公子爷救我孙女儿一命吧。"

公蛎自己不过厚着脸皮在忘尘阁混口饭吃，手头剩下不过十余两银子，尚且不够花，岂能再买一个小丫头回来。忙道："这可不行，婆婆还是另找其他买主。"

谁知那老妪一把夺了他的荷包，扭身便跑，一点也不似刚才年老体弱的样子，腿脚极为麻利。公蛎欲要追，却被小女孩死死抱住了腿，并号啕大哭。

如此一来，公蛎犯了难。丢的银子不提了，这么个小丫头，可怎么办？

公蛎无论怎么解释沟通，她只管闭眼嚎哭，不闻不理；而且她年纪虽小，手脚却有力，八爪鱼一般裹在公蛎腿上，撕扯不开，公蛎又不忍一脚踹开她。

足足折腾了有一盏茶工夫，大冷的天，公蛎急得满身的汗，无奈弯腰问道："小妹妹，你晚上住在哪里？我送你回去找婆婆。"

小女孩竟然听懂了，睁开眼睛四处看了看，一边哭一边扯着公蛎往前走。

土地庙后，是一片松柏树林，再往后便是棚户区了。

公蛎跟着小女孩七扭八拐，走走退退，也不知到了哪里，忍不住道："你到底认不认路的？"

小女孩收住了哭声，仰脸倾听了一番，嘴里嘟嘟囔囔发出一些奇怪的音符。

今晚天气不好，雾蒙蒙的，别说月亮，连颗星星也看不见。周围一片黑黢黢的民宅，影影绰绰发出惨淡的微弱灯光，虽说不影响公蛎的视力，但这种感觉却不太舒服。

公蛎突然后悔送小女孩了，趁她不注意，悄悄后退着溜走，不料后脑勺重重地磕了一下，回头一看，来时的路却不见了，身后竟然是一堵墙。

公蛎吃了一惊，以手叩击，墙面发出砰砰的声音，确是真实的墙壁。

这是怎么回事？公蛎连忙转身，却发现小女孩也不见了，面前仍是一堵墙壁。

公蛎首先意识到，自己上了圈套，那个讨钱的老乞婆和小哑巴全是骗子。

可是他们诱骗自己来此地的目的是什么？

寒风打着漩儿吹过，发出呜咽一般的声音。小女孩叽叽咕咕的嘟囔声若有若无，从四面八方传来，难以分出方位。公蛎强压住心头的慌乱，顺着墙根一步步往前走。

两面耸入浓雾的墙壁夹着一条狭窄的甬道，明明一眼便可看到底，却感觉走了好久才走到墙角。折过弯来，仍是是一模一样的墙壁、甬道，无门无窗，走不到尽头。

就在公蛎看不见的墙壁外围，七盏画满诡异符号的白灯笼，将这个不起眼的土院落照得如同白昼。一个不算魁梧的男子站在院中，脸皮蜡黄，面无表情，除了发着幽光的眼睛，五官寻常得没有一丝特色，倒是他身上那件猩红的披风，在白森森的灯光下十分显眼，而且背部还绣着一个巨大的银色骷髅，不时反射出点点亮光。

旁边一个看不清面目的小个子，微驼着背，突然道："进去了！"

两人面前的地上，摆着一块一米见方的木制器具，既非雕塑，也非模型，而是由无数长的、方的格子间组成，油腻腻的，带着一股淡淡的阴冷腥膻之气，并泛出黑红的暗光。这些格子间不过半尺来高，看似联通，却无出口，里面曲曲折折错综复杂，如同迷宫一般。

男子俯身朝着里面看去，微微点头，似乎很是满意。

木器四角放置的四支白蜡烛，嗤地燃了起来。一个小小的蛇影出现在格子间内，正顺着"墙角"盲目地游走。不过身影极淡，不仔细的话几乎看不到。

驼子轻吁了一口气，恭恭敬敬道："您觉得这个魂引可还合用？"

男子嘴角抽动了一下，算是微笑。驼子看着蛇影越走越疾，陪着小心道："听说您这个千魂格，只差最后一步了。"

男子沉默半晌，终于回了一句："过了今晚，算是有你的功劳。"

驼子眉开眼笑，看着里面的濒临崩溃的蛇影，小眼睛在黑暗中褶褶闪光："我不敢贪功，只求到时能借我一用，助我成就大业。"

公蛎靠着墙壁歇了一会儿。小女孩的声音听不到了，耳边传来的是一种奇怪的和音，好像有很多孩子在低声呻吟哭泣，但仔细一听，又分辨不出。

这是什么鬼地方？

突然打了一个酒嗝，倒把自己吓了一跳。公蛎心中烦躁，看前方甬道仍无限延伸，一咬牙折头往回走。

一个时辰后，公蛎便绝望了。这些墙壁同刚才走过的一样，或有墙角，走过之后仍是无尽的甬道。

公蛎四脚朝天瘫软在地上，一仰脸，看着狭窄的雾蒙蒙的天，一个激灵重新爬了起来，摇身化为原形，贴着墙壁爬了上去。

既然沿着墙根走不出去，那么顺着墙往上爬总可以吧。公蛎依稀记得，那晚他在存放布娃娃的房前迷了路，毕岸便是从上面跃下救走他的。

但本来丈高的墙壁，似乎突然长高了，眼见灰蒙蒙的天空触手可及，却总爬不上墙头。

公蛎折身爬回另一堵墙壁。结果仍是一样，一眼便可看到瓦檐的墙，脚下的方砖仿佛随着脚步一起增长，硬是无尽无休。

公蛎想要爬上墙头一看究竟的打算破灭了。

也不知道几更天了，不见星月，不闻更鼓。若是就这么被困着，是不是要活活饿死在这里？

公蛎紧贴着墙面，不让自己掉下去，抽抽搭搭地哭了起来。

自己怎么这么命苦呢。其他的非人要么受人敬重，享尽人间香火供奉；要么锦衣玉食，美人环绕，风光无限，偏偏自己日子过得紧紧巴巴，既无美人青睐，又无大把进益，想求个英俊模样都不成。

若是困到个风景秀丽的地方也罢了，这里不是甬道便是墙壁，连只老鼠都没有，去哪里找东西吃？

公蛎越想越伤心，眼泪流淌在墙壁上——其实蛇是没有眼泪的，那只是公蛎扁嘴哭泣时滴落的涎水。

涎水顺着墙壁骨碌碌滑落下去，在墙面上几乎没有留下任何痕迹。

墙壁！——寻常的土坯墙或者青砖墙，吸水能力是极强的。公蛎脑袋飞快地转了一圈，将鼻子贴在墙壁上，深深地嗅了一口。

墙壁深处，一股奇怪的腥气混合着木质的香味，加上周围浓重的香烛气息，味道难以形容。

公蛎用尾巴轻轻叩击。果然，这些墙壁既非青砖也非土坯，而是整条整条的木头建成，表面泛出蜡状油光。

这些木头质地缜密，纹理细致，黑色之中透着暗红，像是极为罕见的阴沉木。谁家房子这么豪奢，竟然用整块的阴沉木砌墙？

不过既然它是木头，还是被油浸过的木头，便好办了——一把火烧了你，看你还怎么无限延伸！

公蛎暗自奸笑了一声，顺着溜下墙面，恢复人形，在怀里摸了起来。

但笑容很快僵在了脸上。他从来没有带火折子的习惯，往常出门，这些杂物都是胖头带着的。

但眼下这种情况，只能火攻，否则只能困死在这里。可是身上的工具，除了挂在脖子的螭吻珮，便是那个仿冒的避水珏，连个匕首也没带。

公蛎拉出螭吻珮看看，终究舍不得，便吐出避水珏，用力朝墙壁划去。阴沉木坚硬如铁，墙壁上竟然连个痕迹都没留下，更别提钻木取火了。

如此这般，也不知过了多久，折腾的他满头大汗，嘴里不住地念叨着"火！火！"深恨今日没带胖头一起出来，也好有个帮手。

公蛎的手早已酸痛，用不上一点力气，只是凭着求生的本能，下意识地在墙面上划着，两眼金星直冒，整个身体都扑在了墙壁上。

不知怎么回事，"腾"地一下，不知从哪里冒出一股火焰来，吓了公蛎一大跳。接着噼里啪啦一阵响，墙壁着了起来。

虽然无风，但泛着油光的阴沉木燃烧极快，火势瞬间蔓延开来，带着奇特的呜咽声，犹如鬼哭狼嚎，一个劲儿地往公蛎的耳朵里钻；无数个张大嘴巴的骷髅，携带着激爆的火花往公蛎的身上扑打，但未等近身，便消失在夜空中。

公蛎紧张地爬在甬道正中，竭力避开火舌。如此生死关头，没了刚才的绝望，公蛎首先想到的竟然是阴沉木价值不菲，烧了好可惜，若是给自己拆下一块，拿出去也能卖不少银子。

想归想，公蛎却不傻，伏在甬道中一动不动，看着墙壁燃烧殆尽，未燃尽的也坍塌成了断壁残垣，这才一跃而起，冲了出去。

院落中，那个被称为"千魂格"的木制迷宫突然着火，显然出乎龙爷和小驼子的意外。男子嘴巴张得老大，无声地跳了起来，张口朝自己虎口咬去，血喷涌而出。小驼子本想去找水，看到男子的举动，迟疑了下，也毫不犹豫咬破虎口。

血滴落之处，火势反而更猛。小驼子大急，转身往厨房跑去。男子一把拉住，脸如寒冰，咬牙切齿道："普通水，没用！"

千魂格很快烧得七零八落，火舌裹着或哭泣或怨恨的鬼脸变成火星飘走。小驼子徒劳地跳起，东一下西一下舞动双臂，企图将鬼脸拘回，却无能为力，急声叫道："怎么回事？怎么会突然着火呢？"

男子的眉毛抽动起来，不怒反笑："没想到……没想到。哈！哈！"他的笑声如同夜半的鬼鸮，尖利中带着沙哑，低沉中带着凄厉，不男不女，甚为刺耳。

光线忽然暗了下来。周围的白灯笼悄无声息地熄灭了。小驼子突然身体一震，发出一声凄厉的惨叫，抱着脑袋歪歪扭扭冲了出去。

跨过好多堵断墙，一处升腾的火焰拦住了公蛎的去路。夹杂着浓烟的暗红火光之下，无数的人偶翻滚燃烧，发出吱吱的声音，正是公蛎那日看到的布娃娃。而那个扎着蝴蝶结的小人偶，只剩下半边脑袋，另半边烧成了一个拳头大的黑洞，在火海中抽动扭曲，一只眼珠跌落下来，眼中竟然带有笑意。更让公蛎震惊的是，它的旁边，一个老年造型的人偶，分明是刚才诱骗自己的老婆婆。

公蛎大骇，掉转方向夺路而逃。

似乎很久，也似乎是一眨眼的工夫，只觉得一脚刚刚跨出最后一道火墙，全力逃窜的公蛎硬生生地同一个人撞在一起，只撞得眼冒金星，耳鸣不止。

而对面那人，体格干瘦，竟被公蛎撞出几米远，抱着脑袋大声呻吟。

公蛎天旋地转，趔趄了好几步，才仓皇站定，定睛一看，自己竟然身处乞儿们居住的小院中，除了地上蜷曲呻吟的那人，周围平静如斯，无一丝异常。

公蛎本正捂着生疼的额头跳脚，却见地上那人的呻吟声渐渐变成急促的喘气声，佝偻着身体不断地抽动，不禁吓了一跳，叫道："喂，喂，你怎么了？"

小院上房的房檐下，仅有的一盏灯笼发出微弱的光。公蛎顾不上自己的脑袋了，上去将那人扶了起来，仔细一看，不禁倒抽了一口冷气。

这人正是那晚见到的"三爷"，只是换了寻常衣服，没了那晚的狰狞。他身量单薄瘦小，被公蛎撞飞之后，后脑刚好磕在荆棘下的石基上，血虽然没出多少，但后脑头骨竟然凹进去一块。再一看，吴三蜷缩成虾米状，嘴角泛起血沫，只有出气没有进气了。

公蛎的声音都抖了："你别讹人……就这么撞一下，怎么会这样？"

几个黑影悄无声息地从院落四周的阴影中站了出来，公蛎却不曾留意，只顾手忙脚乱地按他脑后的伤口，带着哭腔哀求道："你别死啊，不就是撞了下吗，我真不是故意的……"

吴三面部剧烈抽动，撕扯得脸皮都翘了起来。公蛎心中似乎想起了什么，伸手去扯他的脸。不料吴三突然睁大眼睛，用尽全力道："你……你……赔我性命！"伸出左手向公蛎的脖子抓来。

他的左手，是六根手指头！

一口浓稠的血沫喷了公蛎满头满脸，手在即将触及公蛎脖子之时，软绵绵地垂落了下来，而他的脸皮脱落，下面的五官完整地暴露在了昏黄的灯光下。

巫琇。干瘦身材，微驼，六指。

公蛎想都没想，抓着他的身体一阵猛摇，语无伦次道："那个浑身丁香花味道的女孩儿……从金谷园逃走的！她叫什么，住在哪里？"

巫琇眼皮上翻，一抖一抖地抽搐，已经说不出话来。公蛎急道："喂喂，你先回答我的问题再死啊！"

越来越多的血沫从他的口鼻中喷涌而出，身体渐渐软了下去。公蛎愣了片刻，忽然明白他死了，尖叫一声，箭一般地逃离了院子。

贰

窖谶鼓

（一）

公蛎足足在房间里躺了三天。胖头认为他这几天没吃好，身体虚空，汪三财却非说他在装病。

隐藏这么深的巫瑃，竟然被自己一撞而死，后脑那么大一个血窟窿，公蛎一想起便要做噩梦；一会儿又懊悔没打听出丁香花女孩的姓名，一会儿又郁闷自己应该先问身上鬼面藓的疗法，而最为担心的，还是官府是否会把自己当做杀人犯抓了去，真是茶饭不思，心神不宁。加上他自蜕皮以来，连续担惊受怕，没个安稳日子，真被折腾的不轻。如此这般，两日之后，公蛎开始浑身忽冷忽热，脑袋发胀，四肢酸痛，一起身便天旋地转的。看到他是真的病了，汪三财这才不再唠叨。

直到第五日傍晚，燥热退去，公蛎渐渐清醒。先侧面同胖头打听了下官府动向，听说并没有官府来捉人，心中稍稍安定了些，这才觉得腰都要躺得断掉了，起床胡乱抹了一把脸，打算出房门活动下手脚。

一推门，便见毕岸坐在中堂。他竟然在家，正不紧不慢地喝着一碗小米粥。看到公蛎，道："这几日睡足睡够了吧。"

公蛎要退回房间已经来不及了，支吾道："还好。"

胖头盛了粥，又笑嘻嘻地递给公蛎一个烧饼。毕岸笑道："胖头满脸喜气，有什么开心事？"

公蛎这才留意到，胖头今日没穿短衫，而是穿了一件干干净净的湖蓝新袍服，戴了一顶硬翅襆头，满脸红光，眉开眼笑的，从里到外透着开心。

不仅胖头，一贯冷眼冷面的毕岸似乎心情也十分不错。只听他打趣胖头道："莫不是喜欢上哪家女孩子了？"

胖头又是傻笑又是脸红，扭捏了半日才道："那个……我第一次穿这种衣服……"

公蛎心思烦乱，没好气道："一件衣服就乐成这样。瞧你那大肥脸，红得跟卤过的猪头肉似的。还不快做事去！"

胖头忙板上了脸，挺胸收腹，小心翼翼地将衣裳拉扯整齐，以一种极不自然的步子去了前堂。

公蛎突然很想向毕岸求助，但一想到他同阿隼的关系，又退缩了，站在桌旁进也不是退也不是，无所适从。

毕岸瞥了他一眼，漫不经心道："原来水蛇也会有黑眼圈。"

公蛎转了转眼珠。他不仅眼窝发黑，眼睛里还布满红血丝——但他已经化成人形，很讨厌人家叫他水蛇。

毕岸似乎觉得很好玩，往椅子上一靠，笑了起来。

公蛎没来由的恼火，道："不许叫我……"话未说完，忽然被毕岸打断道："五日前，我在北市土地庙一处院子里，发现了前阵逃脱失踪的巫瑂。"

公蛎的心一阵狂跳，努力装出若无其事的样子："嗯，太好了。"

毕岸道："可惜他已经死了。被人正面猛烈撞击，后脑受伤严重。"

公蛎低下头，干笑了两声："这样啊……这人这么大本事……谁还能撞了他？"

毕岸道："本想找到巫瑂，便可找到清楚治愈我们身上鬼面藓的法子，没想到这样。官府如今正在追查杀他之人，希望能有所突破。"

公蛎锁紧眉头，斟词酌句道："那个，或许那个撞他的人，不是故意的，是误伤。他那么大本事，一般人怎么能杀得了他？"

毕岸回过头来。公蛎忙端正身体，神态更加庄重。

毕岸起身走开："你这两天最好哪里都不要去，否则我可就保不了你了。还有，今晚同我一起查验下现场。"

公蛎不安道："你……都知道了？"

毕岸回头哼了一声，道："就你这两天说的胡话，是个人都知道是你撞死了巫瑂。"

好歹没被官府捉走，公蛎松了一口气。但病了这几日，尚未来得及将那日的经历梳理。如今细细一想，不由得心惊。

那晚被困，引自己入局的老婆婆和小女孩，难道真的是人偶？还有巫瑂，老早毕岸已经推测吴三被人控制，可能是巫琇所为，为何一直不抓他归案？而那个奇怪的阵法，被自己一把火烧了，但火是如何着起来的？而且——

公蛎撸起衣袖裤管。浑身上下，别说是被火烧伤，连衣服头发，都没有一点过火的痕迹——这是第二次出现这种情况了。若不是毕岸刚才提到巫琇的死因，公蛎几乎要以为被困古阵乃是一个噩梦了。

一想到毕岸，公蛎心中又是一惊，忙伸手往衣袖里摸去。他去土地庙，是收到了毕岸的纸条，当时他分明随手塞进了衣袖，但如今却空空如也。

公蛎无心吃饭，回到房间里，将藏在脸颊的玉珏吐出来，然后扯着嗓子叫胖头。

胖头跑得肚子上的肉都一颤一颤的，兴高采烈道："有事？"

公蛎扯着他的脖子将他拉进了屋里。三下两下除去襆头，胖头的头发散落下来。

胖头以为公蛎同他闹着玩，只管嘿嘿傻笑，披头散发的任他摆布。

公蛎将玉珏塞他手里，喝道："拿好了！不许动！"胖头果然听话地一动不动。公蛎走到他背后，在他肩上锤了一拳，不无嫉妒道："这皮肉，够厚的。"说着忽然取出火折子打火，朝他的头发点去。

噼里啪啦一阵响，胖头的头发着了，带着一股浓郁的皮肉焦煳味道。公蛎哇一声大叫，抓起早已准备好的旧衣服死命扑火。

所幸火头不大。但胖头右耳下方的大撮头发被烧得乱七八糟，生生比其他地方短了半尺，再也盘不上头顶，而且头发燃烧后的灰烬弄得他满脖颈都是，看起来又狼狈又滑稽。

这个仿冒的玉珏，并不能避火。

公蛎想了想，拿过玉珏，趁胖头不注意重新吞进脸颊，将火折子递给胖头："打火，烧我。"扁起衣袖，将胳膊伸到胖头面前。

胖头正痛心疾首地摆弄肩头长短不齐的枯黄发梢，胖脸上显出要哭的神色："老大，你病糊涂了？"

公蛎一把将他的手打开："快点，别废话，打火烧我的胳膊。"

胖头死命往后退。公蛎揪着他的衣领："要是烧伤了跟你没关系！"

好说歹说，胖头终于同意一试。不过他认定公蛎这两日发烧将脑子烧坏了，明天一定带他去看郎中。

（二）

这块玉珏根本同避水避火没一点关系。烧了胖头的头发就算了，还将公蛎的手臂烤伤了一块，红彤彤、火辣辣地疼。

尽管并未出乎自己的意料，这块玉珏就是块普普通通的仿品，公蛎意外之财的希望破灭，还是有些失望。

亥时更鼓敲响，公蛎同毕岸换了衣服，一起去勘验现场。走到街口，却见胖头鬼鬼祟祟地躲在一棵槐树后，正探头往对面街道观望。

这些天，为了避免汪三财唠叨，公蛎外出有意不带胖头。但往常只要公蛎在家，胖头便像只大黄狗一样跟着公蛎，今天公蛎刚刚痊愈，却不见他随身伺候，原来躲在这儿。

公蛎上去给了他一个爆栗："你在干吗呢？"

胖头吓了一跳，回头揉着脑袋道："老大，毕掌柜，你们这是出去哪儿？"眼睛却还瞥着那个方向。

公蛎朝对面看去。

如今已经初冬，天气渐冷。虽然闭门鼓尚未敲响，但街道上已经空无一人，店铺也已全部打烊，只剩下各家门口昏黄的灯笼照着空荡荡的甬道。

公蛎伸手去撕扯胖头的脸，邪恶地道："老实交代，你是不是看上了对面木匠家的虎妞？"那家的丫头又黑又壮，一个人扛两条檩条健步如飞，不带喘气儿的。

胖头讪讪道："老大你可不能胡说。"

胖头的头发用水抿得整整齐齐，上面戴了帽子，不留意倒也难以发现被烧断了半边；一身湖蓝袍服还未舍得除下，不知从哪里找了个同色的劣质腰带扎着。胖头本身又高又壮，如此一打扮，遮掩了臃肿，显出几分高大威猛来，还真像模像样。

公蛎啧啧道："大半夜，打扮这么风骚，给谁看呢？"

胖头吸着嘴唇，显出不知如何是好的样子。毕岸忽然道："胖头今晚不如跟我们一起去北市土地庙吧，多个人，也多个帮手。"

胖头挠了挠头，嗫嚅起来。公蛎恼道："反了你了……"毕岸制止道："哦，算了，胖头还是留着看家吧。如今城中不太平，留财叔一个人，我不放心。"

胖头的脸上堆起憨厚的笑："……听毕掌柜安排。"公蛎总觉得，他竟然有一种如释重负的表情。

公蛎走出大门，忍不住回头看了一眼胖头，狐疑道："胖头这是在等谁？神神秘秘的。"

毕岸慢悠悠道："胖头长大了。明日我送他一条真丝水蓝腰带。"

公蛎心生羡慕，嘟囔道："糟蹋东西。还不如送我呢。"

空气清冷，公蛎不由得缩了缩肩膀。同时却也想到，自己竟然没了冬眠的困意——这么说，应该是修炼精进，已经褪去作为水蛇的动物本能，适应了凡人的生活了。

这算是这些日心惊肉跳的唯一收获了吧。

土地庙附近一片静寂，阴森森的松柏带给公蛎一种莫名的不安。公蛎跟着毕岸，绕到后面的大杂院附近。

一个黑影从磨盘的阴影中闪了出来，低声道："公子。"却是阿隼。阿隼转脸看到公蛎，竟然极其客气的叫了句龙掌柜，让公蛎受宠若惊。

毕岸道："怎么样？"

阿隼道："除了那些小乞丐，并不见有其他人进出。"

毕岸道："好，收网。"

这么多天，竟然还没有解救那些小乞丐，公蛎不禁有些鄙夷，却不敢表露出来。

阿隼回到自己躲藏的地方，毕岸则躲在了院子对面的松树上，公蛎忙跟着爬上旁边一个树杈。

皓月当空，将小院照得一清二楚。原来今日是十月中，天气晴好，月亮又大又圆，对面院落的情形一览无遗。那五条并排种植却被甬道隔开的荆棘在月色中成了一条条浓重的黑线，而后面的上房，房顶不是普通的枯黄茅草，而是乌黑乌黑的，像是刷了黑漆的蓑草，这么居高临下地望去，相当刺眼。

公蛎对巫瑢的品位有些不屑，随口道："看人家暗香馆的绿篱，打理得才叫漂亮。院子里种荆棘，我还是第一次见到。"

毕岸回头看了他一眼，眼神很是奇怪，带着点嘲弄和疑惑。公蛎瞬间觉得不爽，却不敢说什么。

毕岸皱眉，摇了摇头。

足足过了一个多时辰，小院里不见有任何动静。不但冷，腿脚都开始发麻了。公蛎不敢叫苦，只好搓着手无话找话道："巫琇会不会就是吴三？"

毕岸道："不是。"

公蛎闷闷道："哦。那他是利用吴三的身份伪装。不过以他的能力，到哪里混不了一口饭吃，怎么会想起来如此下三滥的手段？"

毕岸又看了他一眼，道："是。"

公蛎埋怨道："我早跟你说那些丢的孩子被换了容貌，你干吗不早点解救？你要早点来……巫琇说不定也不会死。"

毕岸道："是。"

公蛎越是不安，就越是想找话来说，忍不住又道："你等什么呢？要我说，直接破门而入，把那些孩子们抱出来，不就完事儿了吗？"

毕岸这次连敷衍的"是"也没有说，只是挺直了脊背，一眼不眨地盯着对面大院。

大院中一个小小的身影蹦蹦跳跳地出来，将院落周围点上灯笼。

唯一没有残疾的孩子，自然是小武了。

八个白灯笼，发出白森森的光。不过灯笼十分老旧，灯头也小的可怜，只能照亮灯笼下一丁点儿的地方。

小武点了灯笼，自己回了房间，院子里又一片寂静。

梆，梆，梆。远处的更鼓清晰地传来，三更了。

不知从哪里升腾起浓重的雾气，独独地将这个院子笼罩起来。

公蛎紧张起来："巫琇……不是死了吗，这院子还这么古怪？"

毕岸冷冷道："卜卦，大凶。"

公蛎如醍醐灌顶。五条被甬道分开的荆棘，一排茅草房——五条阴爻，一条阳爻，可不就是八卦中的剥卦么。

公蛎对伏羲八卦并非一窍不通，可是这两次来，次次都是晚上，而且惊惧异常，心思根本就没往卦象上联想。如今一看，不由得倒吸了一口冷气。

卜卦，大凶，以压制和剥离为主，致原物不能辨认。那些孩子们，被放入如此卦象中，容貌改变，魂魄被拘，若不能破了此卦，只怕一生都要陷入悲惨之中。

毕岸低喝一声："走！"纵身跳了下去，公蛎略一迟疑，忙跟了上去。

两人飞快来到门口。公蛎收不住脚，一把扑在破旧的柴门上，脸刚好对准上端残缺的部分。

说来奇怪，在明亮的地方，公蛎的视力不见得比常人好多少，有时甚至还不如常人；而今晚院子里雾气缭绕，公蛎反倒觉得同往常一样，视力并不受影响。

毕岸俯低身子，低声道："看看院中，除了荆棘和灯笼，还有什么？"

公蛎也不避讳，化为原形，将脑袋伸进柴门的缝隙："一口水缸。"

毕岸却不进来，道："不是。还有什么？"

公蛎不明白他的用意，只管看到什么便说什么："上房墙上还挂了一串蒜，靠着一个秃扫把，窗台一堆破布烂衫，灶房门口石头上还摆着好几个破碗。"见毕岸眉头紧锁，忙接着道："这边墙角一棵歪脖子小槐树。"

毕岸"哦"了一声，慢慢地将手摸进衣袖。公蛎将上半身挤进门里，转了一圈脑袋，道："真没其他的了。"一低头，却见大门后一侧放着个圆滚滚的石碾子，"哟，这里还有个石碾子。"

上两次皆是在惊惧的情况下闯入院子的，公蛎竟然不曾留意。

毕岸道："仔细看看，什么形状的？"

公蛎倒吊身体，凑近了用脑袋轻轻碰了碰："竖起来放着，乌黑发亮，硬得很，不知道是什么石头做的。哦，可能不是石碾子，表面平得很。"

毕岸贴门而立，低声道："你再仔细看看，找到它的正面。"伸手抓住他的尾巴，道："放心，有什么危险我马上拉你出来。"

公蛎若不是因为撞死巫琇一事要仰仗毕岸，打死也不想再来这个地方，硬着头皮看了看，道："石碾子哪有什么正面？再说另一面压在底下，得要搬起来才能看到。"

毕岸道："正面有螺旋纹，只有对着月光才能显现，你仔细看看。"说着手一松，啪的一声，公蛎掉在了石碾子前。

公蛎顿时来气，小声嘀咕道："什么人呢这是，自己躲着不进来，哼！"

雾气笼罩，天灰蒙蒙一片，哪里能看到月亮？公蛎使出吃奶的力气，将石碾子推倒，反复看了多遍，也不见两端的断面有何不同。

毕岸隔着柴门，道："过会儿月光进来，你要抓紧时间找到正面，今晚之事结束，你误杀巫琇的事便不再追究。"

公蛎一喜，道："真的么？"毕岸紧接着道："月光可能只有片刻工夫，你必须用尽全力，快速找到鼓面。"说着不知从衣袖里取出个什么东西凭空一划，公蛎只听门外隐隐传来一阵金玉之声，萦绕的浓雾如同受了惊吓一般飞快退开，一缕月光照射下来，在地面上投射出一个脸盆大的光斑。

公蛎变回人形，咬紧牙关，将石碾子推到光斑处，对准一面，一看什么也没有，忙吭吭哧哧换了另一面，直累得大汗淋漓，气喘吁吁。

浓雾重新围拢过来，月光渐淡。公蛎眼疾手快，将石碾子斜斜推去，刚好让月光投射在石碾子的表面上。

原本黑黝黝的表面褪去乌色，变成了黄白色，中间隐隐出现一圈圈的螺纹，直至中间，形成了一个白色的点。

公蛎以手触之，嘴里道："咦，不是石头，软软和和，还有弹性呢。"

话音未落，只听嗖的一声，毕岸站在门外，从门上的残缺处将长剑投了进来，不偏不倚，刚好扎在了鼓面正中的白点上。接着一股低沉的气流呼啸之声，石鼓瘪了下去。

柴门被一脚踹开。毕岸沉声道："高阳带人搜捕，王进去将那些个孩子转移。"

院落外墙，顿时冒出好几个黑影来，伸手敏捷地跳入院中，几乎不发出一点声息。只有那个矮个子捕快高阳走过公蛎身边，嘀咕了一句："真没想到，竟然是你。"

一句"竟然是你"把公蛎从茫然中拉了回来，他自己心虚，唯恐捕快们将他捉了去，忙一把拽住毕岸的衣袖，急道："你快跟他们说，不是我，当时我跑出来，巫琇他也跑出来……撞得我脑袋也疼呢……"

毕岸打量着院中的布置，敷衍似的点点头道："知道。"高阳疑惑地回头看了他一眼，道："哟，没想到你还挺谦虚。"

公蛎这才意识道他说那句"竟然是你"，指的是公蛎闯进院子找石墩子一事。

雾气已经褪去，小武点的那些灯笼不知怎么也全灭了。不过月光倒好，并不影响视物。

两个捕快点燃了火把，王进同几个黑衣人将隔壁茅屋中昏睡的孩子们抱了出来。毕岸翻开其中一个孩子的眼皮看了看，道："没事了，先抱回去安置，明天问清父母姓名和家庭住址，着人领回。"

其中一个孩子忽然醒了，从断掉的手臂和衣着来看，很像是那个被唤作小平的女孩，但她的模样已经大变。她揉了揉眼睛，打量了一圈四周，忽然哭叫道："我要找我娘！娘！我是静儿啊！"

公蛎突然明白，这些孩子们已经恢复了神智和相貌。

王进等一边哄着，一边带了孩子们出去，唯独留下了那个被施法变形了的小女孩。她却没有恢复，蹲在地上流着涎水，痴痴呆呆地啃着一个脏得分不出眼色的蝴蝶结。

公蛎从毕岸身后探出头来，嘀咕道："王进怎么把她忘了。"

毕岸轻轻地揉了揉她的头发，道："她本来就不是人。"话音未落，小女孩整个身体发灰变暗，瞬间成了一个脏兮兮的布娃娃，仍保持着啃蝴蝶结的姿势。

公蛎神经质地跳了起来，冲到毕岸身后。

毕岸轻描淡写道："上次你在这院子里看到的，已经是它了。"

原来毕岸等早有准备，在女孩失踪之前，已经用一个被施了法术的布娃娃掉了包。公蛎有种被愚弄的感觉，赌气不说话。

搜查上房的高阳出来了，满脸失望，回毕岸道："没有异常发现。"

毕岸拍了拍他的肩，道："你带人守着即可。"

高阳迟疑了下，领着几个黑衣人慢慢退出，远远地守在门外。公蛎急着想离开，但见毕岸无动于衷，踌躇一番，还是跟在了毕岸身边。

如今整个院落只剩下两人，阿隼也不知道去哪儿，旁边还有那个一脸灰暗的木偶娃娃，公蛎连一眼也不敢瞧它，唯恐看到它黑漆漆的眼珠子正转着朝着自己发笑。偏偏乱蓬蓬的荆棘无风而动，像是藏着什么怪物一般，更让公蛎惴惴不安。

毕岸举着火把，绕过荆棘，朝墙根走去。公蛎忙跟了去。

毕岸观察了片刻，忽然蹲下，用剑掘开表面的浮土，下面竟然露出一个精致的小玉鼓。这鼓鼓身用玉晶莹油润，虽说是夜里，一眼便可看出是上等好玉，公蛎大喜，手脚并用将小鼓扒了出来，将上面的泥土擦拭干净，看鼓面匀净，鼓身花纹精致，质地缜密，图案为常见的缠枝牡丹，下面是些憨态可掬的小抓髻娃娃相，顿时爱不释手，眉开眼笑道："这是个什么东西？不枉我又来这里一趟。"

再看毕岸，神色坦然，表情平静，心中的一点担忧也放下了，抱在怀里，试着拍打了一下，道："怎么不响呢。"

毕岸冷淡道："这种鼓你用手拍，自然是不会响的。"

公蛎翻弄着看了又看，道："要拿去卖了，能值多少钱？"

毕岸道:"价值千金。"

公蛎兴奋得几乎忘了巫琇之事了,将小鼓兜在衣襟里,正色道:"这个虽然是你找的,但是我挖出来的。好歹你得给我分一半。"

毕岸嗤道:"这一个算得了什么,还有好几个呢。"

难得自己走一次狗头运。公蛎眼前瞬间飘过无尽的美食和暗香馆美人儿的身影,喜出望外道:"哪里哪里?"

毕岸也不言语,带着他走到另一处墙根。很快,其余六个也被挖了出来。

一共七个,分布于院落的四周,左侧三个,右侧四个,个个精致,在昏黄的灯光下流光溢彩,莹润如水。公蛎将其集中在一起,拿了个破簸箕盛着,一会儿拿起那个亲一口,一会儿又拿起这个贴脸上,那副诌媚的样子,就差流口水了:"宝贝哎,委屈你们了!过会儿我就带你们回家,给你们置办个纯银的窝儿……"

毕岸实在看不下去,道:"上房还有更好的宝贝呢。"

公蛎想起巫琇那个包治百病的血蚨,忙放下玉鼓,接过火把,跟着毕岸进了上房。

说是上房,只是位置较正而已,同其他几个茅屋一样破烂。坑坑洼洼的土坯内墙,不知道修补多少次了,到处都糊着颜色深浅不一的泥土;屋内一头砌着一口土炕,上面堆着破棉絮,一头摆着几个缺胳膊少腿儿的桌椅,一眼便可看到全部家什。

毕岸搜得极为仔细,几乎是一寸一寸摸过去,又是敲墙,又是翻看,连土炕的炕洞都钻进去看了好半日。

公蛎没找到血蚨,有些失望,看着毕岸钻得狼狈,道:"巫琇假扮吴三,那吴三去哪儿了?"

毕岸灰土头脸地退着爬出来,吐了一口嘴巴里的土,道:"你混了这么多天,终于问了一句要紧的。"

公蛎下一句本来打算说"你找吴三审问下不就得了",听了毕岸的话灵光乍现,惊恐地道:"吴三……吴三他还活着吗?"

若是换个人,早该想到,巫琇心狠手辣,做事决断,吴三既然被选中,肯定不会容他再活在世上,也就是公蛎,只顾陷入撞死巫琇的忐忑中,其他一概不想,到现在才想起问真正的吴三去了哪里。

炕洞里除了掏出一双八成新的落满灰尘的鞋子,并无其他收获,更没有公蛎预想的地道或者暗门。地面下的土十分敦实，也没有挖掘过的痕迹。

毕岸将鞋子放到一边，顺手关上了门。

公蛎忽然耸起了鼻子。

毕岸看着他。

公蛎像小狗一样往门后凑。房门后，有一股淡淡的香味，毫无疑问，这是一个女人的体香。

公蛎点了点头。

两人难得如此默契。这种感觉有些奇妙，可惜转瞬而逝。

香味太淡，若不是公蛎对女人的体香天然敏感的话，根本闻不出来。不过香味显然不是今天留下的，至少三天前。时间久了，加上房间中原有的硝味和火把燃烧的松脂味，实在难以分辨出是什么类型的香味。

毕岸伸手在门后的墙壁上摸了一把，放在鼻子下嗅了嗅，忽然脸色大变，夺过公蛎手中的火把，朝着墙壁燎去。

公蛎等得焦急，忍不住道："土房子，哪能点得着？"

毕岸后退一步，将火把高高举起。

墙面上，慢慢显出一个模模糊糊的人形轮廓来。像是一个人站得累了，在门后靠了好久，以至于汗渍、油渍都浸入了墙壁。

毕岸在轮廓上摩挲着，缓缓道："此人身材不高，背部微驼。右上臂及背部有几处大的脓血血痂，似乎皮肤溃烂。"

这些特征，全部与吴三相吻合。

毕岸将火把递给公蛎，拿出小刀，选择轮廓中背部位置颜色较暗的斑点，刮下来一些泥土："他死前已经中毒。"接着飞快地沿着轮廓将表层泥土全部刮了下来。

泥土有一股淡淡的腥味，中间还可看到少许的白色结晶颗粒。

毕岸拈起一颗小结晶在鼻子下嗅着，沉吟道："他曾服用毒物，不，或许是药物，西域冥桐树汁，每天几滴，还有极其微量的草头乌……西域冥桐树汁，草头乌，丹砂。不对，这是防止尸体腐臭的药物！死后，尸体曾在门后矗立多时。所以门后有他的气味。"他看向公蛎。

公蛎脸部扭曲了一下："香味……"如今他恨不得把自己的鼻子给拧下来。

公蛎曾听说过，但一直以为是传说。冥桐、奠柳同属吃人树一脉，冥桐样子如低矮桐树，可散发出一种奇香，如同女子体香，专门诱杀成年男子。而且它可根据

被猎杀者的爱好习惯释放他所喜欢的香味类型，十分神奇。而冥桐树汁极为珍贵，不仅可以美容养颜，还可以用来防腐保鲜。

公蛎纳闷道："本以为这种树已经绝迹。也不知道巫瑈从何找到这些树汁。"

毕岸一边在泥土中翻动，一边道："巫瑈身为郎中，对用药十分内行，找一些异域香料处死一个身有残疾的老乞丐，也不是什么难事。"说着从泥土里扒拉出一颗黄豆大小的不规则土黄色小石子，对着火光又看又嗅，然后放到嘴边，用舌头舔了一下。

公蛎有些嫌弃，小声道："什么东西，你就敢往嘴里搁？"

毕岸递给公蛎："尝一下。"

这块石子形状不规则，不像是人工打磨出来的东西，但表面光滑，泛出被烧过之后的微光。在毕岸的逼视下，公蛎不得已舔了一下，马上朝地面上呸呸连吐了好几口："这什么鬼东西，竟然这么苦？"

毕岸道："人的胆结石。"未等公蛎跳脚，道："怪不得找不到吴三的尸体。他被火化，骨灰被和入泥里，糊在了墙上。"接着三下五除二，将整间房屋内墙上新糊的墙泥全部撬下捣碎，细细翻弄起来。

果不其然，从中又发现了一块小指骨，一块指甲盖大的骨片，还有几颗细碎的骨头。

毕岸又去院中和灶房视察，又从灶头的草灰中扒出一些未燃尽的臂骨。

就在公蛎几乎支撑不住的时候，毕岸终于心满意足地站起了身："这要找个筛子来才好。走吧，明天去问问那几个小乞丐，看有没有其他有用的信息。"

公蛎早等着毕岸说这句话了。当下飞跑至院落，不顾寒冷，脱了外套将七个玉鼓包上，兴冲冲地走了。

行至门口，毕岸将插在石碾子上的剑拔了下来。公蛎刚才只顾喘气使劲儿，如今突然想到一事，狐疑道："这么硬的石头，你的剑没事吧？"说着朝石碾子看去。

毕岸吹了吹剑上的屑，道："你看错了。"

公蛎定睛一看，门后哪里有什么石碾子，只有一个脏兮兮的烂鼓，油漆早已脱落得难以分辨，鼓面被刺穿，裸露出已经老化的鼓身来。

（三）

第二天的问询异常简单。几个身有残疾的孩子虽然恢复了神智，但对这些天魔窟一般的生活并无多少记忆，只有小平和一个大些的男孩偶尔会癔症一般念叨"一个脸上有疤的大坏蛋"，却只有只言片语，难以从中发现更多的线索。小武倒是身心健康，乖乖地问什么答什么，但对于"三爷"到底是吴三还是巫琇，他根本没有概念。

官府已经贴了通告，能够找到父母亲友的，便通知来领人；说不清的或者本身就是在外地被拐骗来洛阳的，只有先送去福安堂安置。至于小武，他证实假扮吴三的巫琇曾经给他一些骨头用来烧饭，不过是不是人骨他并不能辨认。作证之后，因他无父无母，又不愿到福安堂去，只好教育了一番，便放了他重回北市一带混去。

阿隼根据毕岸提供的线索，几乎将院子拆了，将泥土细细地筛了一遍，果然发现了更多未燃尽的细碎骨头，并在一处荆棘下发现了吴三的身份文碟。虽然说不能完全证实是吴三的尸骨，但如此无头公案，只好作罢。

毕岸说话算话，不仅未向官府告发公蛎撞毙巫琇一事，反倒因为他三次夜闯大杂院，救了那些孩子，替他申请了百两赏银。

自从拿到赏银后，公蛎几乎每天去暗香馆一趟点那里的头牌离痕姑娘一见，本以为有了百两赏银垫底，暗香馆自然该对他殷勤备至，谁知龟奴不是说离痕姑娘出去游玩，不在洛阳城中，便说她已经约见了其他公子，近半月行期已满，难以安排，也不知是真是假。公蛎又不是能一掷千金的富豪，郁闷之时更要满足口舌之欲，结果银子花的如流水一般，没几天便花了个精光。

其实也不见得公蛎对离痕有多爱慕，正如公蛎对容貌的偏执，见离痕姑娘，不过是心底一个固执的认定，只是为了增添一些吹嘘的资本罢了。

至于那个丁香花女孩儿，那次做梦之后，公蛎不管是在梦里还是在现实都再也不曾探寻到任何她的气息。而且不知怎么回事，如此梦萦魂牵的人，公蛎竟然除了她微微翘起的嘴唇，几乎想不起她的模样，只知道美得炫目。

或许这个女孩，已经不在人世了吧。

公蛎的心揪着疼了一下。

转眼十余天过去，天气越发寒冷，竟然下起雪来了。公蛎身无分文，那七个小玉鼓拿出来又放下，犹豫良久，终归还是舍不得当掉，只好闷在忘尘阁，偶尔打半斤散酒，对窗独酌。

这日傍晚，公蛎吃了一整条羊腿，正躺在床上揉肚子，只见胖头推开门，满脸堆笑，讨好道："老人，吃饱了没？"

他这些天忙得比公蛎更甚，每日里眼瞅不见便往街口跑。公蛎恼他如今侍奉的不到位，故意闭目养神："又跑去哪里野了？去，把我的衣服洗了。"

胖头忙不迭点头，"我这就去洗。"嘴里这样说，却一步一挪地去来到公蛎床前，殷勤地帮他捏起了头，不时嘿嘿傻笑。

公蛎不耐烦道："有话快说有屁快放。"

胖头扭捏了半天，道："老大，我认识了个女孩子。"

公蛎嗤之以鼻："猪都看出来！脸上的肉褶子都带着笑，还打扮得这么骚包。"

胖头还穿着他唯一的湖蓝袍服。毕岸送的同色镶嵌玉牌的腰带，看上去品位提高不少。胖头双手在衣襟上狂搓，讪讪道："这个，这个，不是你想的那样。"

公蛎折身坐起来，双眼放光："快说漂不漂亮？谁家的姑娘？怎么认识的？"

胖头羞臊道："……等再过些日子再说。"以胖头的品位，不是丁老木匠家的虎妞，便是杂货铺那个黑瘦的柴火妞。公蛎曾多次看到胖头傻呵呵地帮着人家搬木材，或者倒腾那些落尘的农具。公蛎拿出做老大的仗义，道："没问题，等哪天你确定了，老大我亲自登门拜访。"

胖头十分开心，傻乐呵了一阵，认真地道："老大你说，对女孩子来说，送什么才能表现诚意？"

公蛎仰面躺下，闭着眼睛随口答道："你觉得什么东西最宝贵，送给她就是了。"

胖头想了想，顿时眉开眼笑，道："知道了！"兴冲冲地出去了。

公蛎本以为他会开口借钱，没想到这家伙还真有家底，心中不由好奇，翻身坐了起来。

胖头一边洗着衣服，一边听着门外的动静。残雪未消，天气寒冷，街上的店铺已经打烊。但胖头心里热乎乎的，丝毫不觉得寒冷。

汪三财早早地睡下了，老大房间也不见了响声。胖头将院落打扫了一遍，将柜台擦拭了两遍，终于听到亥时更鼓敲响。

大门一阵晃动，伴着狗的低声叫唤。胖头丢了抹布，洗干净手，从柜台下偷拿了包什么东西，然后踮着脚尖，溜了出去。

一条水蛇悄无声息地跟在他身后。

一条大黄狗站在街口，看到胖头出来，摇了摇尾巴，一溜烟儿地跑了。胖头跟着走过街口，绕过大柳树，在木匠家门口站定，隐约听到虎妞大着嗓子同她爹讲话，转身躲到了门前涧河的小石桥的石墩下。

原来在公蛎又是蜕皮又是生病的这当儿，胖头已经将他的"地盘"扩展了差不多半个敦厚坊。他憨厚老实，又有力气，见人忙活便上去帮忙，一来二去，竟然同隔壁街道混得烂熟，同虎妞和柴火妞便是这么认识的。

虎妞是老木匠家的闺女，生得人高马大，声如洪钟，在李婆婆嘴里，她一顿能吃一筐馒头整锅饭，"谁娶到家还不得把家给吃穷了"！所以直到如今，已经年过二十，仍未找到婆家。不过她似乎也不以为意，整天打扮得像个男子一般，短衫短卦，腰里扎条汗巾子，招呼生意倒腾木材，比儿子还顶用，他老爹便安心在家里设计花样、打造家具。

过了片刻，木匠家大门闪开了一条缝，大黄狗先挤出来，快步跑到胖头身边，又嗅又蹭。接着虎妞探出半个身子，大黄狗又过去迎接，胖头忙挥手。

虎妞抚摸着大黄狗的脑袋，对着胖头欣喜地道："你来啦。"

虎妞体格个头同胖头几乎一样，两人站在一起倒是般配，连她养的那条狗，都比其他的狗块头要大，一身金黄的毛，收拾得甚为干净。胖头将手里的纸包递过去："烤羊腿，可惜有点凉啦。"

虎妞隔着油纸闻了闻，道："真香。"

胖头喜滋滋道："胡姬酒家的，味道很好哩。"

虎妞摸着肚子，道："你早点拿来就好了。我今晚就着咸菜吃了三个大馒头，还喝了两碗粥，现在还撑呢。"

大黄忽然弓起了腰，对着草丛发出低低的吼声。虎妞拍了拍它："大黄乖，坐下。"

大黄果然乖乖地坐下，眼睛却盯着草丛。

虎妞不待胖头说话，拎起裙摆转了一圈儿，得意道："瞧瞧，新做的衣服。"说着扭动了几下腰肢。

说是腰肢，实在是勉为其难，因为她的身材不管从哪个角度看，都是一个标准的圆柱体。

胖头啃着手指甲认真打量了一番，道："挺好的。我说吧，你也可以穿裙子的。"

虎妞一把将他的手打开："多大人了，什么毛病？！"胖头缩回了手，嘿嘿笑道："我老大也是，一看我啃指甲就打我的手。"

虎妞谈兴甚浓，大说大笑的，什么今天进了多少木材，做了什么家具，订家具的人多么英俊，穿的衣服如何如何华美，全然不顾偶尔路过的行人侧目。胖头似乎也有些心不在焉，一边点头，双脚一边无意识地在地面上来回移动，呆头呆脑听了半晌，终于找到机会插嘴道："那个，到底怎么样了？"

虎妞粗声大气道："兄弟，我说了包在我身上，你还不信我？"一拳砸在胖头的肩上，将胖头推得后退了两步。

小水蛇在草丛里蠕动了下，显得十分无可奈何。大黄发出低声的吼叫。

虎妞嘿嘿地笑了起来，声音高亢，在寂静的夜里显得尤其响亮。胖头挠头道："小声点，别人都睡了呢。"

虎妞用臀部狠狠地撞了下他，道："闭门鼓还没敲响呢，谁管得着？"话是这么说，声音还是低了下来。

虎妞虽然长得像男子，终究是个未结婚的女子。胖头有些难为情，看看四周微弱的灯光，不安道："其实白天见面也没什么。"

虎妞大大方方道："我们是兄弟，怕什么？再说白天，我忙着呢，哪有时间出来见面？"

胖头小声道："我是……怕人说你的闲话。"

虎妞的声音瞬间又起来了："我才不怕！最烦背后嚼舌头根儿的，被我揪住，看我不打他个半死！"说着不由分说，拖着胖头往桥旁边的小树林走："这里僻静，我们说悄悄话儿，不给别人听见。"

盘踞在阴影处的水蛇忍无可忍，掉转头顺着墙根游走了。

公蛎顺着街道的阴影慢慢往家溜走，心里再次对胖头的品位嘲笑了一番。他一向只关注美貌的女子，对虎妞之流不太留意，今日认真地看了看，觉得身材长相还在其次，行为举止太像男子，实在难以接受。打定主意，若是胖头征询自己，定要表示下反对意见。

肚皮贴着地面，冰得发木，公蛎第一次觉得还是人形行走更为方便些，见街上行人稀少，闪身躲入李婆婆门口的大槐树下变回人形。

流云飞渡的门忽然开了，小妖晃晃悠悠走了出来。公蛎童心大起，弓起腰准备跳出来吓她一吓，却发现小妖有些不对劲。

大冷的天，她赤着一双脚，身上只穿着薄薄的麻布睡衣睡裤，脸颊冻得通红，目光游离，脚步轻浮，完全不似往日活泼伶俐的样子。

难道是梦游？据说梦游之时是不能贸然叫醒的，否则魂魄会被吓得遗落在梦中，再也回不来了。

时辰不早，闭门鼓眼看便要敲响。公蛎还是第一次见到梦游的人呢，更加好奇，便猫着腰偷偷地跟在她后面。

小妖沿着最里侧的碎石小道，赤脚踩着尖尖的小石子上，却无一丝痛苦的表情，影子一般顺着街道悄无声息地往前走。先在街口的大树下徘徊了一阵，又绕去前街。走到老木匠家大门口，终于直直地站定，昂头看着木匠铺子的招牌，眼神一片茫然困惑。

公蛎心想，莫非小妖也看上了胖头，所以跟来找他们俩算账来了？

大门虚掩，虎妞尚未回来。公蛎能够听到远处两人的窃窃私语声，当然主要是虎妞的声音，不过公蛎懒得分辨他们讲话的内容。

小妖站了一阵，上前推开了门，闪身进去。公蛎寻思，不如上前去牵了她慢慢回去，尽量不惊扰她便是，便也跟着进了去。

今年松油涨价，除了门外招牌处的小灯笼，房间并未掌灯，一片昏暗，且铺子里琳琅满目，摆着各种各样的家具，小到圆形檀香妆奁盒子、雕花脚踏，大到轿式大床、樟木衣柜等，摆得满满当当，小妖却出入无人之境，飘飘然走进家具丛中，慢慢蹲下，躲在一个圆凳后面。

这个调皮的小妖，做梦还捉迷藏呢。

不过要是虎妞回来，定会把她当做贼给抓起来。老木匠又脾气古怪，不说扭送官府，也定然要痛骂她一顿。

公蛎想了想，决定闯入她的梦里叫醒她。但担心在她背后出声惊吓了她，便慢慢绕到小妖前面，轻咳了一声。

小妖抬起头来。她竟然满脸泪痕，无声而泣。

公蛎笨拙地晃了晃手，装出偶遇的样子，小声道："嗨，小妖！你家姑娘回来了没？"小妖充耳不闻，像不认识他一样，眼神穿过公蛎落在黑暗中，纤细的肩头

微微抖动，眼泪更是如断了线的珠子一般落在衣襟上，片刻便印湿了一大片。

她的眼神和身上传递出痛苦和恐惧，让公蛎十分不适。偏偏她又不发出任何响声，像个胆怯的白影子。

这是做噩梦了？

可是既不能问，又不能告诉她这是做梦。公蛎有点后悔，早知道刚才应该冲回去叫小花来跟着，或者叫财叔也行。

公蛎随着她的视线看过去。原来屋角放着一口陈旧红漆小鼓，不过只有鼓身，鼓面尚未张贴。

公蛎走过去捡起木鼓。这鼓的样式平淡无奇，看起来是每年元宵节传统锣鼓中手击鼓的一种，用材劣质，漆面斑驳，划痕遍布，上面残余少量缠枝牡丹，其他的图案几乎不能辨认，像是哪个喜新厌旧的孩子的玩具，被随意丢弃在这里。

公蛎又自作聪明了一回，远远地将小木鼓举给她看，并作出要丢给她的姿势，道："哈哈，你来找这个对不对？"

小妖的脸瞬间变得毫无血色，连流泪似乎都停止了，公蛎甚至可以看到她的瞳孔因为极度的恐惧而瞬间缩小，变成一个无尽的黑洞，接着便见她身体往后仰去。

公蛎忙放下了木鼓，跑过去扶住她。

出乎意料，她并未晕倒，只是双眼瞪得老大，直勾勾地看向房顶，黑漆漆的眼珠子如同那晚见到的布偶。

若不是想着以后还得指望从她口中打探苏媚的消息，公蛎早逃开了。扶着她的手臂，公蛎能够感觉到她浑身冰冷，无一丝暖意，欲要抱她，却又不敢。

小妖忽然挺直身体，指着木鼓，嘴巴动了一下，吐出几个含糊的音符。公蛎将耳朵凑近："你说什么？"

小妖再次闭紧了嘴，并牢牢抱住圆凳。公蛎唯恐带出响声，哀求道："小姑奶奶，赶紧回去吧，再待会儿不被当成贼，你也要被冻死了！"

小妖又动了嘴巴，这才却说了两遍。但她的声音极低，公蛎勉强听出她叫的好像是鼓的名字，但除了最后一个"鼓"字，其他两个字皆不能分辨。

要不就将老木匠家的圆凳一起抱走算了。公蛎朝手心吐了口吐沫，手指还未触到小妖腋下，忽听一阵咳嗽声，老木匠破锣一把的声音从后面的房间里传来："妞啊，你回来了？把门闩好……好歹是个姑娘家，大晚上的，可不兴回来太晚……"

小妖的眼珠终于动了一动，站起身绕过高高低低的家具，深一脚浅一脚地飘走了。公蛎反应过来，忙跟着逃走，膝盖碰在椅子角上碰得生疼。

刚一出门，便听到虎妞同胖头告别的声音。公蛎暗自庆幸，一溜烟地追着小妖去。

小妖依旧摇摇晃晃地走着，不紧不慢。公蛎不确定她是否梦醒，只好在她身后悄悄地跟着。

行至李婆婆家门口的大槐树下，小妖突然站住了，微微眯起眼看着远方。这种明明空无一人却被她看得好像黑暗之中藏着什么东西的感觉，让公蛎十分抓狂，恨不得将她扛回流云飞渡。

公蛎眼珠一转，装出自己梦游的样子，用一种沙哑平缓的语调道："你——是——谁，你——怎么——来我的梦里？"

这招果然见效，小妖转回头来。公蛎面无表情，继续道："我要回家——我们都回家吧——"

小妖忽然一把抓住公蛎的胳膊，眼睛里满是惊恐，小声但清晰地说道："龙哥哥，救救我！"

（四）

第二天一早，公蛎就被门口的吵闹声给吵醒了。起来一看，小妖正在大门口同李婆婆吵架。

原来李婆婆早上起火烧水，见流云飞渡尚未开门，就将刚打好的一桶水放在她家门口的台阶上，谁知不小心什么时候翻了，也没顾上收拾。小花早上一开门便摔了跟头，随口骂了句"哪个缺了德的"。李婆婆听见了不依，反过来骂小花没家教、不长眼，摔死活该。

小花老实，气得眼泪哗哗的，却一句话也说不出来。小妖可是个不省事的，听到动静，连外面的大衣服都没穿，跳出来同李婆婆对骂："我和小花没有家教，您这么有家教，怎么不被太常寺请去教礼仪？一大把年纪咒人摔死活该，哼，我们年轻，离死远着呢，只怕那些老胳膊老腿儿、黑心烂肚肠的老人渣，摔一跤就一命归西了呢！"

李婆婆原是见苏媚不在家，有点倚老卖老欺负人的意思，听小妖叫她"老人渣"，顿时炸了，提了扫把便要来打小妖，一众街坊等连忙上去劝。

小妖伶俐得很，一边绕着跑，一边言语挑衅，倒把李婆婆气得浑身发抖，一屁股坐在流云飞渡的台阶上，拍着大腿痛骂小花小妖。

先不过是骂小妖不懂事、不敬老，后来便越来越过分了，指着小妖的鼻子，满口污言秽语："小骚蹄子！打量着你那些破事我不知道是吧？一个个妖媚狐道的，不知道搞什么勾当！"众人都劝她不住。唯独公蛎看得欢乐，远远站在旁边，时不时给小妖挤个眼儿，示意她骂得好。

小妖依然伶牙俐齿，看样子并未受昨晚梦游的影响。只见她眉毛一挑，眼睛一翻："有些人想要妖媚狐道，也得看看自己那副老废干柴的样子有没人理呢！"

李婆婆气得拍着大腿嚎哭，连声叫着死去丈夫的名字，控诉有人欺负她"孤苦老人"。胖头上去拉她，被她推了个趔趄，并骂"猪头猪脑"；汪三财不过劝了句"老姐姐，你何苦跟个小女娃儿一般见识"，竟然被李婆婆丢了一火钳，叹着气回了忘尘阁；连性子和善的赵婆婆也不敢相劝，只皱着眉远远地看着。

一时间鸡飞狗跳，噪乱不已。公蛎第一次见到中老年妇女骂街，对她们层出不穷、永不匮乏的词句叹为观止，只听得张口伸颈，两眼放光，恨不得拍手叫好，鼓励她再骂出一些新意来。

天色放亮，街上店铺已经开门迎客。李婆婆骂势渐微，只是碍于面子，赖在她家门口的台阶上不起来。偏偏小妖唯恐天下不乱，拿着扫把作势打扫台阶上的水，笑嘻嘻道："骂累了没？我家这地方凉，小心冰了您这高贵的有家教的屁股，还请婆婆换个地方坐去。"说着一弓腰，做出个请的姿势。

这重新激起了李婆婆的斗志，她嗷一声叫，伸手去撕小妖的脸。小妖如同兔子一般跳开，反复几次，李婆婆鼻翼贲张，竟然骂起了苏媚："苏媚个狐狸精，这么久不回家，是被哪个贱男人勾引走了，还是发骚去了勾栏院！"

一骂苏媚，公蛎听不下去了，躲在小妖后面提醒道："李婆婆过分了啊，苏媚又没惹你……"李婆婆哪里搭理他，拿着扫把追着小妖满街跑，还捎带着打了公蛎一下："你这个小骚蹄子，半夜三更穿个睡衣到处乱窜，四处勾引人，还要不要脸？小花那个弱智傻瓜，天天半夜三更摆弄那些蜡人儿，一个个妖媚狐道的，小心打雷劈死你们！"

公蛎心里咯噔了下。看来小妖梦游不止一次，连李婆婆都知道。

小妖回头看了一眼，眼里闪过一丝困惑，但随即放轻松，仰着下巴冷笑道："全天下正常人要都你这样儿的，下面的拔舌地狱只怕都盛不下了！"

李婆婆拄着扫把大口喘气，忽然五官扭曲，发疯似的痛骂："有本事你出来啊，躲在暗处害人算怎么回事？老娘活了五十多岁，早就活够了！有本事你就该二十五年前将老娘杀了！你这个吸血鬼！害人精！挨千刀下地狱的东西！"

李婆婆越骂越来劲，满嘴污言秽语，并挥舞扫把，对着空气一阵乱打，似乎带着极大的仇恨。但怎么听，都觉得同苏媚、小妖没什么关系。更让公蛎觉得纳闷的是，李婆婆虽然爱嚼舌头根儿，又有些倚老卖老，但从未如今天这般，只骂得双眼发直、嘴角泛沫、眼睛充血，这般发疯撒泼的模样，完全不在乎颜面。

众人正看着李婆婆发癫，毕岸扒开人群走了过来，上前稳稳地握住了扫把，在李婆婆的肩头一拍，道："李婆婆累了，回屋歇着吧。其他人都散了吧。"

李婆婆愣怔了一下，竟然乖乖地闭上了嘴。小妖早已被李婆婆的状态给吓住了，一脸钦佩地朝毕岸竖起拇指，又冲着公蛎做个鬼脸，忙钻回了流云飞渡。

毕岸搀扶着李婆婆的手臂，公蛎忙上前帮忙。两人将李婆婆夹持着送到茶馆，按坐在椅子上。毕岸松开了手，道："婆婆，好点了没？"

李婆婆用力眨了眨眼，左右看了看门神一般的公蛎和毕岸，脸上忽然显出懊悔的表情："毕掌柜，这个，老婆子我……""这个"、"那个"了半晌，回手轻轻给了自己一个耳光，满脸自责道："老婆子我这是怎么了……在这街上住了几十年，今儿这脸，可算丢尽了！"接着又不安地朝流云飞渡那边看："完了，这下可怎么办……"表情真切，一副羞愧之态。

公蛎刚才被扫把捋过的地方还隐隐作痛，对她的转变又诧异又愤怒。凭什么毕岸一出马，连粗俗的李婆婆都臣服？人比人果然是气死人的。

李婆婆刚才用尽了力气，如今松了劲儿，瘫软在椅子上，喘得像个漏气的破风箱，鹤发鸡皮，老态尽显。

两人站了片刻，公蛎见她气息渐平，眼睛微闭，朝毕岸打了个眼色，准备回去。刚一转身，李婆婆忽然抬起头来，叫道："毕掌柜，等等。"并示意公蛎关门。

公蛎正想去看看小妖，带着门便走，却被毕岸叫住，又在毕岸的指使下倒了一杯茶给她。

她捧着茶，脸色铁青，几次欲言又止。

毕岸抱胸而立，表情如水，并不催促。公蛎心想，摆得一副好谱儿。

李婆婆将手中的茶一饮而尽，终于开口道："毕掌柜，老婆子惹事了。"她阴沉

地看了一眼毕岸："我这些日，总是心烦气躁，动不动便想发脾气。比如今早这事儿，若搁往常，定不会闹出这么大的动静。"

公蛎心想，呸，你不就想趁着苏媚没在家，可劲儿欺负小花和小妖么？

李婆婆仿佛猜到公蛎想什么，挺直身体，冷然道："我虽俗了些，嘴巴碎了些，还是分得清轻重的。"顿了一顿，道："这些时日，龙掌柜忙着生病，病好了忙着花天酒地，毕掌柜你又不常在家，这条街，尽是乌烟瘴气了。"

公蛎吃了一惊，顾不上她言语中的嘲讽，道："发生什么事儿了？"

李婆婆摩挲着椅子的扶手，缓缓道："我的阿狸，前晚儿死了。"

阿狸是她养的一只猫，已经老得牙齿都掉光了，每日里只爬在这张椅子扶手上打呼噜，从不出茶馆一步，见人不动不理，也不让除了李婆婆之外的任何人触碰，所以大家几乎视它不存在。

公蛎心想，老人家真是小题大做。但见她伤心，便陪着小心道："别是吃了被药死的耗子，中毒了吧？"李婆婆严厉地看了他一眼，道："它死于失血过多！但浑身上下无一处伤口，只是全身的血，一点也没有了。"

公蛎瞪目道："你怎么知道？"

李婆婆回头看向后院，低声道："我当然知道。"她倏然转回头来，一字一顿道："因为我儿子，我相公，都是这么死的。"

公蛎吃惊道："怎么可能？"李婆婆不耐烦道："你总是这么一惊一乍的，像个长不大的孩子，除了吃喝玩乐什么都不惦记。"

公蛎有些不服。毕岸道："婆婆你继续说。"

李婆婆怔怔地看着毕岸，眼窝里满是泪水："我儿子小时候长得可漂亮了，若是能长大……定然像你这个样子，英俊潇洒，乖巧稳重。"

毕岸的目光不由变得柔和。

"当年我久婚不孕，一直到二十三岁了才有了他，真真是含在嘴里怕化了，捧在手心怕摔了。可是五岁那年，突然死了。"李婆婆浑身颤抖，眼神空洞，"他缩在我怀里，不住地说，娘，我好冷，有人在吸我的血呢。"

她对着空气做出抱紧的动作，"我叫着他的名字，紧紧地抱着他，可是只能眼睁睁看着他的脸越来越苍白，身体渐渐冰冷。"

公蛎忍不住插嘴道："赶紧去找郎中呀！"

李婆婆牙齿磕动："找了，不顶用。郎中的诊断结果都一样，失血过多。可是早上还活蹦乱跳的，全身也没有一处伤口，哪来的失血过多？"

公蛎问道："他之前可是吃了什么东西，见过什么人？"

李婆婆自顾自道："孩子当天晚上便走了。我抱着他坐了一夜，直到他在我怀里渐渐僵硬。等孩子下葬，我开始思忖这件事。"

"那天我在家做针线，门外拨浪鼓和梆子齐响，阿宝跑出去看热闹，我收拾了手里衣物，又拿了几文钱，稍微迟了些许。明明梆子声还在门外，等我一出门，已经不见了货郎，只见阿宝呆呆地站在空地上，嘴里念着不要扎我、不要扎我。"

"回到家阿宝说困了，我也没多想，谁知他一觉睡到天黑，我担心饿坏了他，便拉他起来吃饭。他醒了，第一句便是'娘，有人吸我的血呢。我好冷'。"

"儿子就这么莫名其妙的死了，我也要疯啦，到处找可疑的线索，特别是那个货郎。可是我找遍了方圆几里，只打听到他比较瘦小，个子不高，其他再也问不出什么来了。因为没有证据，官府也不管。"李婆婆老泪纵横，满脸悲怆。

公蛎道："后来呢？"

李婆婆抹了一把泪，黯然道："后来？孩子没了，可日子还得过下去。还好相公人好，对我也体贴，没了孩子，他也没凉待我。可是过了不到一年，有天午后他说出去一下，结果再没回来。"

"那是个冬天，寒风裹着小冰晶刮得呼呼的，打在脸上冷得刺骨。傍晚时分，我在家等急了，便出门找。等在一个偏僻角落了找到相公时，他已经快不行了。"

"我抱着他，一边哭一边叫他的名字。他微微睁开眼睛，说了一句同我儿子当年一样的话：'好冷，它在吸我的血。'我被吓到了，抓住他拼命摇晃。他忽然抓住我的手臂，用最后力气说'快点搬离这个地方，快点！'"

李婆婆声音凄厉，表情悲痛至极，却再无泪水流下来。"我报了官府，申请验尸，可仵作检验了之后，说死于不明症状的失血过多。全身无伤口，无打斗痕迹，只是体内的血液全部没了。仵作判断'或有隐疾而造成血液病变'，结论'排除他杀'。此事便不了了之。"

她忽然站起来，紧紧钳住毕岸的手臂，激动得浑身发抖："可是我知道，他和儿子都是被人害死的！有人吸了他们的血！"

李婆婆身上的恐惧、绝望和无助传递过来，公蛎也不由自主发起了抖。

毕岸看了一眼公蛎，将手按在李婆婆肩头，轻轻道："婆婆不急，慢慢讲。"

他的声音平缓有力，眼睛深邃安静，仿佛有一种特殊的魔力，让人心安。公蛎不由朝毕岸走近了一步。

李婆婆平静下来，道："人人都说，是我命克亲人。其实我巴不得死的是自己。儿子和相公都死了，留我一人在世上做什么呢。没多久，我就卖了房子，去乡下亲友那里住了两年，又辗转多处，最后来到北市，在这里开了个小茶馆。"

毕岸忽然道："那日你相公因何出去？"

李婆婆道："我正要说这个。那日午后，我正在洗碗，他在门口劈柴，忽然支着耳朵说了句，外面什么声音？我出去看看。就是这两句，我决不会记错。"

"可是当时锅碗叮当，我并未听到外面有什么响声。等我处理完他的后事，也想起了这个事儿，问遍了街坊，都说不曾听到，只有一个在街口晒太阳的老乞丐说，他似乎听见几声梆子声，但听得不太准。"

"那时候洛阳还未宵禁，夜里值更，由各家轮值，所以梆子家家都有，常见得很，从哪里查呢。"

毕岸的目光投向茶馆墙壁上的茶牌，莫名其妙地说了句道："婆婆的字写得很是不错。"

李婆婆道："是我相公教的。他人长得好，学问更好。可惜不得志得很。"她偷偷看了一眼毕岸，低声道："他当年，长得同你一样好，不过不似你这般冰冷。"她的老脸上泛起一片红晕。

毕岸有些尴尬，轻咳了一声，道："婆婆请继续讲。"公蛎在一旁挤眉弄眼。

李婆婆正了正脸色，道："我搬来了这里，开这么个小茶馆，平生再无快活，不过每日里嚼些东家长西家短的，显得自己不那么孤单。可是三日前，我又听到了梆子声。"

"太长的夜，我睡不着，正搂着阿狸念叨我的阿宝，阿狸忽然站了起来，支起耳朵，跳下床出去了。我以为它发现了老鼠，就靠在被子上等它。就是这时，我听到了梆子声。很轻很轻，急一阵缓一阵的，同宵禁巡逻时的声音是不同的，倒像是谁家孩子在调皮捣蛋。"

"阿狸好久不见回来，我困得睡着了。因惦记着阿狸，天没亮便我醒了，发现阿狸在我脚边蜷成一团，已经死了。"

李婆婆的表情，同讲起失去儿子时一模一样，难过得难以形容。公蛎不知道怎么安慰她，冒冒失失道："阿狸年纪也不小了。"

李婆婆厉声道："它不是老死的！"似乎觉得过分　，平静了一下，接着道，"不错，阿狸已经十七岁了，要是个人，已经耄耋之年。但它不会死的，我知道。"

"我要弄清死因，趁着它的身体还有余温，半夜解剖了它。"她眼神坚毅，同公蛎印象中那个只会冷嘲热讽说人长短的凡俗老妇判若两人，"它一点血也没有，连肉都泛出白色。"

她颤巍巍站起，腿脚一软，又坐下了，指着后面一个掩盖的木桶，道："龙掌柜，麻烦你去将那个提过来。"

桶里放着阿狸被剖的乱七八糟的尸体，已经僵硬。毕岸翻弄着看了看，沉吟不语。李婆婆殷切地看着毕岸，道："怎么样，老婆子我的判断可否正确？"

毕岸点点头。

李婆婆轻轻拍着木桶，"可怜阿狸陪了我这么多年，死了也不能落个全尸。这几晚，我几乎没怎么睡着，直到今天早上五更鼓敲过，我才迷糊了片刻，可是又一下惊醒过来了。"

"我又听到了那种梆子声！杂乱无章，急一阵缓一阵。"她的眼里流露出一种难言的恐惧，伸手抓住了毕岸的衣袖，"我又惊又怒，却不知如何是好，一时控制不住情绪，同小妖吵了起来。"

毕岸任由她拉着衣袖，道："婆婆年轻时，可曾得罪过什么不寻常之人？"

李婆婆摇摇头，"没有。倒是老婆子孤身一人之时，想起此事到底意难平，偶尔心里充满着恶意，故意编排他人的坏话，倒是得罪人不少。"她苦笑了一下，"比如苏媚。"

公蛎不满地小声嘟囔："幸亏她大人大量，不同你计较。"

毕岸道："那这几日可有什么人表现比较反常？"

李婆婆怔怔想了片刻，忽然叫道："珠儿！珠儿！"

公蛎对一切美丽的东西都怀着天生的好感，更别说同珠儿还有一般的情谊，顿时嗤之以鼻，"李婆婆，你一大把年纪了，怎么能信口雌黄？"

李婆婆急道："不是，你想想，今天早上闹得这么凶，她露头了没有？"

确实，今天早上果真没有看到珠儿的身影。公蛎记得一大早她家原是开着门的，后来不知何时关上了。另外往常李婆婆欺负小妖，珠儿一定会出声帮忙。

李婆婆也知道珠儿同毕岸闹的那一出儿，寻思珠儿对外声称是认了毕岸和公蛎做哥哥，莫要指认错了，连这两人也得罪，顿时讪讪道："我也是猜测。"

看到公蛎脸色不好看，忙补充道，"可能珠儿知道什么。阿狸死后的那个傍晚，

我在准备第二天的茶汤，她竟然来了。你知道，她从来不进我这个茶馆的。"

李婆婆挤兑苏媚珠儿原是家常便饭，所以珠儿通常不多搭理她。"她主动走了进来，默默站了片刻，脸色十分难看。我心里七上八下的，想着是不是那次我说她勾搭有钱人家的少爷，结果人家看上她她还摆谱，正想着如何抵赖，只听她阴沉着脸说，晚上关好门窗，听到什么响动，千万不要出去。"

公蛎恨恨道："若不是看你年纪大……"

李婆婆翻了个白眼，道："我如今就这么点乐趣，比如你，我只是说你好吃懒做，百无一用，看到女人就走不动道儿，其他的坏话可没说，你这么小气做什么？"

公蛎气得捶胸顿足。毕岸道："婆婆还有其他线索吗？"

李婆婆欢快道："有有，我这里小道消息可多呢。你想听哪个？"她一说起他人的闲话来，浑身充满了动力，刚才的悲痛似乎全忘了，恨得公蛎牙根直痒痒。

毕岸皱了下眉，道："跟你这件事可能有关的。"

李婆婆眼珠转了几圈，拍着大腿道："先说隔壁，我最讨厌隔壁。小妖梦游，你们知道吧，连着这几日，每晚亥时左右，穿着睡衣到处乱跑。昨晚还去老木匠家逛了一圈呢。"

公蛎惊得瞠目结舌，愕然道："你怎么知道？"

李婆婆得意洋洋道："我昨晚亥时一刻左右，听到小花提醒她小心感冒。早上扫街，看到她家门里有刨花儿，定是小妖昨晚去了老木匠家附近。"

公蛎哑然道："你不做捕快，真可惜了。"

李婆婆咯咯一笑，故作神秘道："还有那个老实巴交的小花，每到月圆之夜，便犯癔症，抱出一堆缺胳膊少腿儿的小蜡人，指挥着它们排兵布阵。另外，我跟你们说，苏媚可是个人物，不仅侍弄花草是一把好手，调教起男人来，那真是连暗香馆的头牌都比不上……"她忽觉失言，偷眼瞄着面无表情的毕岸，诌笑道："她性格开朗，人又漂亮，我要是男人也喜欢呐。不过我看她还是意属毕掌柜。"

毕岸波澜不惊，像是同自己无关一般，李婆婆稍觉失望，不过看到公蛎微显落寞的样子，又觉得很开心："珠儿没找婆家，有个有钱人家的少爷常常偷偷来看她，可她不为所动。我敢肯定，她同苏媚一样，中意毕掌柜您。"她得意地看着毕岸，像个做了坏事而不自知，反而求打赏的孩子一样，让人觉得又好笑又好气。

毕岸脸色一沉，道："说其他的。"

李婆婆收了笑容，道："街口赵婆婆，她家儿子不能尽人事，生不出孩子来，所以赵婆婆整天对着王二狗家的阿宝嘘寒问暖的，不知道的，还以为是她亲孙子呢。呸，看着面善，心里不知道有多嫉妒呢。临街老木匠，正在四处打听着给他家那个虎妞找婆家呢。就虎妞长得粗手大脚那样儿，娶回家跟娶个男人一样，谁会看上？"

公蛎听得津津有味，毕岸却哼了一下。李婆婆忙赔笑道："啊，瞧我糊涂的。你们原不爱听这个，你家当铺对面，以前说要开家布庄，听说如今易主了，被一个财大气粗的俊俏公子爷给买下来要建个酒楼。"

毕岸皱了皱眉，道："婆婆累了，早日安歇吧。"公蛎本想追问下关于虎妞家木匠铺子的事情，只好打住。

李婆婆瞬间悲惧交加，泪光涌动，凄凄切切哀求道："毕掌柜，关于吸血一事，老婆子我只告诉过你一人。我可就依仗你了！"变脸之快，堪比公蛎换形。

毕岸道："放心，我这些天就在忘尘阁，你若听到什么异动，来找我就是。"

李婆婆垂泪道："那我就放心了。多谢毕掌柜。"

两人一前一后走出茶馆。小妖正躲在门后提心吊胆，唯恐将李婆婆气出什么好歹来，看到公蛎就做出一个探询的表情。公蛎朝她一挤眼，表示没事，接着小声问毕岸："你说李婆婆说的那个事儿，是真的还是她自己臆想的？"

毕岸面无表情："不知道。"

（五）

李婆婆的委托，公蛎并未放在心上。若李婆婆说的是真话，吸血什么的充满诡邪，公蛎决不想多管闲事；若她只是故弄玄虚，那更不用理了。再说了，人家委托的本来就是毕掌柜，而不是他龙掌柜。倒是小妖的事儿，公蛎上了心。

如今天黑得早，吃过晚饭，还未到戌时。前堂生了炉火，甚是暖和，几人便集到了前堂来。汪三财在核对今天的账目；胖头对着火炉痴痴地发呆，不时咧嘴无声地傻笑；毕岸不知是不是因为受人所托的缘故，竟然拿了一本书坐在前堂，看得专心致志。

公蛎百无聊赖地绕着众人打数十个圈子，仍不见隔壁小妖有什么动静。见毕岸看得出神，腆着脸道："毕掌柜，什么书这么吸引人？"

毕岸将书递给了他："巫要。"

书软塌塌的，竟然由一张张薄牛皮装订而成，但边缘发毛发黑，磨损严重，显然有些年月了。封面上依稀可辨出是"巫要"二字，因为这两个字的每笔每划都是由无数个巫人组成的，巫人们戴着鬼脸面具，或坐或站，或叩或拜，或歌或舞，每个人只有寥寥几笔，但极为传神。

公蛎盯着看的久了，直觉得巫人们都动了一般，忙翻开里面。

里面密密麻麻写满了小字，行笔同大篆有些相似，但公蛎大多不识。中间夹杂着很多鬼画符一般的图片，偶尔有几幅能看懂的，不是诛心便是挖眼、裹尸等，还有一些同现在不怎么相同的阴阳八卦图，处处透着诡秘，公蛎很不喜欢。

毕岸盯着他，忽然道："你若有不懂的，我可以讲解。"

公蛎将书扔回去，道："我还当是哪家的诗文。原来是这个，没意思。"

毕岸道："这是先秦古书。"他着重在"古书"二字上加重了语气。

隔壁的门响了一声，却是小花来检查门闩。公蛎哼哼道："哪怕是太上老君的书我也没兴趣。"

毕岸将其中一页卷起的书角抻开，压住，淡淡道："据说天下修炼之人，若能得其一二，不说能长生不老，多活个数百年，定然是有的。"

胖头吃惊道："那岂不是成了老妖精了？"

公蛎心不在焉答道："活那么久做什么？你认识的人、熟悉的人一个个都死了，光自己活着，有什么好玩的好吃的也没人分享，多没意思。"

公蛎对长生不老之类从来无感。当年他在洛河，隔壁便住着一个已逾千岁的老乌龟，每日里窝在洞府里，开口闭口除了修炼，便是一些陈芝麻烂谷子的前朝往事，没一个人爱听。公蛎当时便想，若是自己也过这种孤独烦闷的生活，那还不如早早升天。

汪三财倒从柜台探出头来："年轻人么总要有点追求，看人家毕掌柜。"

公蛎懒洋洋地靠在椅背上，道："又要耳根清净，又要戒荤腥去杂念，这日子有什么过头？没意思！"

毕岸合上了书，一向淡然的眼神透出一点点感兴趣的光来："你今晚说了三个没意思。"

小花在同小妖说晚上一起睡，若是小妖晚上有事，就用力掐她、叫醒她。

看来今晚小妖不会有事了。公蛎回过神来，茫然道："什么没意思？"

毕岸微微笑道："没事了。"

胖头忽然愣头愣脑地道："毕掌柜，您这是打算回来住一段时间了？"

毕岸道："正是。"

胖头和汪三财大喜，异口同声道："毕掌柜在，我们的生意定会好了！"

公蛎酸溜溜道："胖头你赶紧再去批发些小姑娘小媳妇喜欢的小花小朵小玩意儿来，明日还不知有多少美人儿来呢。"

毕岸抬头微微一笑，嘴角扬起。接着又专心致志地看起了书。

公蛎似乎第一次如此近距离地观察他的五官。毕岸第一眼给人的印象，总是不外乎五官俊朗，身形潇洒。但分开了看，眼睛稍微长了些，唇形薄而娇俏，作为男子的五官便显得有几分媚气，但配上他高挺的鼻子和有棱有角的脸型，媚气瞬间转化为了英气。

单单英俊的长相似乎还不足以显示两者的差距。与公蛎的毛手毛脚、心浮气躁不同，毕岸淡然却又锐利无比的眼神，静默的举止，让他浑身上下散发出一种安静的气息，而这种气息，是公蛎除却容貌外最为嫉妒的。每次遇到什么情况，公蛎除了害怕、逃避，便是手足失措，而毕岸只要一出现，哪怕事情一时不能解决，场面也会暂时平静下来。

不仅如此，还有他那种冰冷的感觉。公蛎觉得，他就像一把剑，哪怕是微笑也总带着一种与生俱来的寒意。毕岸似乎很热心，浑身充满正义，但这种"热心"，同公蛎置身事内的热心不同，他在和气之外，无时无处透着一股超然世外的冷淡和漠然。同样，他也很有礼貌，不管是对汪三财的唠叨还是对李婆婆的粗俗，都能做到有礼有节，但这种礼貌，就像某次修行得道后的公蛎救了一条被癞蛤蟆咬住的半岁小蛇时，又轻视又悲悯，带着一种难以言说的高高在上。

比如现在，公蛎热烈地同胖头讨论哪里的食物好吃，哪家的姑娘养眼，装模作样地同汪三财讨论生意的走向，要不要开拓下经营范围，毕岸充耳不闻，捧着那本鬼画符一般的古书看得津津有味。

或者就是这种高高在上，让公蛎觉得不爽罢。偏偏汪三财对此赞赏有加，胖头则崇拜不已，更突显了公蛎的小心眼。

"呸，装什么大尾巴狼。"这是个今天才跟李婆婆学的新词儿，公蛎觉得用在毕岸身上特别贴切。

可惜竟然说出了声。公蛎原以为毕岸一定会装没听见，没想到他头也不抬回了一句："你若能半月之内把这本书读完学透，我就接受你这个定位。"

汪三财整理完账目，正笼着手烤火，探头看了一眼古书，揶揄道："这书让他看？——龙掌柜，里面有认识的字吗？"

公蛎知道汪三财不怎么瞧得起他，可是也没办法，眼珠转了半晌，道："我自然认识它们，不过它们不认识我。"

三人哈哈大笑，忘尘阁中前所未有的融洽。胖头自告奋勇道："毕掌柜，你教教我，这些都是什么？"

毕岸看了看胖头，摇头道："这个，不适合你。"

要是能找到那个丁香花女孩儿，又能治好身上的鬼面藓——那么一生就完美了。

公蛎在心里重重地叹了口气。

闭门鼓敲罢，也未听隔壁有什么异响，公蛎便放心地早早睡下了。

迷迷糊糊睡到半夜，公蛎一个激灵，忽然醒了。

门外有极其轻微的脚步声，像是一个人赤脚走在地上。公蛎的第一感觉便是小妖，忙折起身推开窗户。

果然是小妖，一袭白衣，手脚冻得通红，双眼迷离地在院子里打转，但极为安静，不发出一点声响。

刚才明明胖头已经闩好了门，也不知小妖怎么进来的。

公蛎叹了一口气。这丫头是怎么了，要死不死的天天梦游，苏媚也不管管。

小妖站在院中，对着空中伸出双手，像在拥抱什么人。公蛎隔窗看到她尖俏的小脸满是激动，嘴巴微动，不知在念叨什么，但顺着她的目光，明明空无一物。

公蛎等了半晌，仍不见小花过来，只好穿好衣服，轻轻推门出去。

小妖抱着空气无声流泪，像是竭力压着不让自己出声。公蛎几乎将耳朵贴在她的头发上，也难以分辨她在说什么。

小妖哭了足有一盏茶工夫，公蛎眼见她指尖由苍白变成通红，嘴唇由红润变得乌青，唯恐冻坏了她，只有去叫小花。

刚转过身，忽觉衣襟一紧，回头一看，小妖泪眼蒙眬，嘴巴一动一动，做出一个"不要走"的口型。

公蛎只好站住。他几乎被弄得迷糊了，不知道她到底是梦游还是犯癔症。

小妖伸手过来，公蛎以为她要牵自己的手，心中一喜，忙伸手过去，尚未够着她的指尖，小妖已经转身走开了，但她的手却仍然摆出一副牵手的样子，仿佛她牵着一个无形的人。

小妖不再流泪，而是满脸欢喜，一边走一边指点周围，好像黑暗中藏了无数公蛎看不见的美景一般，而且动作十分奇怪，一会儿做依偎状，一会儿又做出小女儿的娇嗔状，估计是梦到了什么人。

公蛎暗暗觉得好笑，心想这小妖的梦可真够丰富。

小妖牵着空气走到公蛎的窗前，忽然收住脚步，并松开了手，怔怔地看着屋内的漆黑一片。

公蛎弯着腰潜到她前面，躲在窗台下朝她做鬼脸。

按照公蛎的判断，站在小妖的位置绝对看不到自己，更别说这个鬼脸了，但小妖分明动了动嘴巴，用口型说道："那是什么？"

公蛎吃了一惊，忘记躲藏，探头朝屋内望去。

屋里还是自己刚离开时的样子，窗户开着，并没有什么异样。

小妖嘴巴先是一动，接着猛地捂住了自己的嘴巴，满脸惊惧，转身朝后跑去，不料经过前堂门槛时，被狠狠地绊了一下。

公蛎眼疾手快，一个飞扑接住了她，只听框里哐当一声响，头撞在旁边的货架上，一个青瓷美人瓶哗啦一声摔得粉碎。

汪三财、胖头的房间灯都亮了，胖头叫道："谁？"公蛎还未来得及回答，小妖无声地倒在公蛎怀中，紧紧抓住他的手，哆嗦着道："龙哥哥，救救我，还有……"一句话未说完，昏了过去。

胖头一手举着灯，一手提着棍子出来，一看公蛎顿时愣住："老大，这是……怎么回事？"

公蛎低头一看，自己穿了件棉袍，扣子都没系，抱着衣衫不整的小妖，小妖只穿一件白棉睡衣，双颊通红，双脚足赤，这模样儿要多说不清就有多说不清。

那边汪三财还在不停地问："胖头，外面怎么回事？"胖头嗫嚅着不知如何回答。公蛎低声喝道："别理他，小妖冻坏了，你快找件干净的衣服来。"

刚说完，一件棉袍甩过来，刚好落在小妖身上。毕岸靠着门框，皱眉看着小妖，嘴里却大声回汪三财道："没事，不知哪里来的野猫蹬翻了一个花瓶。有我在呢，财叔早点歇息吧。"

公蛎手忙脚乱地将小妖裹好，小声道："怎么办？"

毕岸道："还能怎么办？送回流云飞渡。"胖头眨巴着眼睛，苦着脸站在一边。公蛎伸手给了他一巴掌，恼道："她梦游，我不敢打断她，刚才她自己走的时候绊到门槛，把你们给惊醒了。我什么也没做，你哭丧着脸做什么？还不去隔壁叫门？"

胖头喜笑颜开，跑去叫门。

公蛎唯恐毕岸不信，忙道："小妖梦游，苏媚又不在家，你有什么好法子？"

毕岸似笑非笑道："据说治梦游，要找到导致她梦游的根源。"

公蛎没好气道："这不是苏媚的事情么，怎么赖到我头上了。"

毕岸悠然自得地道："可小妖找的是你。"

公蛎悻悻道："我又不会治疗梦游。"

小妖忽然动了一下，紧紧抱住公蛎，冰冷的小身子簌簌发抖。公蛎有些尴尬，抱也不是不抱也不是。

毕岸忽然道："那日从大杂院带回来的小玉鼓，你还留着？"

公蛎警惕道："怎么了？你答应给我的啊，可不许反悔。"

正说着，小花来了，公蛎抱了小妖送她回去，因问道："小妖这是怎么了？以前也这样？"

小花头发睡得像个鸡窝，瓮声瓮气道："没有，以前好好的，就这六七天，天天晚上梦游，梦游的时候叫她也不应，只能等她自己醒。"又后悔道："我睡得沉，她在梦中又特别机灵，一点响动都不发出，我真的看不住她。"

胖头担心道："要不要现在去请个郎中来？我看她冻得很。"

小花道："不用，热水、热姜汤我已经备好了。"

公蛎忍不住道："你家姑娘可真够放心的，这么大个店，就交由你们两个打理。如今小妖也病了，你还是赶紧叫她回来吧。"

小花欢快道："姑娘就在城里呢，偶尔晚上在家，只是白天不在。"说完似乎觉得失言，捂了下嘴巴。

公蛎一愣，道："你说什么？"

小花低头支吾道："哦，我说……我也不知道姑娘去了哪里。"她偷偷瞄一眼公蛎，脸红了。

公蛎断定她撒谎，故意道："那店里货物怎么办？"

小花老老实实道："货物商家会定期送来，我们只管清点、售卖即可。"

公蛎皱眉道："她都忙什么呢，天天不沾家。"

小花木讷道："姑娘交待过，说我们处理不好的事，只管去找毕公子便是。"

公蛎觉得自己有点出力不讨好，悻悻道："毕岸是我忘尘阁的掌柜，又不是你流云飞渡的。"

两人不便久留，放下小妖便回去了。公蛎寻思，这小妖的梦魇一天比一天严重，要赶紧找到苏媚才行。

（六）

第二天吃过早饭，公蛎惦记着小妖，便去了流云飞渡。

小花正在整理货架，看到公蛎忙施礼道："龙掌柜早。"

公蛎探头往后院看去："小妖呢？"

小花道："身体倒没大碍，不过还未起床，睡着也不踏实。"

公蛎迟疑了下，道："我去看下她。"

小花粗笨沉闷，平日里几乎没什么话，一副木木呆呆的样子，自然公蛎说什么便是什么。

公蛎来到小妖的房间。房间很普通，粉色的帐幔，白色窗帘，床头墙面上挂着一些精巧的小玩意儿，带着一种小女孩特有的温馨。

小妖躺在床上，眉头紧皱，双手抱胸致使被子高高隆起，睡梦中仍然一副紧张的模样。

公蛎道："发烧么？"

小花摸了摸她的额头，道："不发烧。我看她比较累，就没有叫醒她。"

堂前忽然有响动，似乎有客人来，小花忙去招呼。

孤男寡女同处一室，公蛎虽然不在意，但对小妖的名声可能有影响，特别是隔壁还住着那个长耳朵长舌头的李婆婆。踌躇了下，转身要走，衣角却被拉住了。

小妖闭着眼睛，梦呓一般道："不要走。"

公蛎以为她装睡，叫道："小妖起床，日头晒到屁股啦！"

小妖长长的眼睫毛快速闪动，无声地哭了起来。公蛎晃动她，道："小妖！醒醒！"

小妖折身坐了起来，眼睛睁开，却不看公蛎，而是直勾勾看着房梁，泪水如同断了线的珍珠往下滴落，嘴巴微动，无声地念叨着什么。

公蛎将耳朵凑近，全力分辨。

小妖叫的是"姐姐"！

小妖哭了一阵，重新躺倒昏睡。公蛎出了房间，小花也已经忙完，送他出去。

公蛎道："小妖家里还有什么亲人？"

小花茫然道："亲人？好像没有。"想了一想，坚决道："没有。除了我和姑娘。"

公蛎道："她家原籍哪里？如何跟的你家姑娘？"

小花摇头道："不知道。"

公蛎见问不出什么所以然，只好道："你过会儿叫她吃些东西。如若不行，还是叫个郎中吧。"

小花憨笑道："已经叫郎中看过了，说并无大碍，开了些安神的药。您放心，我会照顾好她。"

既然已经出来，公蛎便四处逛逛。刚走过街口，见外出进货的胖头拐进了另一条巷子，遂跟了上去。

不用说，胖头又去找虎妞。公蛎正蹑手蹑脚准备上去吓唬他一下，旁边突然窜出一个人倒退着过来，刚好撞在公蛎怀里。

一股温香软玉的感觉传来，公蛎急忙跳开，定睛一看，却是玲珑。玲珑羞得脸色通红，忙不迭地道歉。公蛎正了正神色，道："姑娘这是在做什么？"

玲珑含羞带笑道："我的一个簪子不小心掉了，我思量就是掉在了此处，却怎么也找不着。这不刚才找得急了，撞了龙掌柜。"她一双凤眼朝公蛎款款一瞥。

公蛎一阵慌乱，道："我帮你找找。"玲珑咬着手帕子，蹙眉道："算了，也不是什么贵重的东西，不过是个日常戴的。家里还煎着药呢，我回去了。"

公蛎忙道："姑娘住哪里？我要找到就送过去。"

玲珑脸儿一红，后退一步，低声道："柳枝儿巷八号。"说着不待公蛎回话，低头快步走开。

公蛎正欣赏她窈窕的背影，玲珑忽然回过头来嫣然一笑，目光同公蛎相撞，顿时脸颊绯红，掩面逃开。

公蛎不由呆了，直至目送玲珑走远才想起寻找簪子。刚走几步，便见一根镶嵌玉珠的银簪躺在脚下石缝中，忙捡了起来。

银簪上还带着她的发香。公蛎放在鼻子下贪婪地嗅了一嗅，欲要追过去，玲珑已经不见了踪影。迟疑了片刻，还是朝着老木匠家的方向走了过去。

老木匠家大门敞开，一辆马车停在门口，正在装货。不用说胖头又在充当免费劳力了，公蛎远远便看到胖头一趟趟扛起已经包好的家具，按照虎妞的指挥依次装车，大冷的天热得满头大汗。

趁着胖头去院内搬货，旁边一个卖菜的大婶用肩膀扛了一下虎妞，嘻嘻笑道："虎妞，这就是你的傻女婿？"

虎妞的胖脸上漾出甜蜜，嘴里却不满地道："谁傻了？人家精明着呢。"又警告道："这我兄弟，你可别胡说。"

大婶挤着眼笑道："哟，你还害羞呢。是个人都看得出来！"

虎妞嘻嘻笑道："八字还没一撇呢，你当他面可不许提起。"

若是胖头娶了虎妞，这忘尘阁又添一把干活的好手。公蛎一边想着，一边侧着身子从马车后面的缝隙进入店铺之中。

虎妞一看公蛎，忙进来招呼："龙掌柜来啦！您坐。"说着热情地给公蛎倒了一杯热茶，扯着嗓子道："胖头，龙掌柜来看我们来啦。"那个表情举止，仿佛她已经同胖头成亲了一般。

胖头脑袋顶着一个沉重的红木高脚胡凳走进前堂，看到公蛎有些不好意思，道："老大，你怎么来了？"

公蛎心神不宁，他的左手插在怀里捏着那根簪子，目光散漫地打量着前面展示的小件家具，敷衍道："我看看有没有合适的家具。"

虎妞跳过去，抽出个大手帕子，甩在胖头的额头上，满脸堆笑道："老大您看中什么了，只管拿。"

胖头竟然也不躲避，理所当然地让她帮着抹汗。公蛎忽然心生羡慕，朝两人笑了笑，道："好。"

公蛎的眼神转了一圈，自然而然地落在那个破旧的小木鼓上，走过去从堆满刨花的木屑中捡起，道："这个小鼓不错。多少钱？"

虎妞哈哈笑起来，道："您看上这个？我建议您还是挑些其他的罢。这个是我小时候的玩具，这两天不知怎么又翻出来了，都破了。"

公蛎翻弄着看，道："这种小鼓如今不多见了。我就要这个，多少钱？"

虎妞见他坚持，爽朗道："这么个破玩意儿，哪能收您钱。送给您啦。"

公蛎也不再推辞，笑道："好，我就不客气了。"话音未落，背后猛地冲过来一个人，将小鼓一把夺去，粗声粗气道："不行！"

原来是老木匠。老木匠个子矮，比他家闺女低了大半个头，长得却极为壮实，一张脸黑得像块煤炭。虎妞脸上挂不住，撒娇道："爹！你做什么？还给我！这……这可是胖头的老大！"

公蛎觉得，虎妞也就在她爹爹面前，才表现像个女孩子。

胖头脑袋一缩，轻轻拉拉公蛎的衣裳，小声道："老大换个其他的吧。"

公蛎甩开他，眼睛仍然看着小鼓。

老木匠抱着小鼓，硬邦邦丢下一句："其他的随便挑，这个，不行！"

虎妞撒娇道："爹，我都多大了，这些玩具我早不玩了！"

老木匠坚决道："不行！"

虎妞鼓嘴瞪眼，同她爹使气，父女俩对瞪了片刻，虎妞一张胖脸顿时涨得通红，哇一声哭了起来。

这么大的个子哭起来却像小孩撒泼，四处踢打周围的家具。老木匠脸上显出不知如何是好的神气，拿着小鼓踌躇半晌，笨拙地去拍虎妞肩膀："妞妞不哭……"

虎妞夺过小鼓塞给公蛎，眼泪一抹破涕为笑，推他道："赶快拿走。"

看来这便是这对父女惯常的相处之道，虎妞是吃准了老木匠疼她。

公蛎好歹是个掌柜，原不必非要人家一个破旧的玩具，只是这涉及小妖梦游的根源，只好回礼道："多谢老叔。"

老木匠的表情很是奇怪，带着一点点绝望，还有一点似乎"意料之中"的淡定，先是定定地看着小鼓，慢慢又将目光转向公蛎，低声道："该来的，总会来的。"

公蛎愣愣道："什么？"老木匠不再多言，佝偻着背，慢吞吞回了后院。

小鼓拿回来了，但这小鼓实在太过平淡无奇，又破又旧，丢到垃圾堆都不一定有人会捡。公蛎左看右看，都不知那晚小妖中了什么邪，对着一个小鼓哭泣叩拜。

直到下午，小妖仍然昏睡不醒。公蛎瞧着她的状态，分明还在梦中，一会儿流泪一会儿微笑，只是没有再四处走动。并且无论怎么摇晃，她对梦境外的现实世界皆毫无反应。小花急得直哭，找了毕岸过来看，毕岸哭道"无妨"。

吃过晚饭，胖头偷偷出了门，公蛎自然也不会闲着，溜达着去了柳枝儿巷。

柳枝儿巷并不远，就在磁河对面，公蛎也轻而易举找到八号，但大门紧闭，空无一人，玲珑并不在家。

公蛎吹着冷风在外站了一个多时辰，直到巡逻的官兵经过厉声呵斥，说是今晚天狗吃月亮，闲杂人等不得在街上晃荡。公蛎无奈，只好拿着已经被捂热的簪子垂头丧气地回了家。

一推开房间门，却见毕岸摸黑坐在桌子前，倒把公蛎吓了一跳。

公蛎忙点了灯，警惕道："你来我房间做什么？"

毕岸拿起一个东西在公蛎眼前一晃，道："这个小鼓……"原是那日公蛎在巫琇的大杂院得来的小玉鼓，公蛎一直藏在床下。

公蛎扑上去，一把夺了过来，并将桌面上剩余几个玉鼓连同今日讨来的木鼓一并搂入怀中，叫道："你别动我的东西！"又一个个拿起检验了一番，道："我打算把它作为传家之宝，以后传给我儿子。你别打它们的主意。"

毕岸咧了一下嘴，慢悠悠道："你没第一时间把它当掉，已经超乎我的意料了。"

公蛎得意道："别瞧不起人，我可不是靠当东西过日子的人。你看看这块螭吻珮，还有那个假冒的避水珏，哪一块我当掉了？"

说完才想起螭吻珮原是偷毕岸的东西，正想找个借口支吾过去，却见毕岸的关注点并不在螭吻珮上，而是问道："什么假冒的避水珏？"

公蛎转过身子，将玉珏吐了出来，在毕岸眼前一晃，又重新塞回脸颊，道："就这个，山羊胡子说了，仿的，不值几个钱。"

毕岸的眼神有些奇怪，不知是震惊还是疑惑，但却没再说什么，只笑了笑，点点头道："好，收好。财叔说你……"

嗬，这山羊胡子，定然在毕岸面前告自己的黑状了！公蛎不等他说完，马上先发制人，委委屈屈道："你别听财叔瞎说。我每日出去打探市场行情，指导胖头购进那些赚钱的小玩意儿，不仅没有花忘尘阁一分钱的车马费，还带了一大笔收入。倒是财叔，老眼光，总觉得守在店里才叫干活……"

毕岸打断道："财叔说你近来表现不错。"他从一堆玉鼓中拿过小木鼓，嘴角泛出笑意。

公蛎转着眼珠，揣测着毕岸的来意。

毕岸忽然拿出小刀，一把划破了小木鼓的鼓面，伸手进入摸索了片刻，道："我今晚来，是想告诉你关于这种小玉鼓的来历。"

公蛎夸张地做了一个跳起来击鼓的动作："我知道，这不是西域手击鼓吗。"

毕岸摇摇头，道："不。它叫窖谶鼓，不是手击，也不是西域的。"

"窖谶鼓？"公蛎重复了一遍。他从未听过如此古怪的鼓名。

毕岸道："窖谶鼓，是远古时候用来祭祀的乐器。"

公蛎的眼睛亮了起来，"那岂不是更值钱了？一连七个，个个完好无缺。"

毕岸带着一种不可思议的表情看着公蛎，哑然片刻，方才慢条斯理道："一连七个，确实比较少见。不过完整来说，应该是八个。"

公蛎已经飞快地在计算能够价值几何了。

毕岸摸完木鼓的内侧，又去摩挲玉鼓的鼓身，并用手指轻弹鼓面。

公蛎自顾自道："剩下那个，在哪儿呢？我们去找找看，若是集齐八个，定然价格翻番。"

毕岸忽然将玉鼓递给他，道："你看这鼓是什么做的？"

这些玉鼓公蛎天天把玩，再熟悉不过。当下用手轻轻叩击，自信满满道："当然是上好小羊皮。"鼓腔发出一股奇异的共鸣声，如同一个女子的吟唱。

毕岸道："窖谶鼓的鼓腔，选择天山阴玉。"

公蛎的眼睛顿时亮了。天山阴玉又名"仙人吟"，产于天山冰窟之下，玉石中间有无数肉眼看不见的孔洞，可产生共鸣回音，据传属于上古时期祭祀时的首选乐器材质，如今早已绝迹。公蛎捧起一个，欣喜若狂道："真的有仙人吟这种玉啊？"一边说一边放在耳朵边凝神细听。

果然有些轻轻的悠扬长音，只是必须贴着耳朵才能听到。公蛎开心地道："你听听，像是个女人在唱歌。"

毕岸把玩着玉鼓，若无其事地看向公蛎，"鼓皮么，要用七岁女孩的背部皮肤。"

公蛎如同被蜇了一下，手中的玉鼓跌落下来。毕岸闪电一般出手，在玉鼓落地之前捞起了它，"四对小鼓，最好是双胞胎。将女孩灌以特制药物，趁其昏迷不醒之时，割开额部头皮，灌注温热的桐油，皮肤便与身体慢慢分离……"

公蛎不寒而栗，叫道："不要说了！"抖抖索索将所有的玉鼓推向他，带着哭腔道，"我不要了，你赶紧拿去处理了！"

毕岸淡定自若，挑出其中一对，比较来看："你看，这个便是一对双胞胎，连背上胎记的位置都一模一样。"

公蛎一想到人皮鼓放在自己床下这么多天，便心里发毛，舌头打结，再看毕岸表情如常，如同讲解一件寻常的宝物的样子，更觉得不可思议，气急败坏道："你你你还有没有人性的？大晚上讲这些，还让不让人睡觉了？"

毕岸不理他，平淡的眼神忽然精光四射，冷冷道："窨谶鼓是祭祀之器，专为召唤亡魂而制。不过自秦朝之后，殉葬、窨谶之旧殡葬制屡屡受人诟病，后皇明君便不再采用，再加上陶艺大兴，便多以陶人、陶马代替活人殉葬。这种东西，便由官方掌控流传至地下民间，甚为少见。只是没想到，当代仍有人制作窨谶鼓。"

公蛎几乎要被气哭了，道："你怎么不早告诉我！"

毕岸恢复了淡然，道："我当时只是心中疑惑，并不确定，直至今日才弄明白。"

公蛎心中大悔。当日就不该贪这便宜，从巫琇的地盘搜出来的东西，能有什么好的？如今一刻也不想看到这些人皮鼓了，巴不得毕岸赶紧拿走，忙道："行，我知道了。今晚不早了，我困了。这些东西不如放你屋里，你慢慢研究。"

毕岸正色道："那怎么行，这些东西价值连城，我不能夺君子所爱。"他越是一本正经，公蛎越觉得自己被耍了。无可奈何之下，抓起一个高高举起，赌气道："行，你也不要是吧，我这就把它给砸了！"

毕岸慢条斯理道："砸了也不错，不过小妖的梦游，可就治不好了。"

公蛎怔了一怔，哇哇乱叫起来："小妖梦游，同我有什么关系？"

毕岸道："小妖梦游，同窨谶鼓有关。你若是砸了它们，只怕小妖永远活在梦魇里，再也走不出来了。而你，"他缓缓道，"你是存在小妖梦境中的唯一人物。"

公蛎茫然地看着他。

毕岸道："这么说吧，小妖同窨谶鼓之间一定有什么故事，故事发生的当时，你也在场。"

公蛎噗地吐出一口气来，哂道："你就胡说吧你。还我也在场，我几时认得的小妖？我来洛阳还不到两年呢。"

毕岸悠然道："好，你不想管小妖的梦游也无所谓，反正你一向都是这么自私胆小的人。不过窨谶鼓只要破了它的法门，还是寻常的精致小鼓，若能集齐全套么，价值连城不敢说，在洛阳可以买下除了大明宫之外的任何一所大宅子。"

公蛎对毕岸说他自私自利很是愤怒，道："我怎么自私了！"接着便听到可以买下大明宫，大喜道："真的？"

毕岸道："剩下的那个就在附近，你也见过的，今晚便可以找到。"

一轮圆月升起，清辉穿过窗棂，一股阴冷扑面而来。毕岸仰脸凝望，忽然道：

"今晚子时，天狗吞月。"

公蛎对此毫不理会，只惦记着第八个鼓，但真想不起在哪家见过类似的小鼓，悻悻然道："你别骗我。"

毕岸收回目光，道："信不信由你。你今晚将这个鼓敲响，明天早上便能看到第八个鼓了。"说着从怀里取出一个骨头做的鼓槌来，丢在桌上。

公蛎眼珠乱转，似信非信。

毕岸盯着他的眼睛，道："找到法门，破了它的阵法。"起身行至门口，又回头轻笑道："集齐八个，大明宫哦。"

公蛎从未见过他如此"皮笑肉不笑"的样子，飞起一脚把门踹上，隔着门没好气道："你长这个样子，不适合扮猥琐。"

毕岸一走，公蛎便后悔了。看着那堆在烛光下流光溢彩的玉鼓，他便不由自主想起毕岸所说拿热桐油往头皮灌注的情形，对那摩挲过多次的鼓面再也不敢触碰。

毕岸说自己曾在小妖的梦里，公蛎也记得，小妖梦游时几次清晰地叫"龙哥哥，救救我"，可是，公蛎明明刚认识小妖没几个月啊。

毕岸这个说一半留一半、爱装大尾巴狼的混蛋！

纠结了多时，房间里烛头渐暗。公蛎烦了，拿起鼓槌，闭着眼乱敲一气。

鼓声轻而纯净，带着空灵悠长的回音，像是一个稚嫩的小女孩在虔诚地低声吟唱。公蛎本来也未用力击打，所以在寂静的夜里并不显得突兀。

鼓声带着最后一丝颤音渐渐消失，周围一切如常。公蛎长吁一口气，随手抓起件长袍将鼓盖住，胡乱包上塞入床底，然后飞快躺回床蒙上脑袋，只露出眼睛。

什么第八个小鼓，连个屁也没有。这个可恶的毕岸，肯定是不想把这些人皮鼓放他房间里，故意骗自己。

只听三更鼓响，公蛎眼睛干涩，眼皮渐渐沉重，很快进入了梦乡。

（七）

公蛎飘飞在空中，腾云驾雾一般，飞得轻松惬意，眼睛的余光可清晰地看到身下的树木、山脊飞快地后退，那些如同玩具盒子一样大小的民居和黄豆大的在城墙上巡逻的士兵，显得渺小而可爱。

我又在做梦了。公蛎想。他常常做这样的梦，梦到自己能够像小鸟一样飞翔，站在高高的云端，俯瞰众生。

做梦也好，只希望不要这么快醒来。

呼呼的风轻拂着身上钢铁一般的鳞甲，毛孔张开，四肢舒展。公蛎吐出一口浊气，兴奋地在空中打了一个翻转，肆意观看洛河的粼粼波光，以及街道灯笼如萤火虫一样的斑斑点点。

公蛎玩心大起，一个俯冲飞至敦厚坊上空。忘尘阁门前的灯笼似要换了，比其他店铺的光线都要暗淡；隔着屋顶能够听到胖头一边吧嗒着嘴巴一边用力地翻身，晃得床板咯吱咯吱响。

公蛎看到自己的房间。房间里通红一片，难道刚才睡的时候忘记吹灭蜡烛了？小心别酿成火灾。

梦要醒了，梦要醒了。公蛎嘴里恋恋不舍地念叨着，已经做好准备要摸到软软暖暖的被子，看到已经即将燃尽的灯头了。

所幸飞翔的梦又继续了。公蛎飞过洛阳城，掠过高高的邙岭。

出了城，顿时感觉到光线的昏暗。虽然不影响公蛎的视线，但他却不喜欢这种阴沉沉的感觉，压抑而无助，但公蛎却舍不得这种飞翔的感觉，挣扎着不愿醒来。

山野一处空地，一条小水蛇高昂着头，悄无声息地在草丛中游走。如此远的距离，公蛎仍清晰地看到它的模样：蛇头碧青，橄榄色的身体上布满均匀细腻的鳞片，在黑暗中发出幽幽的微光。

小水蛇仍在奋力地滑行。公蛎很想在它面前炫耀一下，但在梦中似乎无法发出声音，只好在心底暗暗同它打了一个招呼，盘旋着绕过一个山坳。

山坳那边豁然开朗，八个大火炉分两行排开，发出红亮的光。火炉上面炖着一口大锅，前面竖着一根大字形的木柱；两排火炉后面，是一个三尺高的石台，背靠山脊，旁边是个山洞，依稀透出灯光，并听到人的窃窃私语声。

莫非这里在搭台唱戏？公蛎刚好飞的累了，便落在一处高高的山石上，对面景象一览无余。

小水蛇竟然也游了过来。他似乎感受到了火光的温暖，慢慢伸了一个懒腰，将身体盘曲在山石脚下一处浓密的草丛中，沉沉睡去。

乌云退开，圆盘一般的月亮当空照耀，撒下一地银光。随着一阵梆子声响，几个身着五彩戏服、戴着福娃娃面具的人，各抱着一个小女孩从石台一侧的山洞中走出来，最后一个清瘦男子却空着手，着装也与其他人不同：他戴一张咧嘴大笑的昆仑奴面具，穿一件巨大的黑袍，却在背后绣了个银色骷髅，在月光下十分显眼。

锣鼓齐响，火光跳动起来，照得周围如同白昼。几个人放下孩子退回到山洞中，只留下一个带头的精壮男子，朝衣着银骷髅的男子躬身道："六个，还有两个，马上便送来。"

银骷髅似有不满，沉声道："怎么回事？"他的声音低而沙哑，听起来像是嗓子被捏住了一般，异常怪异。

精壮男子陪着小心道："恭喜少主，淘到了一对宝贝。罗家的这对娃娃异常聪明，那鬼心眼子叫一个多，今天中午竟然又给她们逃脱了。不过下午传来消息，说已经擒到，现下应该马上就到了。"

银骷髅哼了一声，道："一个大男人，还斗不过个七岁的娃娃？叫人笑话。"说着不再搭理精壮男子，兀自绕着孩子们走了一圈。

六个孩子每人额头上打着一个数字，从一到六，都是六七岁的样子，刚好三对，很明显是三对双胞胎，因为长得一模一样。每对都长得甚是可人疼，眉清目秀，粉脸红唇，粉雕玉琢一般，只是他们呆板沉闷，明明会睁眼眨眼，却面无表情，乖乖地席地而坐，默然不响；穿着同男子一样的黑色长袍，背部绣有银色骷髅，更显得老气横秋。

一阵急促的脚步声传来，两个黑影从山坳入口处快步跑来，将肩上扛的一个麻袋放下，气喘吁吁道："龙爷，三个。"

银骷髅哼了一声。精壮男子低声喝道："怎么是三个？"

一个马脸大汉谄笑道："我们原以为罗家丫头不错，没想到碰上个更好的，不过不是双胞胎，我们顺便给带过来，给您选选看。"

精壮男子忙将麻袋解开，果然拉出三个小女孩来，推到银骷髅跟前。

三个小女孩神智却是清醒的，只是手脚被缚，嘴巴被堵，说不出话来。其中两个眉眼相似的，额上分别写着"七"和"八"，应该是他们口中的罗氏双胞胎，另一个额头光洁，并未写数字。

银骷髅示意解开她们。马脸大汉为难道："龙爷，直接打晕吧？这几个小东西可是个人精儿……"

精壮男子喝道："按龙爷的话来！废话哪那么多！"

马脸大汉不情愿地去了绳子和绑嘴的布条。绳子绑得并不紧，双胞胎中，写七号的那个自己活动了下手脚，马上转身去帮妹妹八号，一脸警备之色。而另一个未做标记的小女孩更为活泼，嘟起嘴巴，仰脸看着银骷髅，娇嗔道："你们把我的手脚都弄疼啦。你看，"她伸出肥嘟嘟的小胳膊，"吹吹。"

她的眼睛纯净无邪，没有一丝惧意，显然出乎所有人的意料。

银骷髅愣了下，僵硬地俯下身子，在她胳膊上吹了一下。她跳了起来，笑道："不疼啦。"

八号抽搭搭哭起来，七号低声安慰她。小女孩眨着明亮的大眼睛，拎起裙子转了一圈，道："啊呀，这里地方真大。我们来这里捉迷藏吗？"

银骷髅笑了，道："是。"

小女孩并不怕生，拉着七号摇摆道："姐姐姐姐，我们捉迷藏吧？让面具叔叔找，好不好？"

七号搂紧妹妹，用稚嫩却极为坚决的声音道："他们全都是坏人。"她转向银骷髅，道："你放了我妹妹，我什么都听你的。"

银骷髅桀桀而笑，山中的夜枭被惊动，发出一连串哭泣似的鸣叫。

草丛中的小水蛇昂起头来，一双眼睛滴溜溜乱转。

几个面具人鱼贯而出，分别抱起一至六号，将她们敷在大字形的柱子上。

七号小女孩挺起小胸脯，惊恐地看着面具人将炉火上面放上大锅，倒入金黄色的桐油，将八号小女孩抱得更紧。另一个小女孩似乎没有感觉到危险，绕着火炉蹦蹦跳跳，拍手笑道："这是要煮东西吃吗？"

还剩下两根柱子空着。银骷髅背着手，绕着三个孩子阴森森地笑。八号低声道："姐姐我怕，我要回家！"

七号轻抚着她的背，抬头看着银骷髅面具下的眼睛，极其冷静地说道："我妹妹皮肤不好，碰伤就会留下瘢痕，背部有疤，不合用。"她的口吻，完全不像是一个七岁的孩子。

旁边马脸汉子吓得连忙摆手："龙爷，我真什么也没说，这小丫头鬼灵精，可能听到了我们的谈话……"

银骷髅眼神示意。精壮男子上前，一把撕开了八号背部的衣衫。

八号背部，果然有两块成人指甲大的瘢痕结节，比其他地方的皮肤颜色深些。马脸汉子看了仍在一旁围着火炉欢欣跳跃的另一个小女孩，眼睛笑得眯成了一条缝："龙爷，这个误打误撞，您看刚刚好呢。"

小女孩回过头来，咯咯笑道："你说我吗？"

银骷髅玩味地看着小女孩纯净的眼神，道："这个小玩具，我要留着。"

梆子声越来越急，月亮渐渐发红，看起来比刚才更亮了些，但山上的景象反而呈现出一层毛茸茸的边来，如同眼睛累时看东西带着的重影儿。

精壮男子低声提醒道："龙爷，时辰快到了。"银骷髅俯身看着七号，用手指挑起她的下巴，狞笑道："这两个丫头，我都喜欢，怎么办？"

七号的眼睛闪了一下，却没躲开。银骷髅松开了手，道："这样吧，我给你个机会，你有一次选择。"他点了一下八号，阴鸷的眼睛露出一丝恶狠狠的笑意来，"你和妹妹，只能活一个。"

他眼睛看向已经冒着热气嗞嗞响的桐油，压低声音道："另外那个会服用我特制的药粉，变成像她们那样，不知道疼痛。然后呢，绑在那根柱子上，慢慢地，慢慢地，用刀割开头皮，再将烧热的桐油从头皮中灌进去……"他的手摸向七号的额头，"放心，不会出很多血的。都是些小女娃儿，我怎么舍得让你们疼呢。不是很疼，不过你的意识很清醒，能够慢慢感受到皮肤同身体剥离的感觉……"

旁边的精壮男子打了个寒噤。如同传染一般，公蛎也抖了起来，想也不想一跃而起，只求尽快飞离，但却只是无声地扑腾了几下，照样落在山石上。

做梦也这么倒霉！偏偏这个时候不会飞了。

七号的小脸越来越苍白，下唇被咬出血来。八号躲在姐姐的怀里，紧紧地闭着双眼，微微颤动的眼睫毛显示她并未睡着。

银骷髅似乎觉得很满意，回头道："叫老丁。"精壮男子如释重负，忙退回山洞。接着一个又矮又壮的男子弓着腰走了出来，仍然戴着面具，手里恭恭敬敬捧着一个托盘，上面搭着红布，默然立在一旁。

银骷髅抬头看看天上越来越红的毛月亮，阴森森道："动手。"

老丁木然地朝着额上写着一号的小女孩走去。放下手中的托盘，朝月亮磕了个头，嘴里念叨了几句，从红布下拿出两件银制工具来：一柄小刀，一个银勺。

刀落下去，不深不浅，刚好划开表皮又不深及肌肉，一些细碎的血珠渗出来，形成淡淡一条红线。

老丁的动作吸引了那个活泼的小女孩，她瞪大眼睛看了看，欣喜道："伯伯你做什么？给姐姐化妆吗？我也要我也要！"

老丁垂着眼睛，一言不发。马脸男子忙走过来将小女孩拎开，恐吓道："站一边儿去！不许说话！"

小女孩嘟起嘴巴，不情愿地扭动身子，乖乖地站在一旁观看。

银骷髅饶有兴趣地看着这一切，继续回头同七号道："你看，就是这样，也没有太多痛苦。小女孩皮肤薄，最多不过半个时辰，皮就剥下来啦。"

薄薄的银刀已经将一号额上的皮肤剥出一道二指深的口子。一号在扭动，却因四肢被牢牢绑在木架上，无法挣脱。银骷髅轻描淡写道："整张人皮被剥下来之后，还能再活七天。若你吃得下东西，山珍海味任你挑选。"

七号的牙齿开始打颤，同公蜥一样。

银骷髅俯身看着她，柔声道："我没什么耐心，今晚算是个例外。我再说一遍，你和妹妹，只能选择一个活着。我数三下，你若不选，便视为放弃，两个人，七号和八号。"他瞄一眼空着的最后两根柱子。

公蜥今晚的视力异常好，可以清晰地看到七号的小脸由白变红，由红变青。

八号抖抖索索从姐姐的怀抱里探出头来，如小猫一样轻声叫道："姐姐。"她在姐姐的脸上吻了一下，忽然握起粉嫩的小拳头给了银骷髅一拳，稚声稚气道："不许欺负我姐姐！"

银骷髅笑了起来，道："好一个姐妹情深。我要数了哦。一。"他声音温柔而平静，像个和善的长辈。

几个孩子的头皮已经被割开，老丁正在把手放在油锅的上方，感知温度。

"二。"

一个面具人扯开一号的额头头皮，老丁舀起桐油，缓慢而均匀地注入头皮内。一号额头鼓起一个大包，然后慢慢消退，皮肤的剥离面积渐大。

八号摸着姐姐的脸，叫道："姐姐你怎么啦？"七号瞳孔放大，脸部扭曲，嘴唇抖动着说不出话来。

草丛中的小水蛇不安地扭动着身体，可公蜥却动不了，七号的恐惧如山一样向他压来，让他窒息。

银骷髅伸出第三根手指。八号扑过去踢打他："你这个坏蛋！"七号泪流满面，嘴巴嗫嚅，朝银骷髅眨了眨眼。

银骷髅仰天而笑，道："八号不合用，丢弃。"吓得老丁一个哆嗦，差点把银勺掉进油锅里。

月色血红。两个面具人无声而出，抓起八号，塞上嘴巴，丢向山石旁的悬崖。

公蛎无力地拍打着身体，徒劳地看着小女孩跌落。说时迟那时快，却见草丛中的小水蛇箭一般射出，缠住了八号小女孩的一只手臂。

七号扼住了自己的脖子，压抑着不让自己尖叫，只是喃喃地重复着一个名字："小妖……小妖……"

小妖？谁是小妖？公蛎转回头来。

小水蛇过于用力，带动一块石头滚下悬崖，乒乒砰砰的声音，同一个小女孩滚下山崖的声音并无不同。

七号捂住了耳朵。

银骷髅的三根手指仍然举着，眼里带着笑，却分明是个恶魔。

"我……求你让我活着……我会做很多事……"七号艰难地说着，声音如同蚊子一般细小。她的眼睛睁得大大的，而下唇的血迹更是红得刺眼。

法门。公蛎的头剧烈地疼了起来。

法门！哪里是法门？公蛎费力地扭动着身体从山石上下来。

八号终于被小水蛇从悬崖下拽了回来，一人一蛇伏在一块凸起的石头后面。但她依然昏迷，只是嘴巴微动，无声地叫着姐姐。

公蛎很是烦躁，他觉得这个梦做得够长了，只希望能够尽快醒来。

法门。快去找法门！

总有一个声音在脑子里挥之不去，真讨厌。公蛎打起精神，朝银骷髅游去。一号还有二号柱子……不不，坚决不能朝那边看。

公蛎在草丛中无声地滑动。在睡梦中是不可能闻到气味的，但公蛎分明觉得那种混合了桐油的血腥味，浓烈得让人喘不过气来。

谁替代了七号和八号？

老丁端着托盘上了石台，孩童的皮肤在托盘中发出莹润细腻的光泽。银骷髅站在石台正中，张开黑袍，背部的骷髅在红色的月亮下闪光。

台下不知何时围了许多人，福娃娃面具诡异的笑脸后面，是一双双狼一般的眼睛，在月色中发出点点幽光。

月亮的中部越来越暗，只剩下一圈红色的光晕。周围的一切都模糊起来，带着一种血色一般的殷红。

哦，天狗吃月亮了。

公蛎顺着缝隙爬上石台。

石台上，八张已经处理的人皮，薄如蝉翼，放置在八个玉制的小鼓上。鼓身在红月亮的映射下，呈现深浅不一的红色，如同滴血。而其正中，有一个脸盘大一个光圈，红色边缘，黑色内里，如同天上的月亮。

砸上去，砸上去。

公蛎咬紧牙关，尾巴圈起一个尖尖的石块，朝石台正中投掷了过去。

粉尘四射，石台暗淡了下去，可是很快又恢复原样。银骷髅跳起了舞，不仅他，台下那些戴着面具的人，共同在月光下跳着怪异的舞蹈。

公蛎忽然暴怒起来。石台本是靠山而建，公蛎一个箭步窜上后面的山壁，疯狂地卷起石头一个接一个往下砸去，到了最后，直接拿尾巴横扫，轰隆隆一声响，倾斜而下的石块裹着草木泥土滑了下去，瞬间将石台掩盖了大半。

一个面具人叫了起来："山体滑坡了！"

无人理会，银骷髅同那些人依然疯狂地跳舞。

公蛎手足无措地看着这群癫狂的人类。

月亮的红光渐渐褪去，一点一点恢复原状，银盘一般倾洒着如水的光芒。银骷髅忽然停止舞动，朝公蛎藏匿的地方看过来。

快逃。

公蛎一阵惊慌，扭转身体朝来时的方向逃了过去，却觉得身体一紧，被一个树杈牢牢地钉在了地上。

昆仑奴面具下，一双发红的眼睛，朝公蛎凑过来。

这倒霉的梦怎么这么长！

公蛎徒劳地扭动身体。一瞬间，他觉得银骷髅的表情分明想要一口咬死他。

万分危急之时，伴随着一声高亢的鸣叫，公蛎腾空而起——一只鹰抓住了他。

未等他晃过神来，那只鹰松开了利爪，公蛎重重落下。不偏不倚，刚好砸在那条小水蛇身上。

这是怎么啦？怎么同小水蛇融为一体了？

公蛎惊愕地看向小水蛇。恍惚间，他突然想起，那条小水蛇，正是自己！

旁边紧紧拉住自己无声而泣的，是七岁的小妖。

叁

无心镜

（一）

公蛎醒过来的时候，已经是下午。毕岸、胖头，连那个整天摆着一张臭脸的阿隼，都在他的房间里。

公蛎疑惑地动了动，道："你们……"

胖头飞快地端上洗脸水，然后开始跑上跑下：一大盘烧鸡，一只大蹄髈，一条烤羊腿，还有一碟全福楼的点心，热气腾腾的，看来是一直炖在炉上，单等公蛎醒来。

阿隼将一杯茶重重地放在他的床头，喝道："起来喝茶！"

公蛎浑身酸疼，撑着腰坐起来，嘟囔了一句："这是关心人呢还是要挟人呢。"阿隼哈哈一笑，朝公蛎肩头一拍，道："龙掌柜你慢慢吃，我今天保证不跟你抢。"

他的手重，一下子又把公蛎给拍倒在床上。公蛎岔了气，挣扎了好久爬不起来。

阿隼打趣了他几句，回头同毕岸低语道："已经查到。据洛阳县志记载，高宗乾封元年十一月，月食之夜，邙岭黑月崖山体滑坡。距今刚好十年。"

毕岸颔首道："甚好。你忙去吧。"阿隼看了一眼公蛎，转身出去了。

公蛎直挺挺躺在床上，叫道："我这是怎么了？身体都不像是自己的了！"胖头忙过来搀扶。

毕岸抱胸而立，目光散漫地看向窗外，似乎有些心不在焉。

公蛎在胖头的侍候下洗了把脸，抓过羊腿便啃。吃了一半，忽然想起昨晚的事情："我的玉鼓呢，第八个来了没？小妖怎么样了？"

毕岸回过头来，道："小妖早早已经醒了，她的梦游应该不会再复发了。"

公蛎撕下一大块蹄髈塞进嘴里，欣喜若狂道："那就好，那就好。玉鼓呢，赶紧给我看看我的大明宫。"

胖头从墙角提出一个破旧的包袱来，里面传出清脆的碰撞声。

公蛎扑过去心疼地抱住："我这么娇贵的东西，怎么能随便丢，碰坏了可怎么办？"

胖头嘿嘿笑道："我看一堆碎砖烂瓦的，能值多少？！"

公蛎喜滋滋道："胡说八道，我跟你说，你娶媳妇的钱，可都在这里了呢。"一边说一边小心地解开了包袱，顿时愣住了。

花纹没错，但原来晶莹剔透的天山阴玉，变成了黑灰色，瓦片一般粗糙，鼓面皱皱巴巴，如同用过的草纸。最关键的是，没有一个完整，全部都是打烂的！

公蛎大怒，一双油哄哄的手抓住了毕岸的领口："我的窨谶鼓呢？你藏哪儿了？"

毕岸拂开他的手，淡淡道："你昨晚梦游，自己把它打碎了。"

公蛎暴跳如雷："放屁！我怎么舍得打碎！定是你把它昧起来了！快还给我！"胖头惶惑地看着两人撕扯，不知道该帮谁。

毕岸无可奈何道："你清点一下，八个，不多不少。"

公蛎气呼呼将碎片抖搂出来，简单拼了一下。果然是八个，雕工花纹也完全没错，正是窨谶鼓的样子。公蛎吼道："玉呢，怎么都成瓦片了？你使的什么障眼法？"

毕岸脸上一沉，一道精光从眼中射出。公蛎顿时怂了，声音低了下来，嘟囔道："怎么会变成这样的？"

毕岸冷冷道："窨谶鼓被破了法门，精气散尽，原来用来吸收精气的天山阴玉自然成了瓦片。"

胖头在一旁小声道："老大，这怪不得毕掌柜。这些东西真是你自己打碎的。你昨晚梦游，爬到柜子顶上，使劲儿丢东西，把这些小鼓砸了个稀巴烂……"他心疼地看着一堆破烂儿："真够可惜的。"

大明宫，小美人儿，就这么没了。公蛎的眼泪不争气地流下来，捧着玉鼓碎片哭了一阵，忽然想起什么，哽咽着道："第八个是从哪里来的？"

毕岸对他哭得鼻涕一把泪一把的样子实在不知说什么好，无可奈何道："那个小木鼓，是个鼓中鼓，外面是伪装的木头，里面便是第八个窨谶鼓。"

公蛎怒道："你早就知道第八个窨谶鼓就在小木鼓里，还让我敲击！"

毕岸不理会他的质问，道："第八个小鼓，没有用人皮。"

公蛎愣了下："什么？"

毕岸道："当年制作这批窨谶鼓时，只完成七个。"

昨晚的梦境如同画面一般掠过公蛎的脑海。血月亮，热桐油，银骷髅，还有那些古怪的舞蹈。

公蛎终于不再纠结鼓的事情，想了又想，困惑道："小妖……小妖的梦游，和我昨晚的梦……好奇怪的感觉。像是我又回到了修炼前的状态。"

毕岸沉默片刻，道："亦真亦假，亦幻亦梦。"

公蛎不懂他说什么，神态之间更加迷惘。

毕岸道："这话说来长远了。上次孩童失踪案，我迟迟未去解救那些孩子，便是因为我发现大杂院不仅设有剥卦，还有一种奇怪的力量。这种力量说强不强，说弱不弱，很是奇怪。若是贸然冲进去将那些孩子解救出来，只怕他们一辈子都难以恢复神智。"

毕岸看了一眼公蛎，继续道："午夜子时，我们破了它的卦阵。你也很清楚，并不是按照阴爻阳爻这么随随便便用绿篱或者什么东西一摆，便能称得上卦阵。"

公蛎本来正想问是否按照卦象阳爻阴爻排法便可设置卦阵，听了此话"吧嗒"一下闭上了嘴，装出很内行的样子，郑重地点头道："对，肯定还有其他的法器。"

毕岸道："大杂院剥卦的法门，便是那个石碾子。"石碾子在民间一直有"震"的意义，比如哪家生了个儿子，宝贝得很，唯恐早夭，便会放一个石碾在其房间门口，以示可以震得住福气。

"破了法门之后，石碾子化为一个破鼓。但我却发现，那种激荡的阴气仍在。"

"后来我们便找到了七个玉鼓。当时我便觉得十分奇怪，因为窨谶鼓应该是八个。所以你说带回来，我未加拦阻。可是当我看到你从老木匠家里讨来的木鼓后，便知窨谶鼓齐了。"

公蛎总算理顺了后来的情况，小声道："从我带回窨谶鼓之后，小妖便一直梦游跟了来。"

毕岸点头道："窨谶鼓属于黑巫术的一种，手段阴毒，需在月全食之夜，以活着的女童背部皮肤和阴玉为鼓。阴玉可锁住被剥皮之人的怨念，并吸收天地灵气，以此增长施法者的功力。小妖能被窨谶鼓吸引，自然是同它有些渊源。"

公蛎想起梦中七岁的小妖，低声："她还有一个双胞胎姐姐，两人是制作窨谶鼓的人选之一。只是当时……"公蛎突然愣住了，说话也结巴起来："她……她当时被一条小水蛇，啊不，被我给救了？"他觉得自己的脑袋犹如一盆浆糊，理不出一丝头绪。

毕岸看了他一眼，将眼睛转向那堆碎片道："小妖那段经历，可能因为太过惊吓不愿想起，所以这十年来她一直看起来开开心心。可是这次八只窨谶鼓同时出现，勾起了她心底暗藏的回忆，不过以做梦的方式表现了出来。"

公蛎纳闷道："她做梦的时候，只认得我，她叫我龙哥哥。"公蛎想起她被抛下悬崖的那一瞬间，自己用尾巴勾住了她的脚踝——可是，那条小水蛇，真的是自己吗？

毕岸道："窨谶鼓，我也是第一见到。但我曾听说，这种过于阴毒的法术，不仅世间痛恨，连老天也不容，在制作过程中，总会出现一些异常事件。比如平地响雷，山体滑坡。如同……"顿了一顿，他轻描淡写道："如同非人生物要想得道化人，必先渡劫。"

公蛎低下头，含含糊糊嗯了一声。

毕岸道："我已经查到，洛阳方圆最适合制作窨谶鼓的，只有黑月崖。刚才阿隼所说你已听到，十年前，黑月崖在一个天气晴朗的天狗吞月之夜，无故出现山体滑坡。官府勘查，只发现一些福娃娃面具和一些彩色布条。可惜年代久远，这些物证已经无从找到。"

……公蛎横扫石壁，巨大的山石落下掩盖了石台，仪式因干扰而终止。

不对！公蛎在心里大叫了一声。

十年前的县志已经记载了山体滑坡，岂不是当时窨谶鼓的法门已经破了，怎么还能勾起小妖隐藏心底的回忆？若是当时未能破掉，而确实是自己昨晚的功劳，又如何解释县志记录之说？

这似乎是个难解的死扣。

公蛎心中混沌一片，茫然无措。

毕岸继续道："所以这些窨谶鼓，当年只完成了其中的少量步骤。八个窨谶鼓，只有七个用了人皮，被伪装在木鼓里的那个用的是普通的羊皮。如此一来，功效大打折扣，只能作为剥卦的一个辅助，而不能单独作为法器使用。"

公蛎充耳不闻，而是捏了捏自己的手臂，忽然去搬床头的花梨木方桌。

方桌晃动了一下，用力的这头被搬起半尺高，另一头纹丝不动。公蛎力气不济，只好慢慢放手，免得将桌腿儿弄坏。

——昨晚的只是个梦，自己手无缚鸡之力，又无任何法力，如今没有这个本事，十年前更不可能有本事去破坏人家黑巫的施法现场。昨晚梦里那条同自己长得一模一样的小水蛇，只是个巧合而已。

可是小妖在梦游时唯一认得的便是自己，又作何解？

公蛎倒很想认为小妖对自己情有独钟，可是用脚趾头想想，也知道绝不可能。

公蛎觉得自己头都大了，抱着脑袋喃喃道："若是昨晚不敲响窨谶鼓，而是直接砸掉，又当如何？"

他本想听听毕岸的解释，不料毕岸断然道："已然过去的事情，不能假设。"又道："山体滑坡，便是天意，只是看这个天意通过谁的手来表现。"

一丝不安，还有莫名其妙的惶恐，划过公蛎的心头。

天意之手？谁？是自己吗？

毕岸的眼睛深邃而犀利，盯着他的眼睛道："黑巫近些年来泛滥成灾，那些巫士草菅人命，手段阴毒，再不阻止，恐怕局势难以控制。"

公蛎忽然觉得很是烦躁，避开他的目光，拈起一块糕点丢进嘴巴里，满不在乎道："行了，谁知道昨晚怎么回事，小妖好了就是，窨谶鼓坏了我也不追究了。我不管对天意还是巫术都不感兴趣，只要有银钱花着，有好东西吃着，有美景美人儿瞧着，我就知足啦。"推了毕岸出门，大声叫道："胖头，过来吃肉啦！"

（二）

阿隼并未离开，正在院中徘徊，一见毕岸出来，低声问道："怎么样？天意之手？"

毕岸神色凝重，微微点了点头。

阿隼眼里闪出一丝复杂的情绪，道："还真是这小子……记录黑月崖山体滑坡的那本县志，这么多天一直找不到，可是今天早上一进库房，一本书掉了出来砸我脚面，结果一翻，正是这本……"

毕岸静静地听着。阿隼眼睛扫视着公蛎房间的窗户，咧嘴苦笑道："我真没看出他有什么本事。"

毕岸道："连他自己也尚且未意识到。"

阿隼急道："刚才他怎么说？"

毕岸摆手道："不急，稍候再议罢。我只是提点了两句，并未明言。"

阿隼愤愤道："我怎么看都觉得不像是他。我跟了他这几天，你猜他都做什么了？"他满脸的无奈，"暗香馆去了五次，水粉巷去了两次，吃了三次醉仙楼的烧肘子，逛了一次成衣铺。银两花完之后，前天上午他在北市码头数来往的船只，溜眉色眼地偷看女人，午后在磁河边上看了半日野狗打架，还在一旁加油鼓劲，比两只野狗还兴奋。剩下的便是睡觉，指使胖头做事，同财叔打嘴官司。您瞧他这点出息，跟得我乏味得要死！"

毕岸忍不住泛出一丝笑意，道："他对那些东西不甚在意，只要有吃有喝便开心得很。或者也是好事，如你我这种，争强好胜的，背负太多，反而没有了自然随性。"

阿隼试探道："要不换个人跟着他？我那边一堆的事儿……高阳王进等，身手都不错。"

毕岸道："不，此事定然由你来办，其他人我总是不放心。"沉默了片刻，又道："避水珏也在他手上，虽然只有上半部，可是已经能够发挥效力。"

阿隼惊讶万分，换了庄重之色，道："是，一切听候公子安排。"

两人一起外出，毕岸边走边道："查查那个老木匠的底细，看他的窨犙鼓是从哪里来的，注意不要打草惊蛇。另一个，若实在找不到库房记录，试试能否找到当时的仵作……"

房间里，公蛎表面上欢快地同胖头大快朵颐，但常常一晃神便不知想到哪里去了。

连胖头都觉察出了异样，不时问他怎么了，是不是还没睡好。

公蛎突然觉得很累，茫然地愣了片刻，道："胖头，你觉得我们如今的日子怎么样？"

胖头正将羊腿上的肉一点点地撕下来，头也不抬乐呵呵答道："多好啊。有饭吃，有活干，有地方住，还有一帮街坊、朋友。嗯，找到妹妹，过两年再娶个老婆，就圆满啦。"

公蛎下意识地重复一句"多好啊"。胖头忽然有所警觉，道："老大，你是不是……还是想离开忘尘阁？"

公蛎顺坡下驴，反问道："你觉得如何？"

胖头脸上显出恋恋不舍的样子，但很快便神色坚定，憨笑道："有点舍不得，不过我听老大你的。你说去哪儿，我便去哪儿。不过，"他吸着下嘴唇，"为啥要离开啊？我看毕掌柜是好人，经营这个当铺，其实是在帮我们。"

公蛎拍了下他的肩膀，以示赞许，信口开河道："我看你近来那些小生意做得不错，不如我们另起炉灶，换个地方做买卖。"

胖头耷拉着眼皮，开始啃手指甲，小声道："若是不离开洛阳，在哪里都一样。在这里做，房租什么的全省了。而且我还有，还有……"

不用说，定是因为那个虎妞。公蛎懒懒地打断道："算了，我说说而已。"

胖头惶恐道："老大你别生气，我什么也不懂，都听你的。"

公蛎将碗筷一推，疲倦道："我累了，你先出去吧。"

房间的门忽然被推开了，小妖探出半个脑袋，笑嘻嘻道："偷吃什么好东西？也不叫我。"

她脸色苍白，眼睛也有些红肿，不过精神倒还不错。公蛎忙让进来。小妖用手扇着鼻子道："唔，整个房间都是饭菜味，赶紧出来散散味道吧。"不由分说拉了公蛎出来。

外面阳光明媚，天气不错。公蛎伸了个懒腰，若无其事地打趣道："听说你梦游，哈，哈！"

小妖消瘦的脸上飞起一朵红晕，咬唇笑道："我听小花说，我这两日净给你们忘尘阁添麻烦了。"又笑道："还说我呢，你不是也梦游？"

公蛎装作随口问道："你都做什么梦了？"

小妖摇摇头，迷惑道："不记得了。真的一点都不记得。听说我都梦游了好几天了，小花这丫头也不告诉我，还说是李婆婆编排我，叫我不要信。结果，昨晚梦游，我突然自己醒了，发现竟然在你的屋里，还哭得满脸的泪！"她吐了吐舌头，笑得极其明媚："这要让李婆婆知道了，不定怎么说我的坏话呢，说不定会说我看上你了呢。"她嘟起嘴巴，小下巴一翘，十分可爱。

以往时候，公蛎最喜欢这样的玩笑，今日却笑得有些勉强，道："你别理她。看你这性子，一看便是在家里有姐姐照顾的，被宠坏的。"

小妖脱口而出："姐姐，我姐姐……"接着却困惑地顿了顿，哑然失笑道："我哪里有姐姐，连个表姐堂姐也没有。我从小就跟着我家姑娘啦。"

公蛎更加惊愕，敷衍道："呵呵，那是你家姑娘宠坏了你。"

小妖见公蛎心不在焉，只当他昨晚没睡好，刮着鼻子嘲笑道："人家梦游就散散步，你梦游就摔东西，幸亏毕公子脾气好，要是我家姑娘，这两个月的月钱都没啦。"

公蛎笑道："呸，五十步笑百步。"

两人正在说笑，胖头忽然从前堂叫道："老大你过来看看，这个东西能当几个钱？"

原来汪三财刚去接一个外单，叫胖头在前台守着。他如今去哪里只管交代给胖头，反而对公蛎不管不问。

小妖告辞，公蛎去前堂一看，原来是一面没有镜面的镜子。

镜子为椭圆形，巴掌大小，中间的镜面缺失，只剩下拇指粗的银制双龙戏珠外圈，花纹雕工皆寻常得很，轻飘飘的，而且表面已经氧化变黑。这么个破镜子，光剩下外圈，还真不值什么钱。

公蛎见柜台外无人，问道："谁拿来的？"

一个小小的身影一跳一跳往上蹿，露出个虎头帽子："我的我的！"

公蛎探头一看，原来是王二狗家的儿子王宝。

王宝刚过了八岁生日，那叫一个调皮捣蛋，真是狗都嫌弃，如今一只眼睛害眼疾，红红的不停流泪，看上去更是又脏又皮。公蛎晃了晃镜子，道："你从家里偷的吧？赶紧还回去！"

王宝人小鬼大，好的那只眼睛滴溜溜乱转："不是偷的，我娘说坏了不要了，给我换糖吃！"

胖头插嘴道："我刚才都说了半天，他主意大着呢。"

公蛎正心烦意乱，将镜子丢给王宝道："走走走，小屁孩别捣乱，要当也得你家大人来。"

王宝一屁股坐在地上，斜眼看着公蛎，摆出一副准备撒泼打滚的气势。公蛎不耐烦道："胖头你去叫他爹娘来。"

王宝一听，抢过镜子塞入怀中，爬起来撒腿便跑，刚出门便被拎着扫帚的李婆婆抓了个正着："好你个小兔崽子，竟然学会偷东西了啊！我的东西呢？"接着又大声叫："王二狗，你要是不管你家儿子，我老婆子替你管教！"

王宝反过来一口咬住了李婆婆的手指，李婆婆杀猪一般嚎叫，却忍痛不松手，将王宝按倒在流云飞渡门前的石凳下，朝他屁股下拍了几下。

一只素银簪从王宝衣服里掉下来，李婆婆心疼地用衣袖拭了又拭，举着给乡邻看："看看，看看，这么大点儿，都敢偷东西！小时偷针大时偷金！"人赃并获，王宝也不服软，反而对着李婆婆踢打。

一老一小正打得不亦乐乎，只见赵婆婆拧着小碎步子快速走来，叫道："别打了！王宝住手！"又拉李婆婆歉然道："老姐姐消消气。他爹娘今天去进货，托我照看一会儿。谁知他眼瞅不见就乱翻你的东西。王宝，站一边去！"

赵婆婆自己没有孙辈，对王宝甚为疼爱。听赵婆婆呵斥，他乖乖地收了手，瘪了憋嘴抽泣起来。李婆婆被他踢打得满身脚印，气呼呼道："你看看这孩子，多大了，一点礼数都不懂！"

赵婆婆不住道歉，并按着王宝赔礼。王宝勉强鞠了一躬，放大声号啕起来，边哭边数落道："你这么大年纪了，也不说让让小孩子！"听的人都觉得好笑。

见众人都劝，赵婆婆也道了歉，李婆婆便放开了王宝，骂骂咧咧地回去了。

本来到此便罢了，谁知王宝趁李婆婆转身之际，扑上去又朝她手腕上狠狠咬了一口，然后兔子一样逃开了，不远不近地站着，又跳又叫。

李婆婆本就是爱计较的，这下暴怒，一边追一边点着王二狗的名字叫骂，说他家教不严，养出这个小鬼头来。

李婆婆哪里跑得过娃娃，等她追到街口，王宝又绕着回了茶馆，趁人不备，捡起一块碳渣丢了火炉上炖着的茶汤里。这下半锅茶汤全毁了，下午的生意也做不得了。李婆婆炸了毛，拿着火钳风一样追赶王宝，骂道："我不要不弄死你这个小东西，我就不姓李！瞧你那一只眼，长大了也是个独眼龙！"

经这么一绕搅，公蛎忘了刚才的烦闷，叼着根牙签围着看热闹。正听李婆婆骂的有趣，忽然袖口被人一拉，道："龙哥哥，借一步说话。"

回头一看，却是珠儿。

珠儿如今自己打理店铺，又要照顾父亲杨鼓，忙得不可开交，公蛎自己又是个没心没肺的主儿，所以只看珠儿近期少露面少了，也没想着去看看她。

两人来到珠儿的裁缝铺子里，公蛎见她脸颊消瘦，关切道："你这几天忙什么？总不见你出来。"

珠儿默默地给公蛎倒了杯茶，自己却不坐，站在公蛎前面默然不语。公蛎刚吃了肉，正口渴，一口气将茶喝完，心里还惦记着外面的热闹，无话找话道："你爹爹呢？"

珠儿道："哦，我让回屋休息了。"两人又无话了。

公蛎见她眉眼低垂，一副心事重重的样子，道："你找我有事？"

珠儿抬起眼睛，深吸了一口气，低声道："龙哥哥，柳大……柳大，回来了。"

无心镜

一一〇

公蛎的眉骨突突地跳动了几下，几乎不敢相信自己的耳朵："你说什么？谁？"

珠儿脸上闪过一丝害怕，但依旧口齿清晰，表述准确："是柳大，每次的装扮都不同，但他的背影我绝不会认错。这半个月来，我见过三次。第一次是去北市进货，看见他打扮成年少公子的模样往敦厚坊这边来，我还以为是眼花，或者背影相似。"

她的脸有些苍白："第二次就在我们街口，他扮成了马车夫，一看到我，马上赶车离开。第三次，就在今早，我起来开门，看到一个人影躲在你家当铺门口的梧桐树后，就留意了一眼，结果发现，竟然是柳大！"

公蛎愣住了，迟疑再三，道："柳大被抓，我们都是亲眼看到的。毕岸同阿隼对他的案子颇为重视，怎么可能放了他？"

珠儿低声道："我也是这么想，所以前两次虽然不安，心里却不敢确定，也没敢去打扰你和毕掌柜。可是今天早上我看得真切，虽然他换了装扮，背影却绝不会认错。"她握起拳头，冷冷道："别说他装成一个乞丐，便是他烧成了灰，我也认得！"

珠儿对柳大恨之入骨，当初不知对着他的背影咬牙切齿了多少回，所以不管柳大外表如何装扮，珠儿一看到他的背影，便能认出。

公蛎心中五味杂陈，一瞬间，甚至想到如果同柳大见面会如何。

珠儿道："龙哥哥，我知道你同柳大私交甚好，但我也知道，你同他绝不是一类人。这些事，我实在不知道找谁说去。今天早上我看他在你家门口偷窥，担心他回来找你和毕掌柜报复，所以想提醒下你。"

事到如今，不可不防。公蛎想了想，道："我这就去提醒毕岸，让他查下柳大是否越狱。"又嘱咐道："他城府极深，若是回来，定然要找我们一拨人的麻烦。你自己也多加小心，若再碰上，千万不要轻举妄动，尽快通知我和毕岸即可。"

珠儿默默点头，又道："其实这段时日，发生好些奇怪之事。"

公蛎紧张道："还有何事？"

珠儿咬唇，良久才道："是关于对面李婆婆的。"

公蛎道："李婆婆嘴碎，你别埋她。"

珠儿道："她的茶汤，前几日被人撒了一把泥沙。"

公蛎道："那个王宝调皮得紧，王二狗也不说管管。"

珠儿缓缓道："不，我说的不是这次，是上次。有天晚上，我睡了一觉醒来，突然想起房顶晾晒的布料忘了收进来，这批布料贵得很，我担心晚上霜打了褪色，便摸黑上去收。"

"当时可能是三更，也可能不到三更，我倒也没留意时辰，只觉得已经不早了。我正叠衣杆上的布料，却见一个小黑影迷迷瞪瞪出来，却是王宝，朝着李婆婆家的方向来，一边走一边扭动身体，似乎十分害怕，最后抱头蹲在我家门口的石凳上再也不肯挪动一步，嘴里还嘟囔着，不要扎我的眼睛，不要扎我的眼睛！"

公蛎插嘴道："他这红眼病害了好些天了，王二狗也不说带他去瞧瞧。"

珠儿继续道："当时他的眼睛还是好好的。像他这么大的孩子，晚上应该睡得很死才对。我当时想，难道王宝也梦游？二狗媳妇也太不当心了，让孩子在宵禁的时候跑出来。这么一想，我便想悄悄儿去叫下二狗媳妇。我下去，刚将门拉开一条缝，忽听一阵轻微的梆子声。"

"梆子声杂乱无章，很轻很轻。王宝听了梆子声，顿时安静下来，直直地瞪着李婆婆家的大门，眼神一点也不像是个七岁的孩子。他在身上摸了一会儿，拿出个东西放在胸口。"

"梆子声越来越急，那个东西一闪，似乎进入了他的体内。"

公蛎好奇道："什么东西？"

珠儿摇摇头，道："当时他身子半对着茶馆，我看的不太清，只觉得圆圆的，反射出一点光圈。"

公蛎道："你继续说。"

珠儿道："我恐怕冻坏了他，正要打开门出去，忽见王宝四肢着地，腰部拱起，像个动物一样跳跃着朝李婆婆家跑去，臀部还一摇一摆的，十分奇怪。"

"我当时有些吃惊，吓得未敢出声。他刚跳上茶馆的台阶，阿狸从门廊上一跃而下。"珠儿顿了一顿，"阿狸，是李婆婆养的那只老猫。"

公蛎点点头。珠儿道："那个老猫见到王宝，似乎极为害怕，缩在地上瑟瑟发抖。王宝扑上去，冲它做出一个龇牙的动作，阿狸竟然乖乖地伸出脖子，王宝他……"

珠儿眼里一片茫然，低声道："我不知是不是因为柳大的事儿，出现了幻觉了。"

公蛎急道："王宝他怎么了？"

珠儿平静了下情绪，道："王宝他竟然朝着阿狸的脖子咬去，吸它的血！"

幸亏是珠儿，要是公蛎早就惊叫起来。公蛎想起李婆婆提起关于她相公和儿子的事儿，不由心悸，硬着头皮安慰道："说不定是王宝同阿狸闹着玩儿呢。"

珠儿竟然笑了笑，冷静道："龙哥哥，我没看错，当时李婆婆家门口挂着灯笼呢。我眼看阿狸的身体软了下去，心中深感震惊，不小心碰到了门闩，发出一点响动，似乎惊动了王宝。他回过头来，我刚好看到他的正面。"

珠儿抓住了公蛎的手臂，"那不是王宝，而是……我也说不上来，就像一只……唔，像元宵节的虫灯，眼睛不大，但又圆又亮，发出黄色的光，嘴巴宽阔，两颗尖利的牙齿如针一样细长。他回头看的时候，两滴血顺着牙齿滴落下来。"

公蛎想象着王宝当时的样子，吃惊道："这孩子，是中邪了么？"

珠儿道："阿狸当时还没死，喵了一声，从他身下逃开了。我不敢多待，忙悄悄闩好门回去了。第二天，便听说李婆婆家的阿狸死了。"

公蛎道："嗯，这个我听说了。"

两人相对无言，安静了片刻，珠儿道："第二天我趁着李婆婆不备，去看了阿狸的尸体，并不见它的脖子有伤口。我憎恶李婆婆，本来不想多管闲事，但心里终归不安，傍晚时分，去茶馆告诫她今后小心。"珠儿苦笑了下，"不过她或许认为我没安什么好心罢。"

公蛎想了想，决定不将李婆婆相公及儿子的事情告诉珠儿，毕竟尚未核实，免得吓坏了她，道："这个我是知道的。后来还有什么情况吗？"

珠儿摇摇头，道："没有了。从那以后，我便留意观察王宝，但他就是个顽劣调皮的孩子，再没发现什么异常。不过，第二天，他发了眼疾，总也治不好。或者是个巧合罢，可我总不由自主地联想到他那晚说'不要扎我的眼睛'的话。"她歉然一笑，道："这个事情过于玄乎，我本来没想着要告诉你的，只是今天聊得深了，想起这档子事儿。"

公蛎忙道："告诉我自然是对的，我帮不上忙，毕掌柜总帮得上。"珠儿垂下眼睛，柔柔一笑。

原来她还是爱着毕岸。公蛎心中五味杂陈，脸上便不由表现出怅然的样子来。

珠儿却以为他害怕，冷笑一声，目光如炬，道："龙哥哥你放心，我早不是先前那个毛丫头了。若真是柳大回来了，大不了一死，怕他作甚？"说着将做了一半的衣料展开，朗声道："我大大方方做我的生意，不信光天化日之下，他还能有什么伎俩！"

公蛎顿觉汗颜，豪气地将手一挥，大声道："珠儿放心，有我在，谁也不用怕！"

珠儿重重地点头，眼里满是信任。

可是公蛎的豪气总是支撑不了太久。一出了珠儿的店铺，焦虑、沮丧感顿时袭来。

外面的吵闹已经平息。刚才王二狗回来，将王宝打了一顿，又赔了李婆婆半锅茶汤钱。出了心中这一口恶气，李婆婆总算是偃旗息鼓，端着一杯热茶，跷着二郎腿，正口沫飞溅地数落王宝的顽劣，眼睛的余光却关注着珠儿的动静。一看到公蛎出来，马上凑了上来，挤挤眼道："珠儿这几天有些憔悴，是不是害相思病了？"

公蛎没好气道："你胡说什么？"

李婆婆嘻嘻笑道："她偷偷找你，不是为了毕掌柜，还能为谁？"又得意道："她打量我刚才忙着收拾那小鬼头，没留意呢。我可是眼观六路，耳听八方的，什么都瞒不过我。"

公蛎简直拿李婆婆没办法，拂袖而去。

李婆婆仗着公蛎好脾气，紧跟在后面神秘兮兮地道："我跟你说，你可得劝劝毕掌柜，别以为珠儿如今改了性了，她同苏媚一样，是个小狐狸精。"

公蛎转过身，吼道："你有完没完？"

李婆婆吓了一跳，后退一步，道："你发这么大火做什么？我又不是污蔑她，今天天还没大亮，我跑茅厕，亲眼看到一个男人从她家里出来。"

她唯恐公蛎不听下去，语速飞快："你爱信不信。我不过是怕毕掌柜不明就里，把个鱼眼当明珠。"说着一扭一扭回去了。

公蛎一愣，追过去问道："你说的是真的？"

李婆婆要的正是这样的效果，顿时眉开眼笑，得意道："老婆子决不撒谎。我闹肚子，早起了点，顺便隔着门缝往外看，结果碰巧见一个男人推开她家门走了出来。那男人三十来岁模样，不胖不瘦，同……"她想了下，道："背影同柳大有些像。"

如此重要的事情，珠儿怎么没说？

公蛎不知该不该相信她的话，含含糊糊应了一声，摇头走开。

李婆婆一直怀疑这个平庸的龙掌柜喜欢珠儿，看到他失魂落魄的背影，十分开心，在身后急道："我的那个事儿，你也提醒下毕掌柜，不要忘了啊。"

（三）

毕岸不在家，公蛎也不知去哪里找他。

在房间里躺了一阵，仍然烦闷不已，但又说不上因为何事烦闷。将近晚饭，公蛎不饿，踱着方步走了出来，走到北市附近找了个不起眼的小酒馆，选了个靠窗的座位，望着外面发呆。

一个身姿挺拔的女子打着一把桃红绣花阳伞慢慢走了过来，走走停停，似在寻人。公蛎仗着有伞遮住女子视线，肆无忌惮地打量起她来。只见这女子虽然身着棉衣，却细腰翘臀，该肥的肥，该瘦的瘦，身材凹凸有致，甚是诱人。公蛎贪婪地看着她从远至近，暗想不知道脸蛋儿长得配不配如此曼妙的身材，别顶着一张猪头一样的脸，可太让人幻灭了。

正急切地盼望着女子收伞回头，忽然衣角被人一扯，一个脏兮兮的小破碗伸在了自己面前。

原来是个瘸腿的小乞丐，衣衫褴褛，满脸脏污，脸蛋冻得通红，嘴唇上吊着两条清涕，挂着一根木棍，可怜巴巴地望着公蛎。

公蛎随手将一碟胡豆倒在了他碗里。本以为小乞丐会感激，谁知道他看了看，竟然又将碗伸了过来，口里呜啦呜啦地叫。

公蛎无奈，从荷包中抓了一小把铜板丢了进去。小乞丐伫立了良久才瘸着腿走开，到下一个酒客处继续讨要。

公蛎惦记着窗外那个女子的长相，便不再理会小乞丐。正在四处寻找女子身影，忽听"噗通"、"哗啦"两声，回头一看，小乞丐摔倒在地上，破碗摔成了两半。一个络腮胡子男人跳起大声喝骂道："光天化日，还有没有规矩了？你们这里还是有名的酒楼呢，竟然听任乞丐进出，还公然偷盗，这生意还要不要做？"后面却是对伙计说的。

原来这小乞丐竟然上去抱住客人的腿，看到客人荷包外漏，竟然自己动手去拿人家的银两，被人发现一脚踹开。

伙计忙过来打圆场，一看这等情形，忙赔笑道："客官东西没丢吧？您别生气，这是我们失职，我这就赶他出去。"说着拎起小乞丐，一把将其丢了出去，怒骂道："你们这些遭瘟的小东西，真是越来越没有王法了！以后再敢靠近我家酒肆百步以内，看我不一脚踩死你！"

小乞丐如同疯了一般直着嗓子嘶吼，并丢了拐杖，单脚跳着继续往酒馆里猛冲。伙计一个不防，又给他冲了进来。

小乞丐冲到络腮男子处，竟然又去抱他的腿、扯他的荷包。

众人都道这小乞丐真是找死。伙计大怒，一脚将他踹飞了出去，上前又补了两脚。小乞丐蜷缩在雪地里抽搐起来。

酒客们议论纷纷，有说酒保打了重的，有说小乞丐惹人讨厌的。公蛎却想起那晚的见闻，不知道这小乞丐是生来残疾，还是被坏人控制用作敛财的工具，不由生出几分恻隐之心来。

但想归想，公蛎却未动身劝阻。好在伙计也不算太狠，没有再打，只骂了一阵，便继续忙活去了。

待到公蛎酒足饭饱结了账出来，小乞丐已经挪了位置。一条清晰的爬痕一直拖到对面树下，他也不管地面冰冷，伸长了腿瘫坐在地面上，茫然地看着喧闹的酒肆，两行清涕变成了两条殷红的鼻血，一张小脸满是血污，脏得分不出五官。

公蛎不由放慢了脚步，走到他跟前，蹲下身问道："你家是哪里的？为何乞讨？"

小乞丐眼皮翻了一下，并不回答。

公蛎翻了翻荷包，银子自然是舍不得的，不过找到了七文钱。公蛎将七文钱放在他脚下："给你买个糕儿吃。以后可别再偷东西了。"

小乞丐忽然呜啊一声，扑了出去。公蛎吓了一跳，忙往后退，回头一看，原来是络腮胡子等人结账出来了。

公蛎一把拉住，低声喝道："你这小子怎么不知好歹，还敢上去纠缠？"

小乞丐扑倒在地上，眼睛看着公蛎，手仍然指着络腮胡子，呜咽起来。公蛎狠狠心，从荷包里抠出一块三钱左右的碎银，掂量了几下，丢进小乞丐的口袋，道："好，再给你一块。"

小乞丐盯着络腮胡子的背影，手脚在地上无力地扒拉。公蛎觉得自己已经仁至义尽，站起身来，也不管小乞丐能不能听得进去，只管道："赶紧找个暖和的地方躲着吧，要不就乖乖乞讨。闯荡江湖混日子，要眼皮活泛脑子机灵，像你这样可不行。"

一股熟悉的体香传来，接着便听到身后一个轻轻柔柔的声音道："谢谢龙掌柜。"

原来刚才那半遮面的女子正是玲珑，打着那把半旧的绣花伞。公蛎大喜，激动道："好巧！没想到在这里碰上姑娘。"

玲珑抿嘴一笑，蹲下身来，柔声道："小娟子，你怎么样了？"

这小乞丐还是个女孩。公蛎凝神看小娟子的眉心，却看不出任何端倪来。想来巫琇死后，不会再有人做出那种伤天害理的事情了吧。

小娟子的眼珠转了一转，茫然地看着远去的人群，一动不动。玲珑叹了一口气，将伞罩在小娟子头上，拿出条粗布手帕，将她脸上的血污擦拭干净，道："今天冷，早点回去吧。"

玲珑的眼神安静恬淡，虽是怜悯，却不会让人有任何不适之感。小娟子乖乖地收回目光，点了点头。

公蛎无话找话道："这孩子，真可怜。"

玲珑回头看了公蛎一眼，亮晶晶的黑眼睛含着一点笑意，看得公蛎不由心跳加速。

玲珑细心地将小娟子讨来的银钱收拾进口袋，欢快道："快回去吧，土地庙那边有人施粥呢。"

公蛎忙将小娟子的拐杖递过来，仗义道："玲珑姑娘住在哪里？我送你们回去。"

玲珑道："谢谢龙掌柜，不用了。"

公蛎手里捏着那根一直揣在兜里的银簪，手心已经出汗，扯谎道："不要紧，我刚好顺路。"想要上去抱了小娟子快走，可看到她身上又是灰尘，又是血污，终究还是迟疑了下。

恰巧玲珑的伞歪倒过来，公蛎忙顺手接过，倒免了尴尬。因问道："听姑娘口音，不是洛阳人。"

玲珑道："小女子原籍长安，因家父意外客死洛阳，我来处理后事，之后便留在洛阳了。"

公蛎对她越发好奇，忍不住道："姑娘在洛阳作何营生？"

玲珑咬唇道："长安那边，祖业早已衰败，还好父亲之前曾在洛阳置办了些房产，虽然收入微薄，倒也够果腹。只是……剩下我孤身一人，北市附近人又杂乱，遇上那些……不好的事情难免手足无措。"说着脸上腾起一片红云，含羞笑道："瞧我这是怎么了，好好的，同龙掌柜说这些做什么。"

公蛎见她垂头娇羞之态，比之刚才的端庄沉静更为楚楚动人，想她年纪轻轻，却要独自面对社会各种丑恶，忽然生出一种想要保护她的感觉，大声道："姑娘以后若有什么事，只管指使公蛎便是，在下虽然不才，身家微薄，但愿为姑娘效犬马之劳。"

玲珑微微侧头，道："谢谢龙掌柜。"

公蛎忙道："你叫我公蛎即可。"

玲珑又恢复了沉静之色，感叹道："我爹爹去世后，差不多大半年我才缓过来。如今已经习惯啦。"她爱怜地看着小娟子，道："这些孩子们，比我可怜多了。一个个没爹没娘的，在外挨打受气，也没人心疼。"

公蛎诚挚道："姑娘年纪轻轻，却有这份侠骨仁心，在下好生敬佩。"这个是真心话。如此悉心照顾一帮脏兮兮的小乞丐，公蛎自己是做不到的，他宁愿选择给钱。

玲珑抿嘴一笑，道："哪里能谈上什么侠骨仁心，不过是自己身世孤苦，刚好又住得不远，看不得他们受罪罢了。可惜凭我一己之力，也做不了什么。"

小娟子回了土地庙，两人继续往柳枝儿巷走去。公蛎终于将银簪拿了出来："这个可是你丢的？"

玲珑接过银簪，惊呼一声，眼圈顿时红了。摩挲着银簪良久，泪眼蒙眬道："龙掌柜见笑了。这个是……是他送给我的……信物……"

后面几个字说的如同蚊子哼哼，不用说自然是她的心上人了。公蛎只好听着。

玲珑垂泪道："他……他也是开当铺的，我和爹爹本来是投奔他来的，可来了却发现，他得了急病去世了。不到半月，爹爹也走了。我只好一个人过日子……"

原来柳枝巷几处房子便是她家的地产。不过位置不好，房屋简陋，每个月的租金一共不过几百文钱，还要接济那几个吃不饱穿不暖的小乞丐。如此环境之下，自然成长快些，所以她虽然同小妖年纪不相上下，却比小妖要成熟懂事许多，完全是另一种气质。

公蛎搜肠刮肚，憋出几句安慰她的话来："人死不能复生，姑娘你开开心心的，他在天之灵也可安息了，"

玲珑拭去眼泪，微微笑道："小女子失态了，龙掌柜见谅。"

两人一路闲聊，从洛阳今年的气候聊到北市码头的兴盛，从市井流传的奇闻怪谈聊到如何混饱肚子，公蛎更是将当年街头卖艺的趣事一件件说给她听。玲珑听到胖头去偷人家的卤肉，肩上顶着一个颤巍巍的肉叉子时，更是笑得花枝乱颤，少有地显出几分少女的活泼来。

公蛎大有相见恨晚之意，只觉得玲珑集大气恬淡、善良体贴与调皮可爱于一身，所识女子无一能比——当然，那个散发着丁香花香味的女孩儿除外。

就这么一段道路，很快便到了柳枝儿巷的巷子口。

玲珑站住，施了一礼，微笑道："前面便是我家，家里没准备，我便不邀请龙掌柜进去坐了。"

公蛎虽然有些不舍，却不敢强求，道："也好，姑娘有什么事，只管到忘尘阁找我。"

玲珑忽然扭转身子，坦然看着他，良久才轻声道："好。"

四目相对，公蛎心中莫名一阵激荡，怔怔地看着她娇美的小脸，却不知说些什么。

玲珑垂下眼睛，低声道："玲珑好久没这么开心了。谢谢公蛎哥哥。"

一声"哥哥"，公蛎的心都飞了起来，忍不住想要说陪她进去，玲珑已经转身离开。

谁知道天冷路滑，她踩在一块刚结冰的水渍上，脚下一滑，一个趔趄向后倒来。

公蛎反应迅速，疾步上前张开双臂抱住了她。不过用力猛了些，鼻子刚好碰到她的嘴唇，柔柔软软，难以形容。

（四）

华灯初上，各家各户挂出了红灯笼，发出朦朦胧胧一团红光，在平静的磁河水面上反射出一个美轮美奂的光晕来。

公蛎轻飘飘地走在路上，如同踩在棉花上。第一次发现洛阳的夜色如此之美，三三两两的行人个个洋溢着幸福的笑容，连如刀割一般的冷风吹在脸上也带着一丝甜味。

转过街角，前面便是敦厚坊了。一只手忽然按在了公蛎的肩头："嗨，我们又见面了！"

公蛎晕乎乎回头一看，却是一个风流倜傥的青胡茬中年男子，浑身上下散发着浓重的檀香味道。

有些面熟，公蛎却想不起是谁，忙笑道："您是？"

青胡茬哈哈一笑，同公蛎并肩而行，道："你不记得我了？敝姓胡，单名一个烁字。"

公蛎想起来了，一趔身躲开他按在自己肩头的手，干笑道："哦，原来是胡大公子，幸会幸会。"

胡烁同他并肩而行，道："今晚心情不错，要不要去喝一杯？暗香馆新近了一批六十年的女儿红，口感很是不错。兄弟我请客。"

听到暗香馆三个字，公蛎心动了一下，但一看他大有深意的眼神，顿时想起他那特殊的癖好，警惕道："在下还有事，多谢胡大公子抬爱。"

胡烁伸手揽住了他的肩，斜眼看着他，神秘兮兮道："暗香馆里新来的姑娘，貌若天仙，你不想一饱眼福？"

公蛎不习惯同一个男人如此亲密，再说心烦意乱的，只想静一静，正色道："多谢公子，在下真的有事。"身子一摆跳开了去。

这胡烁却如影随形，附耳道："我瞧龙兄印堂发亮，双颊带粉，这是走了桃花运了？"

公蛎忍不住摸了摸鼻子，大步逃开。胡烁在后面哈哈大笑："小心桃花运变成桃花劫啊。"

回到忘尘阁，天已经完全黑了下来，胖头和汪三财正在核对今天的账目。

公蛎心思烦乱，也说不上是兴奋还是燥热，回房间觉得孤单，想要说话又不知说些什么，便无聊地在门口晃悠。

胖头道："老大你鼻子怎么了？"

公蛎心虚，道："什么怎么了？"

胖头道："你回来这一盏茶工夫，已经摸了十五次……十六次鼻子了！鼻头红彤彤的，上火了？——又摸！十七次！"

公蛎这才意识到，忙放下手臂，含糊道："没事，可能有些……不舒服。"公蛎的鼻子自从碰到玲珑的嘴唇，一直在发痒发热，但又不是感冒那种难受，而是带着一种酥酥麻麻的感觉，有几分心慌，几分甜蜜，却难以具体形容。

胖头走过来凑近了看，担心道："我记得你最耐不得冷，只要气温稍降些，就说不想动弹，今天这是怎么了？"伸手去试探他的额头。

公蛎一把将他的胖手打开，没头没脑地问了一句，"上月初我躺在门前晒太阳，过去一群美人儿，你连着说了几声好美。那些美人儿，是哪家的姑娘小姐？"

汪三财忍不住哼了一声。胖头听得莫名其妙，道："天大都有美人儿经过，你说的是哪次？"

公蛎比划了一下，丧气道："算了，你这个猪头。"

其实公蛎心里，还惦记着那个散发丁香花香气的女孩儿。虽然他只见了她一次，连一句话也没说上，但心里却认定了她一定乖巧懂事、善解人意——就像玲珑一样。

公蛎觉得心里如同一团乱麻，一会儿想着丁香花女孩儿，一会儿又后悔今日一时胆怯，没有跟着到玲珑家里坐坐，如此这般，坐也不是，站也不是，绕着中堂兜起了圈子。

汪三财从账簿上面抬起头来："龙掌柜是要出去？不出去的话就回屋躺着吧。你这样转来转去，晃得我头晕。"

公蛎烦躁道："躺什么躺，晚饭还没吃呢！"

胖头惊讶道："你还没吃？我们已经吃过啦。"往常公蛎只要手头有钱，决计不肯在家里吃的。

汪三财道："灶房笼屉上还有半个馒头，您就配上咸菜凑合一顿算了。"

公蛎一听便没了食欲，借机一甩袖子走了出去，远远听到汪三财在身后同胖头说道："放心，不用追。龙掌柜这样子，定是惦记着哪家姑娘呢。"

公蛎暗骂了一句老狐狸。

走了出来，公蛎反而安心了。如今才刚刚亥时，当铺日杂店虽已打了烊，但食馆酒肆、青楼茶苑却正生意火爆。公蛎鼻尖的酥麻仍未消退，本想找个地方吃点东西，却没什么胃口，在街上游荡了片刻，一抬头，发现自己已经到了柳枝巷。

天上有云，遮住了月亮，但今儿十六，光线还算不错。公蛎心中又是激动又是忐忑，心里盘算着要找玲珑说什么才好：欲要装作刚好经过这里，又想着这里偏僻，看着不像；要说是专程来看望她，可明明一个多时辰之前才分开，且天色已晚，只怕会以为自己心怀不轨。

公蛎躲在玲珑家对面的大树后，正犹豫着，却看到一个小小的身影溜着墙根过来，先是警惕地打量了一下四周，发现无人，便扒着门缝往玲珑家里偷看。

公蛎一眼便认出来是小乞丐小武。他对小武不大待见，这小东西年龄小主意却正，心眼又多，下手又狠，正想上去吓唬吓唬她，却见他如兔子一样跳起，瞬间逃得不见了踪影。接着门吱呀一声轻响，玲珑竟然慢慢地走出来了，站在树下左右张望，似在等人。

公蛎激动万分，忘了小武，在黑暗中正了正衣冠，正准备上前，却见一个穿着黑色大氅的男子，从对面方向的巷子口快步走来。看到玲珑，张开大氅，一把将她裹在怀中，两人一起进了院子。

公蛎的心如同被针扎了一下，尖利地痛。而更让公蛎失魂落魄的，是那个黑衣人的背影：脚步稳健，步履从容，像极了柳大。

（五）

接下来几天，公蛎哪里都没去，只待在忘尘阁里，每日慵慵懒懒，无精打采。

当天晚上，毕岸回来了，公蛎简单将珠儿的话转述了一遍，并称自己在磁河对岸也曾见到一个背影像柳大的，只是没看到正面。听毕岸道他自会留心，公蛎便不管了。自己的事情都管不好，哪里管得了这么多？

公蛎不出门倒不是完全因为玲珑或者珠儿，而确实是没钱了。偶尔朝胖头讨要个三核桃俩枣的，只够在街口买个鸡腿吃，好在毕岸在家，家里伙食不错，又常有年轻貌美的小姑娘小媳妇过来帮衬生意，倒也没那么无聊。

其实公蛎难受了两天便想开了，自己同玲珑不过三面之缘，既无山盟海誓，又无婚约，似乎伤心都没有资格；而珠儿更不用提，一开始她便喜欢毕岸，当自己只是哥哥而已。公蛎失落之余，也安慰自己：若她们真的喜欢自己，还不知该怎么办呢。

有了毕岸坐镇，忘尘阁中每日里人来人往，一片繁忙。其中好多人并非来当东西，只是单纯来拜会毕岸。公蛎冷眼旁观，见来往之人虽然大多低调内敛，但其中不乏有身份显赫、仪态威严者，一看便知是养尊处优、五指不沾阳春水之人，偶尔能够听到他们在房间内窃窃私语，说的都是极其晦涩的奇闻怪事，十分乏味。

不过碰上有人带了点心或者礼品来，便十分开心了。毕岸对这些毫不在意，管他多贵重的礼物统统交给胖头，所以那些好的吃食和精致的玩意儿自然便宜给了公蛎。汪三财虽然不满，也没有办法，只是将入账的银两管得极严，不让公蛎在这一块有任何可乘之机。

这几天另一个大事，是对面的客栈开张，正在试营业。听说掌柜年纪轻轻，长得一表人才，是个纨绔子弟，家里担心他整日无所事事学坏，特地花重金盘下了这个客栈给他练练手；一楼卖些酒食，二楼和后院住宿，装潢的甚为豪华，价格自然不菲，一壶杜康老酒生生比柳大时候贵了三分之一，公蛎心有不忿，不免偶尔会想起柳大。

李婆婆那边，这段时日成了街头戏台，每日一场，必见李婆婆叉腰痛骂王宝。这王宝确实非一般的顽劣，如今竟然同李婆婆杠上了，一会儿去偷她的糕点，一会儿去丢她的青菜，真真儿把李婆婆恨得咬牙切齿，每天诅咒王宝烂了另一只眼，长大讨不到老婆。

再看王宝，公蛎原本猜想那晚珠儿所见，可能是王宝被什么精怪附了身。但任公蛎如何观察留意，他就是一个调皮捣蛋无法无天的普通熊孩子，着实没有一丝异象。至于李婆婆说的那个梆子声，也无一点动静。公蛎每晚留意，都不曾听到她说过的那种敲法，若不是珠儿也说听到过，公蛎几乎要认为这个老虔婆故意编排出来糊弄人的。而且珠儿这些天又得了伤寒，生意也做不得，每日大门紧闭，在家休养，公蛎没查出个定论，又被玲珑伤了这么一下，也不想去见珠儿。

唯独胖头得了兴儿了。他每隔一日便要出去一趟，据公蛎观察，是出去幽会，并顺便从南北市淘进各种小玩意儿，比如整块树根沤的香盒，石头雕刻的马车，红泥做的小人儿等，竟然卖的极好。连小妖都大赞他有眼光，购进的东西古朴别致，浑然天成，还同他讨了一对小女娃娃在月桂树下玩耍的小摆件放在自己的桌子上。

转眼到了第七日。这日吃过午饭，公蛎正躺在床上闭目养神，忽听外面一阵喧闹，似乎有走街串巷的小贩敲着梆子走过，过了片刻便听到李婆婆的尖叫，夹杂着乱七八糟的吆喝声，瞬间乱成一团。

不用说定是李婆婆又同王宝置气了，公蛎懒得出去看，翻了身依旧假寐。

门哗啦一声被撞开，胖头气喘吁吁跑进来，叫道："老大不好了，王宝快死了！"

公蛎折身而起，愕然道："早上不好好的吗？怎么了？"

胖头道："说是中了毒的，郎中来了也瞧不出是什么毒物。现在七窍流血地躺在李婆婆的茶馆里，刚已经有人去报官了！"

公蛎披衣下床，同胖头来到茶馆。

两人扒开人群挤了进去。王宝直挺挺地躺在一张草席上，口眼歪斜，鼻孔嘴角不断有血沫冒出。一个老郎中一边收拾药箱，一边道："确是中毒无疑，不过老朽眼拙，不能判断何毒。而且毒性极大，只怕捱不过两个时辰。"说着不顾众人恳求，叹着气走了。

听人议论，说是刚李婆婆一反常态，给了他一块糕儿吃，吃完不久便成了这个模样。所以大家都怀疑是李婆婆在糕儿上动了什么手脚，故意要害死王宝。

王二狗媳妇已经哭得背过气去，赵婆婆抱着她，不住地抹眼泪。王二狗拎着把镰刀，非要窜上去把李婆婆砍了，被一帮人给拉住。

李婆婆头发也散了，衣袖也破了，面如土色，一边躲避王二狗飞踹过来的脚，一边摇手哭喊："不是我……真的不是我……"

一个獐头鼠目的小商贩上去给了她一脚，将她踹翻在地："不是你还能是谁？我天天见你打骂他，咒他早死！"众人纷纷指责李婆婆，有几个义愤填膺的青壮年已经挽起袖子要打她。

李婆婆吓得面如土色，叫道："冤枉啊！我讨厌王宝，可没想害死他……"一见公蛎和胖头，扑过来抱住公蛎的腿："求龙掌柜救我……"

公蛎也怀疑是李婆婆下的手，忍不住道："他一个孩子，你不理他就行了，怎么能……"

忽听毕岸朗声道："众街坊稍安勿躁！先救孩子要紧。"身后一阵骚动，众人让开一条道来。李婆婆松开了公蛎，匍匐到毕岸脚下，如同溺水之人抓住了救命稻草，不住地叩头作揖。

毕岸将李婆婆扶起，大声道："王宝所中之毒，在下能解。这种毒成分复杂，不像是李婆婆能做的。大家散了吧。"

赵婆婆轻拍着王二狗媳妇，泪眼婆娑道："毕掌柜，我们敬重您的人品，但您可不能因为是街坊，包庇恶人。这王宝跟我亲孙子没什么两样，我还指望老了喝他一杯茶呢！"说着更是老泪如雨，围观着无不动容。

毕岸沉声道："在下自会找到缘由。请各位乡亲放心，不要耽误了救治。"周围仍一片交头接耳，将信将疑。随同而来的阿隼厉声呵斥道："出了人命你们谁能负担得起？看什么热闹！"将众人往后赶去，只留下王宝一家和赵婆婆一行儿人。

毕岸切了脉，翻开王宝的眼皮看了看，又是摸他的后脑又是按他的眉心，望闻问切用了个遍，看起来煞有介事。然后从怀里拿出一包银针来，抽出一根，背对着众人，朝王宝眉间扎去。

　　王宝咕咕吐出一摊子黄色黏稠的秽物来，动了一动，慢慢睁开眼睛，微弱地叫了一声"娘"。二狗丢了镰刀，同他媳妇扑上去抱着肝儿肉儿地叫。李婆婆激动得说不出话来，爬过去看，被二狗媳妇一把推开。

　　赵婆婆又是哭又是笑的，问毕岸道："毕掌柜，他这到底是怎么了？郎中说是中毒，可是今天中午，他只吃了李婶给的一块糕儿。"

　　李婆婆忙辩解，被毕岸制止了："他误食了兑有草头乌的断肠砂。"

　　断肠砂用一种有毒的虫子烘焙研磨制成，一般用来治理鼠患，算是耗子药的一种，原本毒性不大，但兑上了草头乌，毒性相互作用，便难治疗。李婆婆嚎道："毕掌柜，我没用耗子药毒王宝，再说我今天给他的糕儿，我自己也吃了啊！"

　　二狗媳妇张牙舞爪地扑过来，三下五除二将李婆婆抓了个满脸花。阿隼胖头忙将二人拉开，毕岸厉声喝道："你还要不要你儿子了？"

　　二狗媳妇抱着孩子呜咽起来。赵婆婆陪着落泪，忍不住呵斥李婆婆道："真没想到你这么狠毒！年纪一大把，都活到狗肚子了去了！"她一向轻言轻语，面目和善，说这几句话，算是很重的了。

　　毕岸道："救孩子要紧。我要到山上采些草药来，王宝先抱回忘尘阁，阿隼看护着。三日之后，还你一个活蹦乱跳的王宝，但这两日，不得过来打扰！"不由分说抱了王宝便走，王二狗夫妇要跟了去，却被阿隼拦住。

　　三人抱着王宝回到后院。胖头拉出一张小床，摆在堂屋火炉边，将王宝安置好。

　　此时官府已经来人询问李婆婆，阿隼出去应付。毕岸站在王宝床前，若有所思。

　　公蛎忍不住道："你刚才没用真正的银针，而是巫术中阴气化成的针。"公蛎刚才站在毕岸对面，看得清清楚楚，他虽然从针灸袋里取了一根银针，而在实际使用时，用的却是那种可易容、可解毒的巫法"阴针"。

　　毕岸道："不错，你比以前细心了些。"

　　公蛎又道："这到底是意外，还是有人投毒？"

　　毕岸反问道："你看呢？"

　　公蛎着实不知。不过凭心说，若是投毒，嫌疑最大的自然是李婆婆。

　　公蛎想了想，道："我建议，在这方圆左右去找找谁家最近买了那个叫断肠砂的耗子药，便不是他故意下毒，而是王宝误食，他也是有责任的。"

毕岸道："思路不错。"

公蛎很是高兴，殷勤地道："那我这就去告诉阿隼。"

毕岸不再理他，翻开王宝那只一直在害红眼病的眼睛，陷入沉默。

门外依然吵吵嚷嚷，很多人围观。公蛎出去已经不见了阿隼，失望而归。

毕岸回房取了一颗药丸，给王宝服下，看着他渐渐沉睡，忽然道："我今天中午好像听到有走街串巷的小贩，敲着梆子。"

公蛎心中一动，踌躇道："我也听到了。不过声音正常得很，很有规律，小贩敲梆子也是极为惯常行业行为，不算什么。"

毕岸点点头，道："那倒是。"说着将外衣除了下来，皱眉道："瞧这衣服弄的，你陪我送去街口赵婆婆家浆洗一下如何？"

公蛎有些不情愿，道："让胖头送去不就得了？"

毕岸便自己去了。

（六）

捕快在李婆婆家里，搜到了残余少量断肠砂的小纸包，作为重大嫌疑人，李婆婆已经被官府拘了去。如今外面议论纷纷，都说官府已经审定，确实是李婆婆故意投毒害人，言之凿凿，仿佛亲眼所见。那些曾受过她嘲讽、编排的妇人们更是幸灾乐祸，巴不得她多受些苦楚。

王宝在忘尘阁中躺了两天，每日早午晚各针灸一次，并服用了毕岸配置的药丸。虽然呕吐次数渐渐减少，但总昏昏沉沉，神志不清。因毕岸吩咐，除了公蛎，其他人等皆不得靠近，连王二狗夫妇也不能见，否则后果自负。二狗夫妇心眼实在，果然不敢靠近，但显然揪心异常，特别是他媳妇，每天守在忘尘阁门口又是垂泪又是祈祷的，看得公蛎极为不忍。

第三日一早，公蛎一到前堂，便见二狗媳妇站在门外，眼巴巴往忘尘阁里望，见到公蛎，欢喜得什么似的，施了一个大礼，结结巴巴道："龙掌柜，宝儿他……他昨晚睡得好不好？"

公蛎按照毕岸教他说的话，大声回道："好多啦。昨晚醒了一阵，喝了小半碗米粥，非要找玩具玩儿。我们哪有给他玩的东西！不过在我这里，他倒也不敢闹。

他说想你啦，还想他的弹弓。"

其实王宝昨晚根本没醒，反而吐了好多血沫子来。公蛎不懂毕岸为何要说谎骗二狗夫妇，不过他也懒得问。

二狗媳妇眼泪哗哗的，激动得不知所以，跪在地上磕起了头。在一旁的赵婆婆也十分开心，欣喜道："谢天谢地！宝儿可赶紧好了吧，这两天我都想死他了。"

二狗媳妇哭得像个泪人儿，哀求道："能否让我看一眼？我就远远地看一眼，行不行？"

公蛎心软，正在迟疑，毕岸从身后走来，冷冷道："你若不放心，只管接回去。如今他正进入关键期，擦洗，服药，针灸一样也不能少，稍有差池，只怕热毒攻心，便是醒了，也是个痴傻。"

二狗媳妇被吓唬住了，不敢再说。毕岸道："过了今日，王宝便可回家了。"

二狗媳妇终于破涕为笑，同赵婆婆千恩万谢地回去，说要收拾点王宝的玩具，再买些他爱吃的送来。

毕岸说话向来了丁卯是卯，众人极为信服。一会儿工夫，这消息便传遍了敦厚坊，有夸赞毕岸人好心好的，有为王宝捡回一命开心的，也有恨意未消地感叹李婆婆运气好，这下不用杀人偿命的，甚至还有人询问毕岸是否有意开医馆，说的那叫一个热闹。

过了中午，被拘了三天的李婆婆竟然被释放了。她虽然神态憔悴，但浑身上下完好无损，看起来并没有吃什么大苦头。据她说，审她的官爷说了，既然王宝无事，她的罪责就不算太重，要她先回来，但不得出这条街，随时等候传唤。

这下舆论大哗。那些看热闹不嫌事儿大者，心中大多失望。公蛎对李婆婆虽然无甚好感，但对她毒杀王宝一事心存疑惑，遂刻意留心周边人的动静。观察多次之后，觉得那个曾踹了李婆婆一脚的男子特别可疑。

他住在街尾，平时走街串巷做些小头卖，货车上挂着大大小小的瓶子，外号便唤作"张瓶子"，几个月前因李婆婆说他老婆不守妇道，两人曾大吵一架。

今日李婆婆前脚释放，张瓶子后脚推着他的小货车便来了，将货车放在一边，先是绕着李婆婆家紧闭的大门好几圈，在门口骂骂咧咧的，后来又跑去鼓动二狗夫妇找上门出口气。二狗夫妇性格懦弱，唉声叹气了半日，也不敢出去叫骂。张瓶子恨得不行，又转身去了浆洗店赵婆婆家。

公蛎远远听着，隐约听到"不能就此算了"、"我看您待王宝倒好"之类的话，煽风点火的，句句撺掇。赵婆婆本来又心疼王宝，又气二狗无用，被他这么一激，果然拉着二狗媳妇过来去踹茶馆的门。

李婆婆既不回骂也不开门，赵婆婆气急，连骂了好几声"缩头乌龟"，见公蛎站在张瓶子的货车前，大声道："龙掌柜，您说说，这叫什么事儿！不是已经拍板定案了吗，怎么又给放出来了？"

公蛎正盯着小货车的梆子琢磨，听了赵婆婆发问，忙回道："据唐律规定，未造成严重后果的，可以不予追究。"

张瓶子阴阳怪气地道："哟，这次多亏王宝命大！要是下次呢？下次人家就不会如此大意，还能再给你找到证据？"

二狗媳妇一听还有"下次"，又开始抹眼泪，赵婆婆气得嘴唇直哆嗦。张瓶子愤愤地踹了一脚小货车，斜着一双老鼠眼道："这个该下拔舌地狱的老贱妇，不死留在世上净祸害人！"

傍晚时分，毕岸回来了。公蛎将今日众人的表现说了，着重提到张瓶子的可疑："证据有五：一是他同李婆婆有过节，两人见面都要互吐口水；二是王宝前些日子曾偷过他的东西，被他捉住骂了一通，对那孩子谈不上喜欢；三是他有个小货车，每日敲着梆子走街串巷，同李婆婆说的听到梆子声相吻合；最关键的是第四，他与李婆婆不睦，自从吵架之后，每次出门都绕到另一条街去，偏偏王宝中毒之日，他正推着小货车在不远的街口卖货。"

毕岸翻看着王宝的眼皮，点头道："继续说下去。"

公蛎得意洋洋道："还有一点，他售卖的货物极杂，保不齐就有耗子药。所以我觉得他的嫌疑最大。要我说，先把张瓶子抓起来，一审问，定然什么都招了。"

毕岸道："那如何解释阿狸之死，和珠儿看到的王宝异变之事？"

公蛎辩道："一码归一码，先破了这个案子，再查下个不迟。"

毕岸去翻弄二狗媳妇送来的一堆玩具，道："再说吧。"

这两日被要求看护王宝，公蛎早烦了，道："王宝什么时候能好？还是送给他爹娘照顾好了。"见毕岸不理，闷闷道："今晚让胖头看护吧。其实也没什么事儿，我们两个都不用守着。我过会儿交代给他。"

毕岸毅然决然道："不行。"

公蛎一甩手，打算扬长而去，毕岸解开荷包丢了过来。

公蛎气愤地叫道："你有钱了不起啊！"大手一挥，眉头一皱，道："不就是看护一晚嘛。放心，今晚我一个人即可，您安稳睡去。"

收了人的钱，自然要表现出负责的样子来。公蛎一本正经地俯身听了听，觉得王宝仍然气若游丝，并未好转，故作体贴道："我知道毕掌柜您无所不能，不过解毒这玩意儿，实在难了些。要不，咱另请个郎中看一看？"

毕岸不加理会，而是饶有兴致地敲打着那堆破玩具，道："你也过来看看。"

公蛎忍住对这堆玩具的轻视，蹲下去看。王宝能有什么像样的玩具，不过是一堆破烂：粗糙的木头小人，小木剑，小弹弓，鹅卵石，破纸片，生锈的废铲子，碗口大的椭圆形木环，缺了一个轮子的小马车，还有两只装在盒子里的死甲虫等，脏兮兮的，公蛎摸都不愿意摸。

毕岸拈起木环看了看，重新丢到破包袱里，拎起整兜玩具放在了窗下。

亥时末过，公蛎早早地将床板支好，准备躺下。谁知毕岸三下五除二将简易床板拆了，道："今晚守夜。"

公蛎莫名其妙，道："又不是过年，守什么夜？"

毕岸将窗关紧，道："今晚你，我，还有胖头，一同守着王宝。"

公蛎一下子警觉，吃惊道："怎么，难道张瓶子会来暗杀不成？"心想就张瓶子那个小身板，光胖头一个对付他也绰绰有余。

毕岸拿出一把匕首丢给他："试试看，合不合手。"

公蛎道："用不上吧？"想了想，觉着若是用匕首，只能近身肉搏，危险大，便伸手拔了毕岸随身佩戴的长剑，道："我用这个。"

毕岸道："随你。"接着叫了胖头来，布置了一番。

王宝的小床放在正堂靠近公蛎房间的位置，周围椅子桌子全部移开。公蛎疑惑道："这样他动起手来不是更方便了？"

毕岸用棉布将王宝身上裸露的部位全部裹上，然后盖上薄被，只露出脸部。幸好天气冷，倒也不会憋坏了他。

接着放下公蛎房间的门帘，他二人躲在门后，让胖头躲在外面窗下。公蛎觉得此安排甚不合理，忍不住道："张瓶子有这么笨吗？明明知道我们几个都在家，岂非送死？"又道："今晚留着门，你把大门都拴死了，人家怎么进来？"

毕岸慢条斯理道："谁说来的一定是人？"

公蛎吃了一惊，想起珠儿说的那种动物，颤声道："莫非是……一只成了精的獾？"

他除了怕鬼，最怕的就是天敌。毕岸面无表情，道："过会儿碰上就知道了。"

公蛎恍然大悟道："你这是拿王宝来做诱饵？太不地道了！"

毕岸对公蛎的废话连篇早已司空见惯，理也不理。胖头兴奋地握着根大棍子，挥得虎虎生风："来了归我！你们都不要跟我抢！"

毕岸却道："你只管躲着，不听到我叫你，不要出来。"

正堂的火生得旺旺的，王宝睡得甚为安稳。毕岸和胖头各安其位，精神抖擞，而公蛎裹着被子歪在床上，早犯了迷糊。

冬夜漫长，恍恍惚惚中，公蛎忽听外面极其轻微地哗啦一声，一下子被惊醒了。

毕岸朝公蛎打了个手势。公蛎丢掉被子，蹑手蹑脚朝窗外看去。

外面并无一人，也不曾有什么异常的气味。公蛎折回来，重新躲在门框后。

叮铃一声。这次听的更为清晰，仿佛就从房间里发出来的。公蛎正在分辨声音的来源，毕岸门帘一挑，指着那堆玩具低声喝道："那里！"

那堆玩具在动。缺了车轮的马车慢慢倾斜，鹅卵石抖动着滚开，放在最上面的破小木盒子翻了，盖子落在一旁，两只甲虫滚落出来，触须还在一抖一抖地动。

公蛎看向毕岸。毕岸似乎极为震惊，紧握匕首，目不转睛地盯着玩具。

梆——一声极其轻微的梆子声，若不是公蛎听力异常，根本不能分辨。

公蛎心头一颤。再看玩具，抖动的速度明显快了起来，像有一只无形的手在翻动，很快，放在最底下的木环暴露了出来。

木环慢慢竖起，偶尔在玩具堆里转个圈儿，如同活物。公蛎吃惊道："这东西也能成精？"话音未落，只听吧嗒一声，木环顶部的搭扣开了，冒出一丝亮晶晶的光。

（七）

一只细长的虫子费力地从木环之中挤了出来，东嗅嗅西拱拱，绕着那堆玩具打起了圈子。它通体银色，头部略大，若是不动，像个明晃晃的长银钉。公蛎松了一口气，道："好大一只木虫！快抓来炒了吃。"

毕岸的神态却未见放松，道："是银蚕。"

银蚕，顾名思义，是生在银子里的，以银为食。这种东西世上传闻颇多，但除了看管银库的库卒，谁也不曾见过。而那些声称看到银蚕的库卒，谁知道他们是不是因为监守自盗，故意编排出这里离奇的理由糊弄上司，所以百姓对银蚕之说大多不信。

梆子声忽然放慢了。银蚕昂起头，似在辨认方向，接着忽然转头，朝着王宝的方向爬过来。毕岸不再躲藏，打开帘子走了出来，重复道："是银蚕。"

公蛎今儿反应倒快，马上明白了他的意思：吸食阿狸血的，并非什么精怪，而是这只银蚕。

银蚕看似笨拙，但行动甚为敏捷，爬至床下，忽然弹起，落到了王宝身上，翻了一个身，朝他身上拱去。

王宝身上裹着棉被，下面还有厚厚的面纱，银蚕三拱两拱，脑袋将棉被拱出一个小洞，钻了进去。

公蛎觉得它似乎要钻到王宝的身体里，忙伸出两指做出捏的姿势问道："抓不抓？"

毕岸盯着银蚕在外扭动的身体，道："你要是不想要这两根手指，只管下手去抓。"公蛎蹭地缩回了手，不满地回了一句："不装会死啊？能不能好好说话？"

毕岸道："银蚕全身上下，坚如钢铁。"

所幸银蚕又退了出来，继续往王宝头部爬去。

公蛎看着被子上的孔洞，啧啧道："这银蚕真跟铁钉一般。"

银蚕爬上了王宝的额头，不住地蠕动。公蛎瞬间觉得自己脸皮发麻，恨不得上去将它扒拉掉，但见毕岸依然巍然不动，只好忍住。情知毕岸是想亲眼看银蚕如何吸血，但对他完全不考虑王宝安全的做法心有戚戚，觉得过于凉薄。

公蛎正虎视眈眈地盯着银蚕，唯恐它一头钻到王宝的脑袋，忽然微光一闪，银蚕凭空不见。公蛎大骇，哇哇叫道："完了完了！"

毕岸二话不说，按着他的脑袋蹲下。待采取仰视姿态，银蚕又出现了。

原来银蚕变成了透明状，只有在仰视并对着灯光时，才能看见一条浅浅的边缘线。

公蛎刚想说话，王宝脸颊忽然突突地跳动了几下，接着开始扭曲，嘴巴朝两边裂开，露出针一样尖细的四颗獠牙，俨然放大版的银蚕口器。公蛎惊得一屁股坐在了地上，哇哇叫道："鬼啊鬼啊！"

毕岸一把捂住了他的嘴，喝道："安静！"

王宝的脸渐渐正常，银蚕也恢复了银色，不安地在他的眉心扭动着。公蛎惊恐道："赶紧抓吧！"他自己却不敢，退到毕岸身后。

毕岸依然不动手，冷静道："再等等看。"

周围死一般寂静，公蛎的手心出了冷汗，以至于无法集中听力。隐隐约约传来一丝轻响，银蚕犹如接到命令了一般，忽然跳了起来，不偏不倚落在王宝脖子上，扎着脑袋往他脖子里钻去。

公蛎急得跳脚："快快，棉布要被咬穿了！"

毕岸拔出了匕首，忽然回头一笑，那模样说不出的奸诈。公蛎下意识觉得不妙，往后跳去，却被毕岸一把抓住左手，在手掌上一划，血顿时流了出来。

事发突然，根本不容公蛎反抗，毕岸已经将他滴血的手按在了银蚕的半截身体上。

公蛎只觉得一阵刺骨的凉意，手掌的痛感倒不怎么明显了。银蚕从王宝脖子的棉布中挣出，转过头来朝公蛎的虎口咬去，一口细如牛毛的牙齿历历可见。

本能之下，公蛎化为原形，咪溜一下从毕岸的手中滑脱，弹跳至门口处，昂起脑袋，摆出一个打斗的姿势，又惊又怒道："你到底想干吗？"

毕岸却像没事人一般，后退了一步，微微笑道："快看。"

银蚕跌落下来，首尾相接，不住地在原地打转。

公蛎警惕地绕至银蚕对面，定睛一看，顿感惊愕。

银蚕上半身依然银光闪闪，而后半部身体却变了颜色，黑一片灰一片的，如同受了侵蚀。它似乎意识到身体的变化，竟然疯了一般啃食尾部。等它把那些变了色的部位全部吃掉，身体也只剩下了半截，抖动了一阵，就此死了，化成一段小指粗细的银条。

毕岸上前将捡起，用手掂了掂，道："六钱左右，打个簪子还是可以的。"

公蛎浑身鳞甲竖起，哀嚎道："为什么？"

毕岸上前将裹在王宝身上的棉布层层解开，若无其事道："快来，过会儿我带你去看好戏。"

公蛎觉得要气死了，刀口还在一阵阵刺痛，尖声叫道："不去！"

毕岸拉起王宝脖子上的纱布，道："好险！再晚一点，王宝只怕真被它杀死了。"笑眯眯地看着公蛎："你真打算这个样子示人？"

公蛎扭动着恢复人形。毕岸热情地扯下一块纱布，道："我帮你包扎，保准明天便好。"那一脸坏笑的样子，几乎不像冷酷的毕岸。

似曾相识的感觉又来了。公蛎想也没想，下意识伸出手去。

公蛎其实心里早明白了。显然自己的血对银蚕有克制作用，刚才若不是血手一把按上去，那个刀枪不入的银蚕显然没这么快挂掉，要是给它咬一口，或者给它逃走了，真不知道会有什么样的后果。但若是毕岸提前告知，公蛎绝不会同意。

哼，凭什么他要破案，却要自己白白挨这一刀？这口气绝不能忍。

公蛎摔开毕岸，怒目而视。但未等他开口，毕岸轻描淡写道："我房间里还存了一对双蝶玉佩，一件白玉头冠，还有一匹重丝织花宝蓝蜀锦。这些东西我用不上，送你了吧。"

公蛎硬生生把骂人的话咽了下去。

毕岸哑然一笑，捡起空木环塞入怀中，转身朝外走去，道："我们去会会银蚕的主人。"

公蛎端着手掌，恨恨地跟在后面。

阿隼正在街道的黑暗中候着，见到二人也不说话，微一点头，转身去了李婆婆家。

公蛎察觉到，周围黑暗之中似乎隐藏着无数个人，空气中弥漫着一种紧张的气氛。公蛎不安道："阿隼……不跟着我们？"张瓶子能够饲养控制银蚕，绝非普通小贩，公蛎觉得多一个阿隼便多一份胜算。

毕岸头也不回，道："不用。"走到街口，来到赵婆婆家的浆洗铺子前，推门而入。

公蛎惊讶道："你这是……"只听毕岸大步来到院中，朗声道："赵婆婆，您的银蚕养得不错。"

门槛下的灯笼忽然亮了。公蛎看到一两个黑影一闪而过，显然阿隼已经安排妥当。

上房暗着，并无应答。

毕岸高声道："您还没睡吧？请开门一叙。"

上房的门吱扭一声开了，赵婆婆穿戴整齐，表情虽然疑惑，但头发照样一丝不乱，微微躬身道："毕掌柜请进。"

毕岸一脚跨了进去。

普通砖瓦上房，比不得大户人家的高大气派，却甚是干净整洁，桌椅板凳皆摆的井井有条，同赵婆婆日常给人的印象十分相符。

房屋正中，摆着一座菩萨像。赵婆婆在菩萨供桌前的椅子上坐下，低眉顺眼道："毕掌柜可是在查案？老妇虽然不懂，不过大半夜的，来了我家，我自然不能让人站在院中。"

毕岸微笑道："婆婆谦虚了。您性子和善懂礼数，敦厚坊都是有名的。"

赵婆婆双手合十，默默念起了经文。毕岸道："多点几盏灯吧。这里太暗了。"几个黑衣人飞快提了几盏灯笼进来，又飞快退出。

房间里亮如白昼。毕岸道："您念往生咒，不敲木鱼儿怎么行？"说着揭开菩萨身上披的红布，从后面拿出一个油光发亮的旧木鱼儿来。

赵婆婆和和气气地道："大晚上的敲木鱼儿，会影响别人休息。"

毕岸道："敲也没用，银蚕已经死了。"他掏出已经化成半截银条的银蚕尸体，丢在供桌上。

赵婆婆看也不看，道："毕掌柜没事的话，回去歇着吧。您要觉得我违法乱纪，明天只管派人来抓，交由官府法办即可，我绝对不逃。"她往后乜了一眼窗外晃动的黑影，道："我一个老婆子，想逃也逃不了。"

毕岸道："婆婆是个聪明人，知道银蚕杀人没有证据，所以才敢如此淡定。"

李婆婆表情慈祥，带着一点无奈，道："毕掌柜，我知道你手眼通天，但你也不能污蔑我一个老婆子。你说银蚕啊、杀人啊什么的，我可从未听说。"

毕岸取出木环，用匕首在内里卡槽中轻轻一撬，木环分开两边，里面露出个银制的镜子，镜面缺失，只剩下一个双龙戏珠的外圈。

公蛎惊奇道："这不是那日王宝偷偷拿来当的那面破镜子吗？"

毕岸翻看着镜子，道："婆婆将此物放入木环，交给王宝做玩具，让在下好一顿寻找。"

赵婆婆坦然道："这是亡夫的遗物，怕磕了碰了，所以套了个木环。王宝喜欢，

非要拿了玩，只好借他玩几天。"

毕岸赞道："婆婆好说辞。"

赵婆婆微笑道："我偌大年纪，什么风浪没见过？毕掌柜不用恭维我。"

公蛎觉得，她这份淡然平静的气势，与毕岸有得一拼。

毕岸道："不过我听说这叫做无心镜，整面镜子用银精打造而成，专为饲养银蚕；外面两条无角螭龙，为银蚕克星，防止它失控反噬主人。我说的是否准确？"

公蛎如坠雾里，什么"银精"、"无角螭龙"，皆第一次听说。

赵婆婆目露赞许之光，喟叹道："唉，要是我的子侄后辈有毕掌柜这样的人才，我便知足了。"又道："毕掌柜见多识广，说的不错。不过这同老婆子可没什么关系，我同你一样，只是听说过而已。而且你也看到了，这不过就是个玩具。"

毕岸道："婆婆不认，在下也无法。你在王宝的水里投了毒，然后嫁祸李婆婆。今日又借二狗媳妇送玩具之际，将无心镜也送了过去，晚上敲击木鱼控制藏在其中的银蚕，袭击王宝。我原本以为你是因为没有孙辈嫉妒王宝，后来才发现原来你的目标本来就是李婆婆。"

赵婆婆抬眼望了他一眼，道："嘴巴在你身上，随你怎么说。"又垂目念诵经文。

毕岸微微一笑，道："不错，虽说是口说无凭，不能定罪，但小可不才，只怕从我口中说出来，相信的人据多。你以后只怕在洛阳待不下去了。"毕岸说着，走到门后一张大头娃娃贴画前细看。

这张画看起来有些年头了，颜色已显陈旧，正中一个憨态可掬的胖娃娃，一手托着个福字，一手扛着莲蓬莲花，脚下画着几条红鲤鱼，寓意"连年有余，娃娃送福"。整张画保存得相当完整，但缺了一角，撕痕很新，还有一根针带着线头插在上面，刚好扎在胖娃娃的左眼部位。

毕岸伸手把针线拔了下来，道："婆婆您这么仔细的人，怎么会把针放在这里？"

赵婆婆转身看了一眼，从容不迫道："哦，我那日做针线，外面来了生意，匆忙之下，随手扎上了。"

毕岸按压着年画上留下的针孔，道："王宝真是顽劣，好好的将年画撕了一角。婆婆惩罚他一下，也是对的。"

赵婆婆的背僵直了一下。

公蛎想起王宝红肿的左眼，心中一个激灵，呆呆地听他们谈话。

毕岸轻轻松松道："婆婆不想谈银蚕和王宝，我们换个话题好了。二十五年前李婆婆家的阿宝夭亡怎么回事？或者谈谈您同李宏之间的风流韵事。"

赵婆婆额上的青筋忽然暴起。毕岸如同没有看到，继续道："前些日我查到你同李婆婆竟然是同乡，委实有些吃惊。"

赵婆婆神态恢复了正常，道："洛阳城中大把同乡，难道我一个个拉扯、认识去？"

毕岸点头道："婆婆说的是。同乡不认识的多了，可是您同李婆婆之间，还有李宏这个纽带呢。"

赵婆婆停止了诵经，暴躁道："你胡说什么！我根本不认识李宏！"

毕岸道："三十年前，你同刘兰心正是豆蔻之年，两人共同爱上了隐居郊外的少年公子李宏。可惜李宏最后却娶了活泼可爱的刘兰心。"

"刘兰心？"公蛎重复了一遍瞬间明白，哑然失笑道："原来恶俗的李婆婆还有个如此清雅动人的名字。"

毕岸道："而你嫁给了老实巴交的董滚子，过得各种不如意，索性杀了她家阿宝。接着多次勾引李宏未果，又用银蚕杀了李宏。"

赵婆婆双手紧紧地扳着供桌，厉声喝道："毕掌柜，你便是手眼通天，也不能如此信口雌黄！我同刘兰心同乡不错，爱慕李宏也不错，但杀人之事，纯属子虚乌有。当年官府已有定论，李宏有家族隐疾，他同阿宝皆死于此！"

毕岸悠然道："看来赵婆婆对当年之事相当关注，连仵作查验结论都一清二楚。"

赵婆婆脸色铁青，深吸了一口气，正襟危坐道："当年知道此事的人颇多。而且妇道人家爱打听，我知道了不算什么。"

赵婆婆抵死不认，神色也不见一丝慌乱，在公蛎看来，竟然丝毫奈何不得她。

正绞尽脑汁想要出个什么好点子来，只听毕岸皱眉道："算了，还是找了当事人来。"回头朝门口道："李婆婆请进来吧。"

赵婆婆一惊，慢慢站了起来。

门被推开，李婆婆面如死灰，直挺挺竖在门外，昏花的眼睛冒出一丝奇异的亮光，只盯着赵婆婆，对其他人视而不见，反复道："你，杀了我的阿宝？"

公蛎忙搀扶她进来，安抚道："李婆婆不要急，坐下再说。"拉了凳子按她坐下。

她如同弹簧一般，腾地重新站了起来，一字一顿道："你，杀了阿宝，和我相公？"

赵婆婆的脸上终于闪过一丝慌乱，满脸堆笑道："老姐姐你来了，我这给你倒茶去。"却不小心绊在桌腿上，差点摔倒。

李婆婆猛窜上去，一把钳住了她的衣领，两人几乎脸贴着脸："原来你就是那个贱人！你搔首弄姿勾引我相公，我都知道，你缠着我相公让他休了我娶你，我也知道。可你……为何要杀了我的阿宝！"

她呲着森森的白牙，犹如护犊的母豹，极其狰狞。

赵婆婆脸憋得通红，躲避着她的眼睛，使劲挣脱，"不不，你听我说……"

李婆婆抽出一只手来，用尽全力给了她一巴掌，呜咽道："阿宝啊！"

赵婆婆捂着脸，似乎被打懵了。愣了片刻，喉间挤出一丝低吼，低头朝李婆婆的胸口撞去。

（八）

公蛎再一次见识了女人打架，撕、扯、抓、挠、拧、咬、踢，无所不用。两人从屋中滚到门口，从桌前滚到床下，所过之处，一片狼藉。

毕岸悠闲地抱着肩，任她们打斗。公蛎在一旁跳着指点："用拳头打呀！肘击，肘击！"可惜无人听他的，照样是那种毫无章法的打法。

李婆婆到底壮实些，又满腔恨意，很快控制住了局面，单膝压在赵婆婆胸口，一手抓了她手，一手卡住她的脖子，目露凶光。

毕岸这才上前，拉开李婆婆。公蛎忙去将赵婆婆扶起，分别按在两张凳子上。

公蛎急着听这段往事，殷勤地给赵婆婆捏起了肩，道："婆婆你平静下，同她将事情说清楚。"凭心说，从日常表现看，他更喜欢赵婆婆些，慈眉善目，轻言细语，不管对谁都笑眯眯的，一副人畜无害的和善模样，很难将她同一个杀人犯联系起来。

赵婆婆一把将他的手打开，尖利道："说什么清楚？就是我做的！"

李婆婆刚才一战，几近虚脱，指着赵婆婆，哆嗦着嘴唇道："毕掌柜，她……她承认了！"

赵婆婆虽然也累，仪态却不损分毫，从容不迫地将凌乱的头发重新绾上，挺直了背，冷冷道："不错，我就是瞧你不顺！我性格比你好，长得比你美，人也比你聪明脱俗，凭什么他不选我而是选你？"

李婆婆瞬间恢复了斗志，冷笑一声道："你不早说，当年若是你早这么说了，我求下相公，收你做个妾侍也是可以的。"

当年刘兰心与赵月儿共同爱上李宏，刘兰心与李宏是邻居，自然近水楼台先得月，很快好上。而赵月儿家境差，住的也远，所以刘兰心只闻其名，并未见过她。但赵月儿城府极深，将刘兰心的底细摸了个透。

赵婆婆满脸的不甘心："当年在村里，所有的青年男子都喜欢我，我又文静又乖巧，长得又甜美，想要哪个男孩子，只要我眨眨眼，流几滴泪，他们便心甘情愿地为我效劳。可是我不喜欢他们，我只喜欢李宏一个。从我见他第一面就被他那种略带忧郁的气质吸引了……"

她嘴角露出一丝甜美的笑，像一个想起初恋情人的少女，"他长得真好看，就像毕掌柜一样英俊。"

李婆婆没有反驳，两人共同陷入了回忆。

"我每日里在他常经过的地方守着，只为偶遇他一次……他夸我听话懂事，我就表现得更乖巧……他还向我说过，说你刁蛮不讲理……我以为以我的魅力，定能把他弄到手……"

李婆婆微微笑道："我知道你的存在，但是我从不在意，因为我爱他、信他，他同你见面也不瞒我，我很开心。"眼底的得意毫不掩饰。

赵婆婆脸上的笑瞬间僵住："他把同我见面的事情都告诉你？"

一时间剑拔弩张，大有再战之意。公蛎正听得有趣儿，忙出来打圆场："两位婆婆不要吵，说正事说正事。"

赵婆婆咯咯一笑，道："正事儿是吧？李宏同这个贱人成了亲，我也断了念想。本想找个正经人家，可是我爹贪财，收了南山董滚子的两头大黄牛，就把我嫁给了他。他是个浑货，天天出去厮混，同村里几个婆娘都不清不楚的，每日喝酒赌博，若我过问一两句，他便打得我遍体鳞伤。他说我是他家的两头牛换的，没了牛，那些重活累活都归我干。"

公蛎发现，赵婆婆口齿伶俐，思路清晰，堪比珠儿。"我躲过董滚子的严密监视，偷偷去找了李宏几次，向他哭诉。当时他答应帮我想办法离开董滚子，我想假以时日，我定能让他休了刘兰心娶我。可是过了不久，他生了儿子，欢喜得什么似的，断然不肯休妻。哼，凭什么，你们和和美美的过日子，我就要挨打受气？"

赵婆婆激动得不知是哭还是笑："不管我怎么哀求，怎么哭泣，他都不肯松口，慢慢的，他不肯见我了。嘿嘿，我算明白了，男人么，一个都靠不住，我还得靠自己。后来我说动董滚子，想要做个小货车生意。我扮成个走街串巷的小贩，董滚子先还不放心，每次都要跟着，但过了几个月，便放任我一个人出来了。"

"哈哈，过了大半年，我才找到机会。一天中午，阿宝一个人出来了，周围也没有其他人。我的银蚕已经好久没喝过新鲜血液了，它跳出来，一口便咬在了阿宝的脖子上。嗞嗞嗞，嗞嗞嗞……"

李婆婆无声地抽搐了一下，晕了过去。公蜥眼前，满是赵婆婆邪恶的笑："其实所谓银蚕吸血，是你们误会了。那么小的小东西，吸血能吸多少？银蚕体内有着巨寒之毒，顺着血管传入体内，被咬之人，血会慢慢结成黄白状的粘稠物，如同浆糊。那种感觉，就像是血源源不断地被人吸走……"

赵婆婆兴奋得手舞足蹈："阿宝死啦，他们夫妇定然相互埋怨，这日子还怎么过？我又去找李宏，我说我能生，我们可以再生一个，哪像那个废物刘兰心，怀个孕比登山还难。可是他脸色铁青，一把推开了我，头也不回地走了。我坐在冰冷的泥水里，心想，我要的东西，若是得不到，只好毁了他。"

"就这么着，我又纠缠了一年多。那日我约他见最后一面。我说若是不见，我便要找上门来，告诉刘兰心我们俩一直相好。他只好同意了。"

"我带上了我的银蚕。可是我只是想吓唬他，并没想杀他，我说只要他答应休了刘兰心，可是他很坚决……几句话，说着说着便呛了起来，一怒之下，我放出了银蚕……你们看，是他逼我的啊！"

"看着他在我面前慢慢倒下，我疼得像心被剜了一般。"赵婆婆泪流满面，倒像是刘兰心杀了她的相公一般，"我难过得想死，真想跟着他一起去了……"

公蜥忍不住插嘴道："你这不猫哭耗子吗？"

赵婆婆尖声叫道："我爱他！这世上我只爱他！我想象了多少次，我给他生个孩子，我们一家三口幸福美满地生活在一起。可是如今，他死了，仍然不属于我，我连给他收尸的权力也没有！这一切，难道不是因为刘兰心吗？若是没有她这个贱人，李宏怎么能不娶我？"

她平静了下，优雅地用手绢拭了拭泪，道："可是没等我找到机会，刘兰心这个狡猾的贱妇，竟然卖了祖业搬走了。而恰好我有了身孕，吐得厉害，行动不便，就这么给她逃脱了。"

她恢复了轻言细语，柔声道："其实之前我已经怀孕过两次，不过我不想让董滚子那个混蛋污了我的后代，两次我都瞒着他私自落了胎，身体底子比较薄。这次我晕倒在家里，董滚子带我去看郎中，郎中说要好好将养，否则只怕以后不能生了。"

"我才不听他的鬼话，照样偷偷配了落胎药喝。董滚子早就不敢打我了，他有点怕我，只能任由我折腾。可是这个贱种命大得很，竟然死活赖在我肚子里不出来，我只好生下了他。可是你看，这就是董滚子的贱种，怂包，无用，智力低下，同我没有一点相像。"她下巴朝厢房那边一点，说"贱种"二字时满脸鄙夷怨恨之色。

董石头夫妇沉默寡言，从来不往人多的地方围，公蛎几乎不记得同他讲过话。平日印象，觉得他对母亲恭恭敬敬，十分孝顺。可今晚闹这么大动静，他也不出来看看，不知是被黑衣人控制了，还是真心有些傻缺。

李婆婆已经悠悠转醒，但已经虚脱，委顿在椅子上无声地落泪。赵婆婆说得兴奋，自己倒了一杯水，继续道："后来我一直在找刘兰心，可洛阳城太大，直到去年，才打听到她在这边开了个茶馆，我这才费劲巴拉地跟着搬过来。"

公蛎好奇道："董滚子呢？怎么不跟你一起搬来？"

赵婆婆鄙夷地瞥了他一眼，道："你这个人，总是废话太多，一点都不愿动脑子。跟着毕掌柜好好学学吧。"

公蛎吃惊道："你……你杀了他？"

赵婆婆悠闲地抿了一口茶，爽快道："对，等贱种长到十二岁，能干动活了，我就故技重施，用银蚕杀了他老子。"

公蛎看着赵婆婆那张相比同龄人依然秀气的脸，觉得一股冷气从心底冒出，不由离她远了一步。

赵婆婆斜了李婆婆一眼，道："这近一年来，我处处找机会，可是刘兰心这个贱人十分警觉，银蚕如今也大了，渐渐地不好控制。我的耐心有限，前些日，便准备利用王宝冒一次险。谁知她那只老猫护主，她逃过一劫。"

毕岸终于开口，道："你嫉妒王二狗夫妻有个伶俐孩子，索性一箭双雕，撺掇王宝同李婆婆闹，以至于李婆婆打骂王宝之事人尽皆知。"

赵婆婆道："不错。我一看到刘兰心给他吃了一块糕儿，忙趁着王宝喝水之际，喂了我这么些年收集的银蚕之涎，王宝一定是活不得了。谁知道你一根银针扎下去，王宝就醒了。听你说是兑了草头乌的断肠砂，我还暗笑，你还是嫩些。不过为防万一，我还是找了断肠砂丢到刘兰心的茶馆，以作为物证。本以为板上钉钉的事儿，没两日她竟然被放回来了，说是因为王宝完好无虞，不用重罚。"

赵婆婆不无遗憾道："唉，我也是老糊涂，低估了你的能力。想着赶紧让王宝死了，官府抓刘兰心偿命，既用不着我动手，又替我解了恨。一急之下，就中你的圈套。"

公蛎憎恶道："王宝一个孩子，你害他做什么？"

赵婆婆怒目圆睁，道："我同李宏都没有孩子，凭什么他们的孩子满街跑？"

这理由和逻辑，听得公蛎瞠目结舌。良久才结结巴巴道："你你你……你想要孩子，干吗不让董石头生个孙子给你？"

赵婆婆哼了一声，咬牙切齿道："他？他同他爹都是贱种，我才不要贱种的孩子！"

公蛎觉得她简直不可理喻，因为恨丈夫，连儿子都恨上了。

外面鸡啼之声此起彼伏，天快要亮了。李婆婆的状态越来越差，毕岸叫人来送她回去，并嘱咐喂些姜汤给她。

赵婆婆仍然丝毫不见惊慌，微笑着目送李婆婆出去，道："你是如何发现我的银蚕的？"

毕岸道："王宝拿了你的无心镜去当。"

赵婆婆皱了一下眉，道："这讨厌的小东西。你倒识货，我当时只以为没人认识。唉，大意了。"

毕岸道："银精做成的无心镜，又难看又贵重，寻常人家，断不会收藏这样的东西。"

赵婆婆脸上显出赞许的神色。

公蛎好奇道："既然做镜子，为何不做得完整，也好掩人耳目。"

赵婆婆对公蛎的无知有些不屑，道："各种法器，花纹、铭文、造型都有严格的规定。银精用来限制银蚕，只能做成空心椭圆，外围再以两条螭龙镇压。那些外行之人懂什么，只看它像个镜框，便将它称为无心镜。"

原来外面的造型不是双龙戏珠，而是螭龙。

毕岸看了公蛎一眼，道："螭龙是银蚕的致命克星。"

赵婆婆似乎有些泄气，道："好了，该我说的，我都说完啦，事情就是这样。反正老婆子我已经赚够了本。"

看她那一副若无其事的样子，公蛎恨不得扑上去将她的脸抽成破鞋底儿。

空气有些凝滞，三人默默相对。公蛎看毕岸的神态，似乎有些不知如何处置的意味。

毕岸率先打破平静，拉了个凳子坐了下来，无奈道："本来以为您会彻底交代，没想到还是要我问。李婆婆走了，我们来谈谈其他的话题吧。我该继续叫您赵婆婆，还是叫您银姬？"

"银姬？"正在闭目养神的赵婆婆睁开了眼睛，低声重复了一遍。黑衣人的影子隐约映射在窗户上，看起来像是阿隼的身影。

赵婆婆挺直腰身，盯着阿隼的影子，脸上的表情飘忽不定，似乎在衡量要不要承认这个称呼。

毕岸道："听闻禁婆银姬精通媚术，见之无不倾倒。我一直以为银姬是个妙龄少女，没想到是个婆婆。"

公蛎本来已经打起了哈欠，听道"禁婆银姬"这个名字，又恢复了精神："禁婆，银姬，什么东西？"

赵婆婆收回目光，嫣然一笑道："小子，放尊重些，禁婆银姬，就是我。"又朝毕岸笑道："你还是叫我银姬好了。每日赵婆婆、赵婆婆的，叫得人家都老了。"

公蛎觉得哪里有些别扭。等赵婆婆手指点腮，歪头娇笑之时，忽然明白，是因为她一个年逾五十的老太婆做出这等妙龄女子的动作，看起来十分别扭。

赵婆婆麻利地站起来，扭了下身腰，轻轻柔柔道："啊，我这些年来，还觉得做婆婆也挺好的呢，怎么经你一提，我又想做回银姬了呢？"说着转过身去，一件件褪去衣物，就在毕岸和公蛎面前脱了个精光。

公蛎的眼睛直了。这赵婆婆，不，禁婆银姬，皮肤光亮洁净，带着一丝通透，如同白玉雕成的一般。她个子小巧，却更显精致。

银姬转过身来，连窗外隐蔽的黑衣人都忍不住发出一阵低呼。

双峰挺立，玉臀微翘，柳腰轻摆之时曲线毕露。公蛎下意识捂住了眼睛，却留了极宽的手指缝。

银姬咯咯笑道："龙掌柜，你也看看人家的脸嘛。怎么总盯着胸部看？"

公蛎浑身一阵燥热，往上看去。她的容貌已经变成二十几岁的模样，长相倒说不上十分漂亮，但眉眼如水，嘴角含笑，难以言说的娇媚，特别当她微微眯起眼睛，带着一丝慵懒的时候，更是魅惑至极，让人恨不得一把揽入怀中。

此时，她便是这么一种模样，懒懒笑道："毕掌柜，你觉得我美吗？"

公蛎抹去嘴边的一滴哈喇子，偷偷看向毕岸。毕岸眼神如常，淡然道："若是跟李婆婆比，那自然是极美的。"言下之意，再美也五十多岁了。

显然这句话戳到了她的痛处，银姬笑容僵了一下，表情瞬间变得更加柔媚，娇嗔道："毕掌柜你欺负人。"款款走到床前，撕开被子取出了一件银色长袍穿上，然后坐在梳妆台前对镜描眉，举手投足，无一不美。

公蛎终于说得出话了："禁婆是什么？"

银姬从镜中朝他一笑，娇滴滴道："龙掌柜不学无术，该打。"公蛎忽然觉得一阵不安，仿佛她的眼睛带着一种奇怪的魔力，要把人吸进去一般。

毕岸简短道："禁婆是巫教中的护法。"公蛎不敢多问，也不敢去看她的眼睛，慢慢挪到毕岸身边。

银姬朝公蛎抛了个媚眼，道："龙哥哥，你一向喜欢美人儿，如今有我在你面前，怎么反倒不敢正视了？哦，你是喜欢我不穿衣服的样子是吗？那我还是将衣服脱了吧。"说着竟然真的将衣服褪下一半，露出圆润光洁的香肩和一大片洁白的胸脯，飞扑过来，便要依偎在公蛎怀中。

公蛎哪里见过如此放荡的勾引，竟然比青楼里的姑娘还要肆意大胆，耳热心跳之余，却下意识一闪。银姬扑了个空，顺势坐在了地上，刚好将头伏在毕岸膝盖上，拖长了声音撒娇道："毕哥哥。"

这一声当真如同天籁，听得公蛎心肝儿颤抖，不由后悔了刚才的举动。

毕岸面不改色，正襟危坐，淡淡道："您还是叫我毕掌柜吧，或者叫名字也可。被一个知天命的老女人叫哥哥，听起来实在令人作呕。"说着毫不犹疑一把推开了她，道："您还是说说关于银蚕之事吧。"

银姬坐在了地上，却不怒不嗔，仰起脸儿，楚楚可怜道："你想知道什么？我全都告诉你。"

公蛎不住地在心里告诉自己,她是个五十多岁的老妖婆,但一看她的样子,只剩下心跳了。

毕岸冷冷道:"关于巫教,银蚕,银精。"

银姬垂下眼睛,道:"我早年加入巫教,跟龙爷学了银蚕养殖之术,银精也是他找人寻得的。后来巫教败落,我虽然被封了护法,实际上是不怎么管事的。"她一双眉目微微斜睨,带着点浅浅泪光,低声道:"我这辈子,全然毁了李宏手里啦。"

在这种情况下,任何一个男人只怕都要心生怜惜之心,想要疼她爱她,令她有生之年再也不受半点苦楚,哪怕她已经年逾五十。

公蛎不由伸出手去,扶她起来。银姬朝公蛎灿然一笑,眼神澄澈清亮,亲切之感顿生。

毕岸道:"龙爷是谁?"公蛎想起梦中那个戴着面具男子,似乎也被称为龙爷。

银姬规规矩矩地坐着,双手交十放在膝上,像一个乖巧的小女孩,轻言细语地讲了起来。

在民间,具有特殊能力的女婴一般被人视为不祥,一旦发现常被溺杀或者抛弃。赵月儿两岁时,因偷吃祠堂供品,被同族一个叔叔骂了一顿,过了片刻,他便疯疯癫癫,在祠堂嚎哭,任谁劝都不行,直至吐出血来,几乎死掉。之后,类似的事情又发生了几次,次次皆与赵月儿有关。族中便有长辈心生疑惑,暗中留意,发现她能够控制人的意识,特别对青年男子。族长私下找到她爹娘,要求他们为了家族安宁,杀了赵月儿。

赵月儿爹娘万般不舍,正为难之际,一个道士借宿,他对赵月儿极其感兴趣,称此女骨血奇异,愿为她加持添福,并劝说族长改变主意。至于其中到底做了何事,当时赵月儿才三岁,记得不清,而爹娘对此讳莫如深,从不愿多言,只知道他送自己一条细小的银链,要求必须佩带,不得摘下。自此以后,果然未再出现异事。但勾引魅惑男子这个,赵月儿无师自通,小小年纪便运用得极为娴熟,将周围年轻男子迷得颠三倒四。

十八岁那年,有个男子私下找到了她,自称龙爷,传授了她银蚕饲养之法,并留给她蚕种;之后又过了五年,那时她已经杀了阿宝和李宏,龙爷才第二次现身。

"他说他知道我杀人的事情，若要保全自己，只能为他做事。我当时试图用银蚕杀他，但银蚕根本不碰他，而我的媚术对他全然无用。没办法，我只好听命于他。"银姬偷偷看了一眼毕岸，样子又可怜又可爱，"他说以后我在教内的名字便叫银姬，身份为禁婆。他又传授我有关银魂魔术的修炼和使用。很奇怪，这次见过他之后，我的魔术进展飞快。倒像是……"她顿了一顿，道，"倒像是我一直都会似的。我猜测，小时候我也是有这种异能的，只是被那个不知道真假的老道士压制了。"

公蛎十分好奇，插嘴道："龙爷长得怎么样？"

银姬道："我只见过他几次，他每次都戴着面具，从不以真面目示人，属下众人，皆单线联系，个人信息全由龙爷一人掌握，所以众多教众相互之间只闻其名号，并不相识。"

她垂下头去，露出白嫩的脖颈："我曾经想脱离巫教，可是不管我搬去哪里，他总能找到我。直到十年前，他在一场祭祀中受了重伤，蛰伏多年，再无音讯。所以……所以我以为已经彻底摆脱了他的控制，这才重新来寻找刘兰心。"

毕岸像是认可了她的话属实，又问道："巫教的禁公鬼冢，是为何人？"

银姬极其坦诚，轻声道："禁公鬼冢，我在十年前的祭祀上见过一次，但他模样颇不起眼，大家也都戴着面具，并无交流。"

毕岸道："巫教的组织果然严密。"这句却是对公蛎说的。

公蛎啊了一声，忙点头附和。他刚才看到银姬讲话时柔嫩的嘴唇微微上翘，如同花瓣，一时又想起丁香花女孩来，不由痴了，根本没留意银姬讲话的内容。

银姬低声道："是。"

毕岸道："十年前那次祭祀，发生了何事？"

银姬十分配合，道："我当时并未在场，只打听到一些传闻。这场祭祀似乎关系到一个极大的秘密，巫教已经谋划了数十年。但好像途中祭祀的器皿忽然出现严重问题，致使祭祀中断，龙爷受伤。"

公蛎想起做的那个梦，试探道："祭祀活动在哪里举行？"

银姬朝他一笑，道："黑风崖。邙岭。"公蛎同毕岸交换了下眼神。

毕岸又道："你以往以何种形式接收任务？都是什么样的任务？"

银姬道："多是信件形式，送信的方式也不一而足，或信鸽传书，或不相识的人送来，甚至有时一觉醒来，会发现床头有一封画着骷髅的信。至于任务，通常都是……"她咬着嘴唇，道："采血，杀人。"

若是没有之前听到赵婆婆关于杀死阿宝和李宏的认罪，公蛎打死也不会相信，银姬这么一个如同春花般美好的女子，会比蛇蝎还要歹毒。正如时下，当她楚楚动人带着泪光，说出"采血，杀人"几个字时，公蛎第一反应，便是她是迫不得已，有苦衷的。

银姬幽幽叹了口气，道："从我加入巫教那一日，便逃不脱了。我只是个工具，知道的不一定比你更多。你若是有兴趣，我执行的六次任务，可慢慢说与你听。"她忽然对公蛎一笑，柔声道："龙哥哥，我有点冷。"

公蛎站在她左侧，而衣柜和床却在她右侧的那端。公蛎想也不想，抬脚从她前面走过。

毕岸伸手去拉，已经晚了，她的脸贴在公蛎的脸上，一双漆黑的眸子如同幽静的湖水，深不见底，深情地凝望着公蛎。

（九）

公蛎忘了身在何处，只闻见一股浓郁的紫丁香味道，面前的这个女孩，微微翘起的粉嫩嘴唇，精致的面孔，正是梦萦魂牵的人儿。

她将头轻柔地倚靠在公蛎的肩上，声音如泉水一般动听："我找你好久了……抱紧我。"

公蛎忽然热泪盈眶，抖抖索索地抱住了她，回道："我也一直在找你……"

让人沉醉的香味，公蛎愿意一辈子就这么度过。

突然，两人被粗暴地拉开，一个戴着面具的男子，脸上咧嘴大笑的昆仑奴狰狞得如同地狱来的魔鬼："血珍珠，我的血珍珠，可以采集啦。"

面具狞笑着，朝着她喷出一口毒雾。

丁香花女孩深邃的眼睛如同一弯漩涡，似乎要将公蛎吸进去。她柔若无骨的小手抚摸着公蛎的脸颊，软软滑滑，轻轻哭泣道："救我！"

公蛎弹跳起来，用尽全身的力气撞开男子。

女孩儿如同秋风垂落的花瓣，飘落在公蛎怀中，五官渐渐隐去，只剩下两只黑洞洞的眼窝和被砸开的颅骨，全身上下化为一具白骨。

一向没心没肺的公蛎，第一次明白了心碎的感觉。他泪流满面，发出一声几乎不像自己的低吼朝男子扑了过去，两人翻滚在地上。

眼睛已经发红。厚厚的墙壁外，那些潜伏的黑衣人迷失了本性，在院子里疯狂地相互翻滚、厮打。周围的景象异常清晰，公蛎看到高阳手背上厚厚的汗毛，看到王进扭曲的脸，看到阿隼挺着勾一样的长鼻子将厮打的两人分开。帐幔在燃烧，地面热得发烫，火光映照着丁香花女孩的白骨，无数黑色的鬼魂从地底下爬出来，抱着公蛎的脚踝哭泣，如同地狱。

打啊，打死他。那些鬼魂说。

公蛎身轻如燕，狂热地挥拳，飞脚，昆仑奴男子灵活地躲避，厚重的花梨木供桌在公蛎的拳头之下变成齑粉。

打啊，打死他。一个鬼魂顺着公蛎的身体盘旋而上，朝着昆仑奴男子做出恐吓的表情。

昆仑奴还在笑，那份笑仿佛刻在他脸上，公蛎似乎听到他内心的狂笑："你和丁香花女孩，不过是我的珠母，哈哈哈……"

公蛎吐出一口鲜血，腾空而起，他看到昆仑奴男子眼里的惊异，看到自己的爪子布满暗青色的鳞甲，长长的指甲如同钢钩一般锋利和明亮。

公蛎醒醒。

一丝若有若无的声音传入公蛎耳朵里，或者是心里。他愣了一下，可是爪子已经扑出，死死地钳住了昆仑奴男子的脖子。

快啊，快杀了他。

无数个鬼魂匍匐在地上，朝他欢呼膜拜。公蛎突然生出一股豪气来，仿佛自己已经成为一个玉树临风的美男子，居高临下，万众瞩目，而脚下那些，都是自己的臣民。白骨坐了起来，嘤嘤地哭泣："杀了他，你就能够替我报仇了……"

公蛎第一次觉得自己如此强大，如此自信，他狂笑着，双爪持续用力。

面具下，男子的眼睛已经充血，但眼神冷傲，目光如同利剑。

醒醒，醒醒。

心底的声音越来越大，公蛎面前的一切渐渐模糊。没有丁香花的香味，没有微微翘起的粉嫩嘴唇，白骨的下颌随着说话一动一动，同那些拖着残缺肢体蠕动的鬼魂一样丑陋。

难以言说的失望从心底蔓延开来，刚才的意气风发瞬间消失，公蛎飞在半空中的身体重重地摔在了地上。

公蛎半晌才回过神来。

银姬不见了，赵婆婆裸身躺在地上，蜷缩成一团。鹤发鸡皮，肋骨条条暴起，松弛的胸脯只剩下皱巴巴的一层皮，还散落着褐色的老年斑。

公蛎忙将目光移开。屋里一片狼藉，桌椅碎片到处皆是，帐幔已经燃尽，床上的棉花被褥一明一暗，发出一股浓烟，如同经过一场战争。

毕岸站在公蛎身边，他的颈部，乌青的掐痕触目惊心，衣襟被撕去好大一块。公蛎再低头一看，自己不仅衣衫褴褛，连身上也伤痕累累。

阿隼进来了。他并没有比公蛎好多少，眼窝乌青，满身泥土，像是在地上打了一阵滚。他皱眉看了看公蛎，淡定地抱起床上起火的被褥，隔窗扔了出去，又朝床腿踹了几脚，将一处明火扑灭。

毕岸看向他。

阿隼道："没事，有两个受伤重些，已经带去医治。"

公蛎挣扎着爬起来。天已朦朦亮，外面的黑衣人更加狼狈，但依旧站得笔直，守在大门和各房屋门口。

毕岸道："你们先撤。"

阿隼迟疑了下，看了看如同破风箱的赵婆婆，默默退出。

赵婆婆在地上抖动了良久，终于缓过气来，撑起身子坐了起来。

公蛎眼睛四处躲避，忽见身后墙上挂着一件旧蓑衣，赶忙扯下来将她的身体盖住。

赵婆婆咯咯地笑起来，笑了一半又开始喘："真没想到。"

毕岸面无表情道："是，没想到。"

赵婆婆将蓑衣裹紧，失神地看着裸露出来的削瘦双腿，道："我真的老了。"

公蛎不知该说什么，刚才历历在目的景象竟然是幻象，按说应该庆幸，可是公蛎只要一想起丁香花女孩在自己怀里变成了白骨，心里依然充满了忧伤。

毕岸道："银魂魔术破了。"银魂魔术是一种古老的催眠术，通过施法者的眼睛，引导被施法着进入幻境，勾起他们心底最害怕面对的记忆或者情景，从而使人癫狂，不能自控，直至最后体力心力衰竭而死。

赵婆婆抬起头来，眼神在毕岸和公蛎的脸上流连了一阵，道："我的银魂魔术，从来没人能破得了。"

毕岸道："李宏呢？"

赵婆婆怔怔道："他？他是……"她深情地看着毕岸，好像他是李宏："他同你一样，是少有的不会被我迷惑的人之一。"

毕岸道："心不迷失，梦便不迷失。"

赵婆婆神色黯然，道："我天生便具有这等本领，用眼神迷惑男子，可他却从不会迷失其中。果然是心不在我这里。"

她笑了一下，表情竟然带着一种轻松："我活了五十多岁，只见过三个人，不曾受我的迷惑。"

她抬起头，笑容瞬间变得邪恶起来："你猜另一个是谁？"

公蛎忘了丁香花女孩，茫然地看向毕岸。毕岸道："董滚子。"

赵婆婆鼓掌赞道："好聪明。"蓑衣滑落下来，露出干瘪的身体，她也不拉一拉。

公蛎忙转过头去。毕岸却熟视无睹，道："董滚子能娶了你，自然有他的过人之处。"

赵婆婆捶着削瘦的腿骨，叹道："八岁时，我便明白了，我可以让任何男人臣服在我脚下。可是等到二十岁，我碰上了李宏，他却不为所动。我使出了浑身解数，他还是娶了刘兰心。之后我认识了董滚子，发现他也同样。当时十分不服气，李宏就算了，凭什么你一介农夫，也能躲过我的媚术。"

她嘴角露出讥诮的笑，一脸的不屑，好像说的是别人，"我多方暗示，甚至主动献身，这才引得董滚子去我家提亲。可是成亲之后，情况依旧，在他眼里，我就是个又瘦又小又没用的废物，带出去也嫌丢人。"

"他喜欢丰腴的女人，喜欢那些大胸大屁股可以同他开粗俗的玩笑，能够扯着嗓子骂街的女人，可我不是。"她忽然看着公蛎笑了一下。

公蛎吓得一躲，小声道："看我做什么？我又……不是这样。"

赵婆婆继续道："越是不能，我越是想要征服他。谁知除去李宏之后，我有了身孕，他竟然态度大变，每日把我恨不得捧在手心里，任我打骂，再不还手。"

公蛎心想，这不正是普通人的生活吗？一家三口，锅碗瓢盆，你让我我疼你的，多好！

赵婆婆仿佛看出他想什么，苦笑道："若是我能早日想通，或者一切都不同了罢。以我当年的心性，他若是对我非打即骂，爱理不理，我还会觉得有些新奇，等他同那些男人一样了，还有什么趣味？我忍到石头十二岁，那日给石头庆生，他喝了一些酒，我就把银蚕放了出来。他就这么没啦。"

大滴大滴的泪水滚落下来，她也不擦一下，痴痴道："可是他没了之后，我又觉得难过至极，每天晚上想他想得睡不着。想他身上的马革和干草味道，他的鼾声，他一下子把我们娘俩轻松抱起的那种感觉……"

她老泪纵横，脸上却依然带着笑意，凝望着门后已经被烧得只剩下一角的年画，道："这张年画，是他那天下午买的，他说上面的娃娃像石头。"

毕岸冷冷道："他对你好，是真心爱你，想同你好好过日子。其他男人爱你，是垂涎你的美色。"

赵婆婆听了毕岸的话，回过头来，黯然道："你真聪明，一下子便明白了。可我，却是直到这两年才想明白。"

赵婆婆叹道："董滚子死了，石头也大了，我一边执行任务，一边放纵自己，四处游荡，顺便勾引那些顺眼的不顺眼的男子，可是无一例外，个个上钩。"

公蛎颤声问道："你那些猎物，都死了？"

赵婆婆嗔道："我勾引玩弄一番便罢了，谁说我见一个杀一个的？至于我撤了魔术之后身体能否恢复，就看他们的造化了。"

她瞥了一眼公蛎和毕岸，又道："忘尘阁开业那天，我第一眼看到你们两个，一个孤傲的像棵松树，一个俗气的像根狗尾巴草，但两个人眼底的坚毅却一模一样，便认定你们不一般。或者你们其中，有我要找的第三个人。"

公蛎几乎不敢相信自己的耳朵。坚毅？同毕岸一样？

赵婆婆脸上的倦态越来越明显，道："我的使命除了采血杀人，便是寻找第三个人。李宏早死了，董滚子一介莽夫，难堪大任，又被我杀了。龙爷发了怒，要我尽快找到第三人。"她失去神采的眼神在两人脸上打了一会儿转，道："果然，你不被我诱惑，而你，竟然能从我的银魂魔术中挣脱出来。"

后一个，说的是公蛎。

公蛎竟然脱口而出道："那个，你能不能再用一下……你的魔术？"

公蛎对刚才没有想起问她的名字很是懊悔，心想若再来一次，一定问清楚。

两人用一种奇怪的眼神看着他，仿佛看街头的傻子。赵婆婆带着一点不甘，

道："银魂魇，已经被你给破了，再也不能施展了。"

原来施展魔术，若是被魇者凭自己的力量摆脱梦魇，那么这个魔术便算是被破。而且越是高级的魔术，这种反作用越强。

公蛎茫然地看着她，心想，从梦魇中醒过来，就算是破了？

毕岸问赵婆婆："你刚才提到龙爷要你找不被诱惑的第三人，用来做什么？"

"龙爷说，找到这个人，我的任务便完成了。具体用途，我也不知道。可惜，找到了也不能报告给他啦。"她忽然颤颤巍巍地扶着凳子站了起来，除了脖颈一条细银链子，一丝不挂地站在两人面前。

公蛎忍无可忍，脱了自己已经烂的不成样子的外套给她裹上。赵婆婆道："我不冷。"

公蛎嘟囔道："冷不冷总要穿件衣服，这么光着，成何体统？"

赵婆婆笑了，对毕岸道："其实你看，还是像他这样的有趣些。"

毕岸冷淡道："有趣也是种天分。我学不来。"

赵婆婆的状态似乎不好，扶着供桌喘了一阵，对公蛎道："你去把观音像搬起来。"公蛎依言，抱着观音像放到她面前。

观音手中捧着个两寸高的净瓶，上面插着一枝枯萎的柳条。赵婆婆拔下柳条，用小指的长指甲在瓶子中拨弄了片刻，从中拉出一小卷东西来，捧在手里，嘴角抽动，不知是想哭还是想笑。

公蛎见她双腿抖得厉害，发现床下还有个脚凳，忙搬过来给她坐下。

她脸色灰暗，闭目养了会儿神，递给毕岸，道："打开。"

一张人皮图画，中间纹有多条形态各异的虫子，缝隙中密密麻麻纹着公蛎看不懂的文字、曲谱，纹的字迹有新有旧，显然一直在补充内容。

赵婆婆有些得意，抚着胸口问道："瞧出这是……"

毕岸未等她说完，道："巫要第七章，银魇。"

赵婆婆有些失落，平静了一会儿，道："不错，银魇。可是我这些年养银蚕、施魔术，又有了好多心得，我用绣花针一点一点全部纹了上去。"她伏在膝上休息了下，又道："关于银蚕的养殖之法，银魂魔术的使用，敲击的力度和频次，还有媚术，全在这里了。"

她斜眼看着公蛎，笑道："媚术，男人也可修炼哦。"

公蛎正了正脸色，但还是有一点点动心。

赵婆婆笑了一阵，扯下脖子上的细银链，连同那个旧木鱼儿，一起丢在人皮卷上，道："银精链，谶鱼儿，也归你了。我，"她抬起头看着窗外桐树的枝桠，嘴角泛出一丝笑意："我要去找董滚子啦。谢谢你。"她对公蛎说。

公蛎吃惊道："谢我什么？"

她像是卸下了一挑重担，眼里透出无尽的轻松："终于可以死心塌地地做人家婆婆了。"

公蛎有些莫名其妙，心想要做个普通的老人家，还不容易，只管做就是了。

毕岸默默地看着她，眼神中多了一丝复杂。她本来瘦小，如今更显得单薄，像一坨风干的橘子皮，微微笑道："若是我一出生便是个普通的女子，该有多好。"

毕岸道："路是你自己选的。"

赵婆婆茫然地重复道："路是我自己选的……"她哑然一笑，道："那块记载着银魔的人皮卷，是我全部心血。不管你们两个之间的谁修炼，定然会在魔术方面取得更大的成效。"

毕岸漫不经心道："是么？"

公蛎心里盘算，自己对其他不感兴趣，媚术倒可以一试，却见毕岸忽然出手，将人皮卷隔着窗子甩了出去，不偏不倚落在院中一个火把上。

抢回已经来不及了。只听噼里啪啦一阵微响，人皮卷发出一股浓重的皮肉焦煳味道，又腥又臭，上面的字迹很快模糊成了一团。

毕岸飞快取出怀中的无心镜，连同赵婆婆刚给银链、木鱼儿，朝着火中最旺的地方丢了过去。一阵冷风吹来，人皮卷在风的鼓噪下发出一声凄厉的尖啸，腾起的火焰足有三尺来高，无心镜和银链很快融化，银色的液体骨碌碌滚下来，进入地面消失不见。

赵婆婆不知是心疼还是意外，瞪大眼睛看着人皮卷在火中蜷曲、展开，直至变成黑色灰烬。

公蛎急得顿足，道："你这是做什么？"

毕岸漠然道："这些作恶的东西，留着只会祸害人间。"

赵婆婆收回目光，长吁了一口气，道："这样也好。走吧。"

她步履蹒跚地走出门外，呼吸着新鲜空气，喃喃道："真好。"

董石头夫妇并排跪在甬道一侧。赵婆婆眯着眼上下打量，像是不认识他一般。

石头低声叫道："娘。"

赵婆婆伸出手，在董石头的头上迟疑了良久，还是放了上去，轻轻摩挲着他的头发。董石头呜咽起来。

赵婆婆低声道："我这辈子，最对不住的就是你和你爹。"公蛎却想：那李宏和阿宝呢？

董石头手忙脚乱地跑回去，取了一套他媳妇的衣服。赵婆婆顺从地让儿子帮她把带子、扣子系好，情不自禁去摸石头的脸。

董石头下意识一躲，整个背部都僵直了起来。原本满脸疼惜的赵婆婆表情有些呆滞，若无其事地放下了手，转身面对仍跪在地上的石头媳妇，伫立良久，忽然伸出指甲朝她右耳耳垂一划。

一滴黑血流了出来。石头媳妇瑟瑟发抖，俯下身子，脑袋几乎挨在了地上，却不敢发出一点声音。赵婆婆神态落寞，良久才道："生个孩子吧。"转身走了。

走了三五步，她忽然回头道："我做的事，同石头没一点关系。"

公蛎忙跟上去，毕岸却站着未动，静静地看着赵婆婆的背影。

赵婆婆的脚步越来越重，行至门口，身形一晃，一口鲜血喷涌而出，无声地倒在了地上。

她死了。

长相粗笨的董石头摸着自己的脸，哭得像个孩子。

阿隼带人来收了尸体，交由仵作勘验。

走出浆洗铺子，地面结满霜花，天色已亮。两人一前一后走着。赵婆婆虽死有余辜，但公蛎还是有些难受，念叨道："好好的，怎么突然就死了呢？"

毕岸道："银精和银魂魔术阴气最重，早已将她的身体掏空了。今晚的魔术，耗尽了她最后的精气神。"

想起那个从未得到过母爱的董石头，公蛎唏嘘不已。

毕岸冷不丁道："她是谁？"

公蛎结巴道："什么她？"

毕岸头也不回，道："你的那个她。你说找她好久了。"

公蛎讪讪道："一个朋友。"一想到丁香花女孩同那些女孩儿一样，身上长着鬼面藓，脑袋里养着血珍珠，最后要被人破颅取珠，公蛎便透不过气来。

毕岸道："她有什么特征？我帮你找。"

除了嘴唇，公蛎记不起任何关于她的模样特征，踌躇良久，道："她身上有股特别的丁香花味道。"

毕岸回头瞥了他一眼，道："如今香熏风行，使用丁香花的女子很多。"

公蛎激烈地反驳："不！她的香味不是熏出来的！我分辨得出来！"

毕岸回头看着他。公蛎十分沮丧，耷拉着脑袋，小声道："或者她已经不在了吧。"

（一）

　　和善的赵婆婆竟然是投毒人，并且在被追查后咬舌自杀，在敦厚坊掀起轩然大波。原本就少言寡语的董石头夫妇更加沉默，过了月余，悄无声息地搬走了。

　　王宝第二天便醒了，没过几天即恢复了活蹦乱跳。不过经此磨难之后，他仿佛一夜之间长大，每日乖乖地守在杂货铺里帮忙，见了李婆婆也规规矩矩地问好，再不调皮捣乱。李婆婆对毕岸感激涕零，但对他人态度依旧，该嚼舌根照嚼舌根，传闲话传得口沫飞溅，她那个茶馆，简直成了敦厚坊长舌集中营。

　　关于银精和魇术，公蛎终于好学了一回，从毕岸那里了解了些皮毛。据说东瀛深海之下有巨大银矿，若干年前，有一行奇人下海开采，发现银矿之间有孔洞，一种外形似蚕的东西以银为食物，身体锋利坚硬，刀枪不入，人被咬中颈部动脉后，体内血液全部消失。同时，他们发现，银蚕并非所有的银子都吃，有一些银子会被留下。而这些银子恰恰对银蚕具有克制作用，他们唤之为"银精"。

　　不知当时他们经历了多少磨难，据说大多人死于银蚕口下。幸存者有人偷偷收集银精，制成无心镜，将银蚕带了回来，在黑市上作为杀人利器售卖。或许龙爷的第一枚银蚕便是这样得来的。

　　正如银精生于银子之中却能克制银蚕一样，银蚕杀人于吸血，又怕血——银子属阳，银蚕属阴，若是碰上纯阳之血，反过来银蚕将被杀死。这也是毕岸公蛎当口能够除去银蚕的原因。

　　但公蛎依然对毕岸不用他自己的而划自己一刀气愤不已。毕岸解释道，只能用公蛎的，因他是纯阳之血。公蛎听了暗暗得意，以为是什么了不得的本事，还未来得及吹嘘，毕岸又臭着一张脸道："纯阳之血，色欲旺盛。"

　　这话不知怎么传到李婆婆的耳朵里，公蛎"不学无术"、"好吃懒做"的名号上又增添了"好色"的标签，再来忘尘阁的小媳妇小女子们，看公蛎的眼神都带着一丝警惕和鄙夷，气得公蛎跳脚。

关于魔术，毕岸道，并非人人能练就。他曾查过赵月儿的户籍文碟和当年天象，她出生时恰逢天狗吞月，体质属阴，天生带有异能；后又从小佩戴银精制成的链子，缺乏阳气，媚功见长，练习魔术事半功倍。若非阴性体质修炼着两类法术，如同强行扭瓜，最终将害人害己。

公蛎虽对毕岸擅自毁掉记录银魔的人皮卷有些微词，但他向来是个什么都无所谓之人，很快自己找到借口放下了。不过因为手上的伤——虽然在梦魇中毕岸也被他当做面具人掐得脖子乌青，他还是狠狠勒索了毕岸一堆财物，还被允许每月在账上支出十两营养银，用来补养身体。

至于巫教，公蛎丝毫不感兴趣，只知道是一种古老的教会，运作神秘，一直是官府打击的邪教之一。巫教同巫氏一族颇有渊源，同属一宗，有说是远古巫氏兄弟两个，其中一人创建了巫教，但后来同巫氏家族脱离了关系。经过数百年来官府明里暗里的渗透、围剿，如今行事更加隐蔽，组织也更加严密，若不是赵婆婆擅自行动，只怕难以发现其中端倪。

关于珠儿所提柳大之事，公蛎认真问了阿隼。据阿隼确认，柳大仍好好地在狱中服刑，并未逃脱，珠儿所见，可能只是刚好遇到了长相相似之人。公蛎这才放了心，专门去跟珠儿做了解释，安慰她不要多想。

胖头的一根筋，如今也在李婆婆口中广为流传。那日早上，赵婆婆伏法后，毕岸同公蛎回到忘尘阁，才发现忘了躲在窗外的胖头。胖头这个傻瓜，因为没有听到毕岸的命令，竟然一动不动在屋外冻了一个晚上，眉毛头发上落满白霜，人差不多冻僵，手脚也长了冻疮，害得公蛎给他搽了半个多月的冻疮膏。

进入腊月，洛阳城中弥漫着年的味道。忘尘阁的生意越来越好，从上月开始，收支已经持平，汪三财估计这月定能扭亏为盈。

公蛎已经完全克服冬眠习惯带来的困顿，每日兴致高涨，看着家家户户备年货、做新衣，自己也买了一堆有用的没用的东西，光是站在街边看人，便能看上半日。

公蛎如今已经很少去喝花酒了，不是因为他转了性，而是因为玲珑。

（二）

赵婆婆事件之后的一个下午，公蛎正涧河边看捏泥人儿，忽然看到玲珑从南边东张西望地过来。

公蛎正纠结要不要上前打招呼，玲珑已经看到了他，过来施了一礼，道："龙掌柜近来可好？"

公蛎忙回礼，道："还行。你这是做什么？"

玲珑皱眉道："小娟子病了，我想给她抓两副药去。"

公蛎含糊赞扬了两句，便不知道说什么了。玲珑四处张望，道："我记得这附近有个老郎中，专治伤寒。"她偷偷看了一眼公蛎，低头道："龙掌柜，你能不能陪我在这附近找一找？"

公蛎忙不迭地点头。

两人默默地往前走了一段，玲珑扑哧一笑，道："龙掌柜，你这是怎么了，见我就像老鼠见了猫？是我今天脸没洗干净，还是变得丑得不忍直视？"说着嘴巴一噘，歪头看着她。

公蛎脸上一阵发热，又想起那晚进入她房中的男子，尴尬道："姑娘说得哪里话。你近来忙什么？"

玲珑看似随意道："我舅舅从江南回来了，这些日待在洛阳。爹爹不在了，我总要略尽地主之谊。所以也没顾上登门去谢谢你。"说着眼睛朝公蛎一溜，带出一丝娇羞。

公蛎实在是个很会说服自己的，听了此话，他瞬间给自己的猜疑找到了出口，忙道："若有用到我的地方，只管说。"

玲珑笑得极为灿烂，道："那我就不客气啦，如今我便要麻烦龙掌柜。"

公蛎忙道："怎么？"

玲珑认真道："我舅舅从江南带回来些东西，想要找个买家，但唯恐受骗，想找个懂行的人估个价。你是典当行的掌柜，自然是行家，能否移步去我那里瞧一瞧？"

公蛎本想推辞一下，可是听说去她家里，又心动了，支吾道："这个，我对珠宝只懂得皮毛。我先看一看，不行的话我帮你另找高人。"

玲珑十分开心，道："太好了，我正犯愁呢。"两人找到医馆，抓好药，玲珑找了个小乞丐要他送去大杂院，便同公蛎一路说笑着去了柳枝儿巷。

玲珑住的院子并不大，但收拾得相当干净，正堂三间，偏厦两间，周围高高低低地种了些花草树木，院落一角搭建了微型的水池假山，旁边摆了一架竹木秋千。

一个干净利落的老婆子上来施礼，玲珑道："吴妈，把舅舅上次带来的庐山云雾茶沏一壶来。"吴妈对玲珑颇为恭顺，但看到公蛎，却翻了个白眼。

玲珑浑然不觉，歉然道："我这里少有客人来，所以也不曾设专门的会客厅，只能委屈龙掌柜到我的房间一坐。"

公蛎正巴不得见识下女孩子的闺房，忙道无妨。

推开房门，一股淡雅的香气扑鼻而来。白色帐幔，淡粉窗帘，正中摆着跷脚梨木圆桌，上面放着未做完的针线；临窗一个雕花梳妆台，摆着菱花铜镜、胭脂香粉，还有一个别致的八角漆雕首饰盒。墙壁上、搁架上、床头前，到处挂着各种小女儿喜欢的东西：珍珠镶嵌的小兔子，树根雕成的小鸟，贝壳做的风铃等，都不是什么名贵的东西，但又极其温馨。

吴妈送了茶来。公蛎为了掩饰尴尬，品了一口，顿觉满口生津，赞道："好茶！"

玲珑含笑道："我一个粗人，还是喜欢喝花茶，这些上等好茶，生生被我糟蹋了。龙掌柜若是喜欢，我送你好了。"

公蛎推辞道："那怎么好？"

玲珑低头一笑，吩咐吴妈将茶包起来。然后坐在公蛎对面，慢慢抿了一口茶，轻轻笑道："我这里，龙掌柜是第二个客人。"

公蛎张嘴道："那谁是第一个客人？"一出口他便知道自己莽撞了，哪有这样问人的？

玲珑抿嘴一笑，道："第一个，当然是我舅舅。"

公蛎又是懊悔又是尴尬，脸瞬间红了，眼睛躲闪着朝房间另一侧望去。

搁架后面，是一个轿式雕花大床，绣着百合的粉红软缎被褥看起来有一种暧昧的暖意。

气氛有些奇怪，玲珑脸颊微红，垂头饮茶，两人远远不如刚才在外面自然随意。公蛎憋了良久，终于想起今天的正事："姑娘说有东西估价，可是什么宝贝？"

玲珑哦了一声，含羞笑道："瞧我，把正事儿都忘了。"起身走到床前，打开柜子捧出一个匣子来。

匣子方方正正，周围雕刻着一些不规则的花纹，木质黑中透红，有明晰的脉络，沉甸甸的，还有一股淡淡的香味。公蛎觉得这东西有些眼熟，却不记得在哪里见过，斟酌道："我瞧着这个像是乌木，纹理清晰，线条优美，怕是最好的金丝楠木。"

玲珑道："你看看里面这个。"一按搭扣，啪的一声，匣子开了，里面放着一颗椭圆形的珠子。

珠子如鸽蛋大小，里面布满微金色的晶丝，表面透明，看起来流光溢彩；珠子正中，有一块晶丝是黑红色的，圆形，排列也不似金色晶丝那般杂乱，而是呈盘旋状，乍一看，像极了人的瞳孔；若是盯得久了，又像个正在流动的巨大漩涡，想要将人吸进去。

玲珑好奇道："龙掌柜，依你看，这个东西，是什么宝贝？"

公蛎转动珠子。"瞳孔"正中的光斑也随之移动，真真像一个人的眼珠子在盯着自己看一般，十分神奇。

玲珑道："舅舅说，这是从乡下收上来的，也不知道是个什么东西。"

公蛎绞尽脑汁思索着自己掌握的玉石知识，道："我听说有种玉石，人称凤凰胆，上面有像瞳孔一样的螺旋状花纹，不过我却不曾见过。"

这些话，是有一次汪三财给胖头讲述关于名贵玉石的种类时顺便提了一嘴，公蛎在一旁听说的。

玲珑道："这么说也算是名贵了？"

公蛎依稀记得毕岸当时补充说，说凤凰胆不祥，既不适合佩戴，也不适合收藏，便道："也不算名贵，只是中原地区比较少见。"

玲珑听了，反而欢快地道："那就好，舅舅说送给我，我本来还不好意思呢。你觉得镶嵌在步摇上怎么样？"

公蛎忙道："先别急，我一知半解的，说的不一定准确，不如明天我找个行家给你瞧瞧，听听人家的意见。"

心里思量，毕岸定然知道这东西的来历，只是他长得远比自己好看，别玲珑一见，又迷上了他岂不糟糕？便留了个心眼，含糊道："我有个朋友是做玉石生意的，他一定懂。"

玲珑十分开心，将珠子收进匣子推给他，道："好，那就有劳龙掌柜啦。"似有送客之意。

公蛎见她对自己毫无防备，心中升起一丝甜蜜，搓手笑道："这个……我就这么端走，不怎么合适吧？"

公蛎的意思本来是这种珠宝玉器鉴定，不能假人之手，以防被掉包，想同玲珑说定明日再来，谁知玲珑会错了意，脸儿一红，笑道："是，小女子失礼了。"大声叫道："吴妈！"

吴妈快步过来，身上还系着围腰。玲珑吩咐道："去做几个精致的小菜，取了上次给舅舅备的杜康老酒来。今晚龙掌柜在此用饭。"

吴妈点头退出。公蛎大窘，解释道："我不是这个意思。"

玲珑眼波流转，轻笑道："就当我想留龙掌柜吃个饭，可以么？"

吴妈手脚甚是麻利，一会儿工夫，四个冷菜拼盘先端了上来。玲珑端起酒杯，笑道："我同龙掌柜着实有缘，一见如故，干了！"一饮而尽。

公蛎也一口气干了。玲珑将房里的炉火拨得旺旺的，除了外衣，只穿了一件掐丝镶边红色小袄，一张脸如同桃花般艳丽，眉眼如盈盈春水，更添风情。

公蛎仗着有酒壮胆，问道："玲珑姑娘今后有何打算？"

玲珑再次将酒斟满，垂头道："我还能有何打算……如今想要找一个情投意合之人，谈何容易。"说到最后四字时，声音几乎低得听不到。

公蛎此时脑海里闪现的却是丁香花女孩儿那微微翘起的嘴唇，不觉心中感伤，大声道："姑娘这等人才品德，何愁找不到情投意合之人？说不定那人也正着苦苦寻觅呢……"他瞬间有些鼻塞，道："若是知道姑娘在这里，只怕飞奔过来相见呢。"

玲珑瞥了他一眼，咯咯笑道："但愿如此。"公蛎忙低下头去，心想若是对面坐的是她，该有多好。

玲珑似乎不胜酒力，脸儿绯红，双眼迷离，举杯道："来，为我们有朝一日找到意中人干杯。"

三杯酒下肚，公蛎已经忘了刚才的伤感，只觉得浑身燥热，情绪亢奋，不用玲珑劝，自己只管倒了一杯接一杯地喝。玲珑半伏在桌子上，咯咯笑道："我告诉你个秘密。"

公蛎笑道："快说快说，我最喜欢听人家的秘密。"

她笑得花枝乱颤，点着公蛎的鼻子道："你知道么，我喜欢你啊。"

公蛎的酒瞬间醒了一半，半张着嘴巴呆呆地看着玲珑。玲珑轻轻地刮了一下他的鼻子，笑道："我喜欢你平和随意，在你面前不用装大家闺秀，觉得什么心里话都可以告诉你。还有啊，"她笑得直不起腰来，"我的秘密。"

公蛎松了一口气，又饮了一杯，笑道："我又不如人家英俊潇洒，又无丰厚家财，除了平和随意，还能怎样？"

玲珑嘟起嘴巴，撒娇道："你到底听不听我的秘密了？"

红润的嘴唇，在烛光下泛出别样的光泽，依稀是她。公蛎端着酒杯的手顿时僵了，闭上眼睛，一扬手臂将手中的酒倒入口中，道："当然想听啊，你快说。"

忽见耳边一阵微痒，睁眼一看，只见玲珑整个人斜倚过来，眼睛微闭，睫毛轻抖，如梦呓般道："我，想做一只鼓。"

公蛎想也未想，笑道："我明天就买材料给你。"玲珑握起粉拳，去捶打他的胸口："你好坏！"

一丝淡淡的丁香花香味飘入公蛎的鼻子，朦胧中，公蛎又看到了梦萦魂牵的粉嫩嘴唇。

那晚同玲珑到底发生了什么，公蛎已经记不得了。只知道一觉醒来，他正赤身裸体地躺在玲珑的床上，臂弯里，是只穿着亵衣的玲珑，她依旧脸儿绯红，不知是酒意未醒，还是因为其他。

当时情形的尴尬，直到现在公蛎想起都会心跳耳热。事情到了今天这步田地，玲珑虽然话里意思是你情我愿，不用他负责，但公蛎堂堂男子汉，如何能做出这种禽兽不如的事情来，当即结结巴巴向正暗自垂泪的玲珑保证，只要她愿意，自己愿意随时娶她，然后落荒而逃。

玲珑一脸小女人的娇羞，温软香滑的身体依偎在他怀里，同公蛎无数次看到美女时意淫的情形一模一样。可是不知为何，那一刻，公蛎反而说不出的懊丧，好像自己守了很久的宝贝就这么被人给偷走了。

（三）

如何回到忘尘阁的，公蛎也记不清了，只知道精神恍惚，一会儿欣喜若狂，一会儿怅然若失。

或许自己这辈子，都找不到丁香花女孩了吧。

一连三天，公蛎老老实实待在忘尘阁，哪里也不去。

公蛎不是不想负责，而是事情来得突然。除却丁香花女孩的因素，最主要的是，自己还没做好成亲的思想准备。一是玩心尚重，一想起那些柴米油盐的日子便觉得乏味；二是因为自己的身份——蛇人结合，后果会如何？虽然世间也有得道的非人同凡人结成家庭的案例，但对公蛎来说，放在自己身上还是觉得不可思议。还有最为关键的第三，那些阴魂不散的鬼面藓，如今虽然皮肤表层看不到，但谁知道自己还能活多少天，不能祸害了人家姑娘。

第四日，公蛎仍没想好此事如何处理，心思烦乱之极，窝在房间里将近中午，躺得腰酸背痛，这才晃悠着来到前堂，随便拿了一本书捧着，掩饰自己的发呆。

胖头羡慕道："老大，你得空儿也教教我，我还有很多字不认识呢。"

公蛎心不在焉道："好。"

汪三财哼了一声，道："你见过看书半日都不带翻页，还颠倒着看的么？"

公蛎一看，果然拿倒了，恼火道："我就爱倒着看书，如何？"

胖头唯恐他们吵起来，忙朝公蛎挤眼："北市那边新开了一家馆子，味道可好哩。我们去尝一尝？"

公蛎懒洋洋道："不去。"

任胖头如何劝说，公蛎坚决不为所动——他唯恐自己一出门，便要忍不住去找玲珑。胖头去了北市进货，走之前，又喜滋滋地换了衣服，将头发抿得明光，整个胖脸的肉笑得都在微微颤抖。不用说，定是借机出去幽会。

胖头前脚刚走，小妖来了。她要去北市购一批盛放胭脂水粉的器具，想邀胖头一起去。

公蛎没好气道："他如今忙着呢，又要进货又要幽会，哪里会带你这个拖油瓶？"

小妖不服道："谁说我是拖油瓶？我帮他看着东西，他跟人约会才方便呢。"

公蛎丢了书，闭目养神。小妖推他道："喂，你知不知道胖头去见哪个？"

公蛎拨开她的手，道："知道。"

小妖有些失望，撅嘴道："原来你们都知道，就我一个人瞒在鼓里。"说完等着公蛎同自己斗嘴，却见他失魂落魄，早不知道神游何处了，笑嘻嘻道："怪不得胖头说你丢了魂儿，还真是。要不要我去请个神婆子回来帮你叫魂？"

公蛎白了她一眼，道："你才丢了魂呢。"

话音未落，一个熟悉的声音道："谁的魂丢了？"

公蛎一骨碌爬了起来，连书掉在了地上都顾不上捡起。

小妖笑着推他："快，来生意了。"又甜甜地叫道："姐姐好。"

玲珑瞟了一眼公蛎，将目光落在小妖脸上，关切道："你好像瘦了些。"

小妖摸了摸脸，欢快地道："嗯，前段时间睡不好，总做噩梦。"她上下打量了下玲珑，认真道："我觉得姐姐也瘦了呢。"

玲珑一笑，眼睛向公蛎看去。

公蛎发觉，玲珑同小妖的眼睛甚为相似，只是一双成熟从容，一双天真无邪。

汪三财将账簿收拾好，走出柜台道："姑娘可是来当东西？"

玲珑施了一礼，大大方方道："我找龙掌柜。"

公蛎的脸腾地红了。汪三财老奸巨猾，显然看出两人的关系非同寻常，又回去柜台整理账目。小妖张大了嘴巴，伸出小指头指指公蛎又指指玲珑，小声笑道："我知道啦。龙掌柜的魂儿，丢在姐姐那儿了。"

玲珑笑道："正是，所以我今日给他送过来。"上前定定地看着公蛎道："龙掌柜，请移步一叙。"

出了门，两人漫步来到磁河边。如今天气寒冷，游人甚少，默默走了一阵，玲珑忽然站定，轻声道："我今日来，不是找你讨要说法。这些天，我左等你不来，右等你不来，心里难过得很，想去找你又不敢……"她咬唇沉默了片刻，道："那晚的事，你就当我是存心勾引罢。我一个女孩儿家，本不该留不熟悉的男子在家饮酒吃饭，还故意做出不检点的举止，以至于……"她垂下眼睛，"那天早上你说愿意娶我，我好开心……"

听玲珑这样说自己，公蛎顿时有些心痛，语无伦次道："不……是我不好……"

玲珑看不看他，眼里泛出泪光："这世上，哪有什么情投意合。原是我做梦。"她迎着顺河而来的寒风，深深吸了一口气，带着泪笑道："我那晚说想告诉你个秘密，结果还是没讲。我其实……得了绝症，郎中说，活不过半年啦。"

她扭头看着公蛎，满脸是泪，但声音却很是欢快："我一个将死之人，哪敢奢求有人陪伴。谢谢你那晚陪我，我很开心。"

这些话如同一个炸雷，震得公蛎目瞪口呆。这才想起他第一次听到玲珑名字时，小武同阿牛交换药物，声称要给玲珑治病。只是这几次每次见到玲珑，她都脸色红润，全无一丝病态，自己竟然忘了这茬儿。

玲珑见公蛎表情呆滞，以为被自己吓住了，淡淡一笑道："我告诉你这个，绝

不是为了博取你的同情。我只是想同你说清楚，我绝不纠缠。告辞。"

朝公蛎略一施礼，掩面去了。公蛎看着她单薄的背影，想她一个人孤苦无依，身患绝症，顿起同病相怜之意，并想两人酒后乱性，自己却躲避着不敢面对，实在不堪。心中突然生出一股豪气，大声叫道："不！我愿意娶你！"

玲珑停住脚步，头也不回，低声道："不用安慰我，我知道你不情愿。"公蛎鼓起勇气上前抱住了她，道："不，我愿意！"他狠狠地摇头，仿佛要将这三日的犹豫全部甩在脑后，坚决地说道："我不知道寻常的嫁娶都有什么样的要求，不过我会去请教财叔，给你一个风风光光的婚礼。"

玲珑用力地捏着自己的手掌心，垂泪道："你想好了，不要后悔。"

公蛎怔了一下，心里依稀问自己，会后悔吗？可是这种情形下，如何能再伤玲珑的心？他换了轻松的口吻，笑道："我没什么本事，你跟了我，只怕以后要吃苦受罪。"

玲珑将头轻放在他的肩头，轻轻道："不怕。"

她的声音轻而坚定，公蛎忽然觉得这些天的逃避完全是庸人自扰。什么非人、凡人，有什么相干？一旦放下了心中的负担，顿觉浑身轻松。

有人过来，两人连忙分开。

一阵寒风吹来，玲珑打了个寒颤，公蛎脱下外衣给她披上，见她指尖冻得通红，迟疑了几次，终于鼓起勇气握住了她的手。

有了这一次的主动，剩下的便顺理成章了。两人五指紧扣，同那些热恋的情侣一样，有说不完的情话，当然多是公蛎在说，玲珑在听；或者有时什么也不说，只是静静地待在一起，也会觉得温暖而惬意。

两人沿着磁河岸边的柳堤散步，足有一个半时辰，玲珑终于受不了寒冷，打起了喷嚏，娇滴滴道："你是不是想冻死我，就不用负责任了？"

公蛎紧张道："我怎么舍得？！"揽了她的肩头，笑道："走吧，去你的住处。那日你给我看的珠子，我去找人再瞧瞧。"

玲珑佯怒道："不用了！"扭转身不理他。

公蛎傻傻地站着，不知道该怎么做。

其实公蛎在其他女子面前还是相当能说的，偏偏在玲珑面前不行。因为玲珑性格稳重成熟，不像小妖珠儿等，随便说什么都可以，公蛎完全搞不懂她是真生气还是佯装生气。

玲珑见公蛎手足无措，忍不住笑了，手指轻点公蛎的额头，娇嗔道："逗你呢。看着挺机灵，怎么不会哄人呢？"又眨眼道："女人无论多生气，只要听到甜言蜜语，一定喜欢。下一次若再碰上其他女孩子，只管这一招伺候。告诉你，老少都适用哦。"掩口娇笑不止。

公蛎挠着头嘿嘿傻笑："哪里会有其他女孩子？以后我的甜言蜜语，只说给你一人听。"说完觉得自己挠头的动作像极了胖头，忙将手放下。

玲珑眼睛亮晶晶的，甚是好看。

公蛎忙道："我们当铺的财叔，对玉器颇懂行情，那颗珠子还是找他看看要紧。"

玲珑这才收住了笑，认真道："真不用了。那日……你走之后，舅舅便来了，他带我去见了玉器钱家大掌柜，钱家掌柜说，这不是凤凰胆，而是同凤凰胆相似的琅玕珠。"

玉器钱家在洛阳十分有名，开有三十六家玉器行，他的鉴定结果自然是不会错的。不过琅玕珠公蛎第一次听说，完全不知是个什么东西。

玲珑道："钱掌柜说，琅玕珠生于昆仑山，寓意慧眼识人，有清心明目之效，最适合男子佩戴。舅舅本来说，再换一个适合女子佩戴的东西给我，可我想着……"她脸上露出一抹娇羞，"我想着刚好适合你，便毁了一支金簪，找工匠镶嵌了包边，又打了一条五彩丝络，你戴上试试。"

说着从怀里拿出一个手绢，层层打开。琅玕珠在外围金箔的映照下，越发显得流光溢彩，中间的漩涡如水波流动，很是漂亮。她十分自然地踮起脚尖，拉开丝络的活扣，小心地将琅玕珠戴在公蛎的脖子上，歪头看了看，道："真好！"那模样儿，像极了一个给丈夫佩戴饰物的小媳妇儿。

公蛎心中一暖，道："我怎么能收你这么贵重的东西？"

玲珑冰冷的手指按在了他的唇上，正色道："以后不要再说这种话。"细心地将丝络抻好，撒娇道："你要一直戴着，睡觉洗澡都不许取下来。"

公蛎憨笑道："那是自然。"

除了荷包里的十几两纹银，公蛎一件像样的东西也没有，摸了半晌，只好歉然道："我日后寻摸个好东西给你。"心里想，到时去讹毕岸一下，他定然有不错的宝贝。

玲珑最是善解人意，微笑道："不用，我也不爱戴这些东西。你寻常戴过的东

西，送过一件便可。"一眼看到他的螭吻珮，道："就这个吧。"

这些日，公蛎见毕岸忘了螭吻珮丢失一事，索性大大方方戴着。见玲珑说，忙摘下来给她看，遗憾道："这块玉佩质地倒也不错，可惜却是男款。你若是喜欢，我下次找个女款的。"

玲珑开心地接过，放在脸颊上一贴，眼睛看着公蛎一笑，小声道："热的。"接着低声说了一句："带着你的体温。"

公蛎心中一荡，不由想起那晚的情形来，道："你若喜欢就送你，等我下次找个好点的来。"

玲珑羞赧一笑，将螭吻珮贴心放好，还用手按了一按，唯恐它飞了一般。

公蛎忽觉人生如此美好，一把拉住玲珑，将她冰冷的双手从衣领处放入自己胸口暖着，憋了良久才说出一句："我一定……对你好。"

（四）

玲珑成为公蛎第一次深入接触人类感情的启蒙者。在此之前，公蛎对那些所谓的夫妻、爱人、亲人等之间的感情并无概念，连所谓的朋友，不过是可以一起放心分享食物的同伴而已。正如他难以理解苏青对王俊贤的爱，也搞不懂赵婆婆对董滚子的恨，女人和家庭，一种美丽、神秘而且高高在上的生物，同粗鄙的男子组成的一个奇怪的组合，对公蛎来说从来只停留在口头，连细想一次都不曾有过。

而玲珑，带来了一种不同于以往的奇妙感觉。玲珑时而成熟稳重，时而温柔多情，时而调皮可爱，几乎集苏媚、珠儿和小妖于一体，各种神态转换得极为自然，又拿捏得恰到好处，虽然有点难以捉摸，但带给公蛎的不仅仅是甜蜜，还有无尽的新奇和欣喜，原有的一丁点儿不甘和失落渐渐被幸福所代替。因此，当玲玲半闭着眼斜靠在公蛎肩上，颤抖着睫毛如梦呓一般道："我们成亲吧。"公蛎除了心怦怦怦狂跳之外，只有紧紧地抱着她，用力地点头。

丁香花姑娘，就作为一个美丽虚幻的梦，永远地藏在心底吧。

临近年底，生意暴涨。两人如今正在热恋，恨不得天天厮守在一起，但一年的生意，也就指望这么几日，汪三财和胖头忙得不可开交，公蛎好歹是个掌柜，也不得不在当铺里守着，只能等将近打烊之时，才能找个空儿见下玲珑，真真儿明白了"一日不见如隔三秋"之感觉。

腊月二十三，小年祭灶，各商家店铺早早关门回家，要赶在天黑之前到灶王爷前儿报个数儿。公蛎迫不及待，用身上仅剩的银两买了一堆好吃的，又去了柳枝儿巷。

玲珑正同吴妈准备祭灶的供品，见公蛎过来，捧出两身衣服来，一件玄色洒金滚边黑缎袍服，一件湖蓝翻领祥云暗纹胡服，含笑道："过来试试。"

公蛎变戏法一般，夸张地从怀里拿出一个精致的盒子来，道："你先看看这个。"原来前日，他将从毕岸胖头处搜刮来的、自己积攒的，加上官府打赏的"破案"银两，专程跑去钱家玉器行，挑了一款钟意良久的上等紫玉丁香花簪，虽比不上玲珑送自己的琅玕珠名贵，但水色纯净，雕工精细，造型又是公蛎最喜欢的紫丁香，自我感觉相当满意。

玲珑看了一眼，微微笑道："不错。"连试也没试便将盒子收了放入梳妆台的抽屉里。

公蛎小有失望，强笑道："不喜欢？要不我拿去换一件。"

玲珑睁大了眼，柔声道："我知道你手头不宽裕，干吗又花这些钱？"

原来玲珑是为自己着想，公蛎心情瞬间好了，诚挚道："我从来都没买过礼物给你。"

玲珑上前将他卷起的衣领整理好，轻轻道："我说了，这些东西我也不爱戴的。若是你日常贴身的物件送我，我才喜欢呢。"

可是除了已经送给玲珑的螭吻珮，公蛎再也没有任何拿出手的东西。避水珏虽然带在身上，那种仿冒的东西，哪里好意思送人？

玲珑吩咐吴妈将屋内的炉火拨旺，帮他除了外套，先穿上那件湖蓝胡服，拍手自己赞道："瞧我的手艺，多好！"接着吃吃笑道："主要是人长得好。"

公蛎十分开心，笑道："是你手艺好。"两人推让了一阵子，玲珑笑道："我们俩就被相互吹捧了，总归是你长得好，我的手艺也不错。"

两人闹了一阵子，公蛎小心翼翼地提起关于成亲之事来："我同财叔侧面打听过，说要先找个媒婆上门提亲。我去选个吉日，过了年就办，你看如何？"又道："舅舅那边，得空儿我拜访一下才合礼数。"

玲珑似乎并不热心，淡淡道："先放一放吧。这事儿还是要从长计议。"

　　玲珑对自己的情况说得甚少，每次公蛎追问，她便搪塞过去。不过听她只言片语中透出来的信息，公蛎隐约猜到她从小被父亲嫌弃是个女孩，待她并不很好，小时很是孤苦。

　　公蛎有些心疼，道："你担心病症？我不在乎。"玲珑眉头一皱，似乎有些不耐烦，道："我没事。"

　　关于病症，公蛎追问多次，玲珑始终不告诉他。公蛎也去过好几次大杂院，想同小武打听，但小武仿佛蒸发了一般，不见踪影。

　　公蛎急道："你快告诉我到底是什么病症，洛阳这么大，总有办法的。"——若真是绝症也不怕，自己在鬼面藓发作之前，将灵气全部给她，不说治愈，保她再活个十年八年定是可以的。

　　突然想到这个办法，公蛎顿时激动起来，脸上洋溢着喜悦之色，安慰道："不怕，有我呢。你会活得好好的。"

　　玲珑抬眼看着他，眼神深邃，看不清喜悲，忽然又嫣然一笑，柔声道："我不怕。"她将头靠在公蛎胸脯上，喃喃道："带我离开这里吧。"

　　公蛎身体开始燥热，想要抱紧她，却不敢妄动："去哪里？"

　　玲珑闭上了眼："我们找个没人的地方，悄悄地生活，好不好？"

　　公蛎迟疑了一下，道："好，等我赚够了钱，我们便去找个没人的地方。"他来洛阳，本就是因为不甘寂寞，若是再找个没人的地方，还不如回洞府中待着。

　　公蛎的触觉和听觉要远远好于视觉，他可以感知玲珑身上的细微变化，比如当下，玲珑在他怀里动了一下，明明不满意公蛎的回答，但脸上仍洋溢着幸福的笑；刚才她将公蛎换下的旧衣服细细地折叠时，竟然透出一种莫名的焦虑和烦躁；还有上次，她嘴里说着甜美的情话，眼睛里却是满满的心不在焉。偏公蛎是个极其矛盾的人，又粗心又细心，又自卑又自负，玲珑转瞬而逝的情绪，公蛎可以敏锐地捕捉到，但却不明白为什么，只能解释为玲珑因病的关系，情绪不稳。可是除此之外，玲珑无可挑剔。

　　偶尔公蛎会有种不真实的感觉，仿佛他同玲珑，都在表演一个凄美的故事，并被自己在故事中的表现所感动。但每当此时，公蛎便会特别自责，觉得玷污了这份美好的感情。

　　两人说了一车的情话，直到天黑，公蛎才恋恋不舍地回去。

　　回到忘尘阁，毕岸正在吃晚饭。公蛎原本同他打个招呼便回了房间，但心中激动，急切地想找个人说说话儿，又出来在他身边坐下。可又不知说什么，便在一旁傻坐着，偶尔摸一摸胸口的琅玕珠，心中又暖又甜。

毕岸喝完最后一口粥，忽然道："你的玉佩呢？"

公蛎回过神来，往后一跳，警惕道："怎么？"

毕岸道："螭吻珮呢？"

公蛎唯恐他要将螭吻珮要回去，死皮赖脸道："这可是我的玉佩，同你丢的那个没关系。"说完觉得有欲盖弥彰之嫌，忙又装模作样问道："你的那个呢？我这个担心碰坏，就收起来了。"

毕岸狐疑打量了他一眼，道："那就好。"

两人默不作声，各自闷头想心事。毕岸打破沉默，道："你不找她了？"

公蛎一愣："谁？"

毕岸慢条斯理道："那个让你泪流满面的丁香花女子。"

公蛎心中的欢喜瞬间变成了惆怅，愣了片刻，垂头丧气道："找不到。"

毕岸道："那她是谁？"

公蛎警惕道："你……你跟踪我？"

毕岸道："你身上有女人的香味，却不是丁香花的味道。"

公蛎耷拉着脑袋，瞬间有些茫然。

毕岸道："也好。"

公蛎竭力劝导自己。如今同玲珑有了夫妻之实，再惦记丁香花女孩儿，对玲珑太不公平了。

公蛎心思活泛，这么一下子，又转到经济上来。如今玲珑虽然嘴上说不用婚礼，但公蛎还是打算好好办个仪式，那么成亲之事要尽快提上日程，不如老老实实告诉毕岸，说不定他在银两上还能帮扶着点儿。顿时换了笑脸，满脸堆笑道："毕掌柜，我……我要成亲啦。"

毕岸显然感到意外，眉头猛皱了一下。

公蛎脸上有些发烧，道："这个，可能到年后。"未等毕岸追问，忙补充道："总之是好人家的姑娘。"

玲珑对那晚发生之事深感愧悔，唯恐传出去毁了名声，因此交代公蛎，说两人交往之事一定要保密，等她回去先说服舅舅，再由公蛎上门提亲，这样以后来往便顺理成章了。

琅玕珠

一七〇

毕岸定定地看着他，道："你想好了？"

公蛎胸脯一挺，大声道："想好了！"接着低了声音，小声道："唯一担心的身上这些鬼面藓。毕掌柜，你得赶紧找到解决的办法呀。"

关于自己身上有鬼面藓一事，公蛎并未告诉玲珑，一是不忍让玲珑伤心，二是真的打算万不得已之时，舍弃了自己的灵力救助玲珑。当然，若能找到两全之策，自然最好。

玲珑的病症，公蛎问了几次，她都不肯说，只说郎中已有定论，只要开开心心过完剩余时日便好。公蛎思量，等摸清玲珑病症，再找毕岸问一问，说不定他有办法。他向来对毕岸怀有莫名的信心，总觉得毕岸不是那种轻易会死去的人；既然他不会死，自己当然也不会死。

毕岸道："鬼面藓怎么样了？"

公蛎不顾体面，将上衣扣子解开。鬼面藓这两个月来渐渐变淡，皮肤表层已经看不出，公蛎认为是好转的迹象，心存侥幸道："你瞧瞧，是不是快好了？"

毕岸一眼看到琅玕珠，眉头一挑，道："她送的？"

公蛎忙将珠子往里面塞，道："快说是不是要好了？"毕岸皱眉道："不，由表及里，更严重了。"

公蛎急切道："还有几个月？"

毕岸道："你的体质异于常人，可以扛得过一年。"

公蛎一反常态，大喜道："那就好那就好。"

毕岸奇怪地看了他一眼。公蛎想的是，只要自己能活的比玲珑久些，不留她一人在世上孤苦伶仃就好。这话自然不便对毕岸讲，忙换了话题，堆出满脸谄媚的笑，试探道："毕公子，我要成亲，你也知道，我手头一向紧张，到时候可能还需要您帮扶一下呢。"

毕岸似乎有些心不在焉，道："好。"

公蛎见他答得爽快，伸手同他右手相击，眉开眼笑道："君子一言，驷马难追，可不许反悔哦！"

插香摆供，几人分别给灶王爷、灶王奶奶磕了头，吃了香脆的糖瓜儿，又放了一大挂震耳欲聋的鞭炮。汪三财磕头祷告，恳求灶王爷上天多说说忘尘阁的好话儿，来年让老天爷多降些吉祥，财源滚滚，日进斗金。公蛎第一次在人间过年，又兴奋又好奇，看到汪三财做什么他便跟着做什么。汪三财十分满意，终于给了他个久违的笑脸。

闭门鼓敲过，公蛎喜滋滋地回了房间，躺在床上跷着二郎腿儿，一会儿想着要如何准备聘礼，如何风光体面，一会儿又想着要做哪家的喜服，定哪家的糕点；以后若是生了宝宝如何带，家里的开销如何赚足等等，甚至想到两人白发苍苍的模样，辗转反侧，毫无睡意。

刚带着甜蜜昏昏沉沉睡去，忽听有人敲门，公蛎跳了起来，拉开门一看，却是毕岸。

情知此时在忘尘阁中，来敲门的不是毕岸便是胖头，公蛎还是有些失望。

毕岸站得笔挺，双手抱胸，脸上冰冷得如同刀刻，道："我不同意你成亲。"

公蛎惊愕万分，愣了片刻，愤愤道："你怎么这样？前面说后面毁，说话不算话的？"

公蛎的理解，毕岸无非是不想资助他了。强压着心中的不满，挤出笑容讨好道："毕掌柜，我知道您财大气粗，我成个亲，才能用您多少钱呐。您先借了我，等我赚了钱连本带利一并还您，还不行？"他说着，还亲热地用肩膀顶顶毕岸的手臂。

毕岸后退了一步，面无表情道："叫我毕岸。"

公蛎有些摸不着头脑，难道毕岸只是不喜欢被人叫"毕掌柜"？也是，掌柜二字，听起来满身铜臭味。

公蛎满脸堆笑，恭恭敬敬道："毕公子，您大人大量，不要同我一个俗人计较。"

毕岸眉头一皱，烦躁道："叫我毕岸。"

公蛎吓了一跳，眼珠转了几圈，小声叫道："毕岸。"

毕岸的眼神忽然有了变化，缓缓道："我不同意你成亲。"

公蛎忽然想到了另一个问题，跳起来叫道："喂！我可是……没想到你是……"他三下五除二将外衣穿好，自己将衣领紧紧捏住，后退了几步道："我只喜欢女人！你甭想打我的主意！"

毕岸的表情如同被人当头泼了一盆洗脚水，又是愤怒又是好笑，一把将他推倒在床上，抓起脚腕一抖。公蛎哇哇大叫："你做什么！快放开我！"

毕岸厉声道："闭嘴！"不过还是松开了手。

公蛎揉着脚脖子，一个劲儿地往床的最里侧躲。毕岸气得哭笑不得，喝道：

"看看你的脚丫子！"

公蛎紧张地低头，又飞快地抬头，唯恐毕岸趁机揩油。就在这低头抬头的瞬间，便发现了脚的异常。

脚踝以下，竟然布满了密密麻麻的细鳞，在烛光下隐约发出青色的光。但若不是迎着光线，只是觉得皮肤粗糙而已，所以公蛎自己也未曾留心。

轻轻按压，不痛不痒。公蛎想了想，道："这有什么，我本来就满身鳞片。"摇身一变显出原形，再飞快地恢复人身，满不在乎道："瞧见了吧，本来就这样。"

毕岸缓缓道："你长脚了。"

公蛎嗤道："什么长脚……"说了一半，顿时打住，往自己身上瞧去。

一条青花水蛇盘踞在床上，出神地看着自己上半身和下半身长出来的利爪，不时用下颚轻轻触碰一下，满脸惊愕。毕岸处事不惊，冷冷道："怎么样？"

水蛇抖动了下前左爪，试图去抓枕头，但这些利爪刚刚长出，协调性似乎不太好，只将枕头抓离了原位，便再也拖不动了。水蛇扭动起来，咝咝叫道："这是怎么回事？"

毕岸板着脸道："用人形。"

公蛎恢复人形，手脚乱舞，惊慌道："没什么不适啊，怎么会长出来这些手手脚脚的？"说着又去扯胸部的皮肤："不会是鬼面薛发作了吧？"

毕岸未予回答，却加重了口气，道："你不能成亲。"

水蛇长脚，虽说有些奇怪，似乎并不影响什么，况且以公蛎的道行，目前很少以原形示人，有了脚，说不定爬行还更快了呢。想到此处，公蛎道："这同我成亲有何关系？大不了从水蛇变成四脚蛇。"自己觉得这句话异常幽默，忍不住笑了起来。

毕岸却没笑，道："不是四脚蛇，是螭龙。"

螭龙，无角之龙，传为龙之九子之一。公蛎一下子没反应过来，莫名其妙道："什么螭龙？"

毕岸看着他。

公蛎渐渐冷静下来，迟疑道："那个螭龙？"

在蛇类一族，流传着这么一首歌谣：洛河水蛇，万里寻一；遇时长脚，逢凶化吉；赤螭无脚，潜龙在渊；赤螭有脚，飞龙在天……

公蛎当年曾问过隔壁的老乌龟。老乌龟讲，上古黄帝得蛇族帮助战胜蚩尤，曾对其承诺，蛇类后辈之中，每万条得道者可有一条浴火成龙，曰螭龙，文安天下，武定乾坤，封为龙子。

老乌龟当时对此颇为羡慕，当然对公蛎的鄙视也毫不掩饰，因为在他心里，公蛎能跃过一次龙门已经算是撞了狗屎运了，距离"螭龙"，差的不是十万八千里，而是一滴水同大海的距离。

难道自己便是那个"万里寻一"的螭龙？公蛎心中小有得意，惊喜道："真的？"

毕岸点点头。

公蛎喜笑颜开，忙问道："螭龙有什么本事？会不会越来越英俊？"

毕岸道："不知道，也可能越来越丑。"

光是一个"丑"字，瞬间将公蛎的激动打下去了一大半。公蛎失望道："龙的道行不是更高么？"

毕岸道："螭龙之职，荡涤天下邪祟之事。"

公蛎真想拽着毕岸的脸，看看脸皮下面的表情到底是什么："你直说，如果我是螭龙，我能做什么。"

毕岸木然道："你能做什么要看你的本事，我不知道。但作为螭龙，你要明白你的职责是什么。"

公蛎表情夸张地猜测道："普度众生？"没等毕岸回答，悻悻然道："估计也轮不到我。"又猜："难道要我司掌天下降雨之事？"顿时兴高采烈："这个我愿意！还可享受些香火供奉。"

毕岸一副看猴儿表演的表情，任他信口开河猜测了半晌，这才道："妖孽横生，螭龙降世。螭龙专为应对巫教而生，你的职责，便是辅佐人君，还黎民百姓以安宁。"

他见公蛎翻着白眼，一脸的不耐烦，又道："便是铲除巫教。"

公蛎噗吐出一口气，半晌才道："瞧你着绕三绕四的，对付巫教巫氏什么的，有你和阿隼便行，哪里还用得上我？"

若是螭龙只是这么个使命，公蛎觉得还不如老老实实做自己的小掌柜，同玲珑成了亲，生上一窝儿女——若是两人还能活着的话。

又转念一想，所谓"螭龙"，不过是毕岸的一句话，有什么凭据？自己是个什么东西自己难道不清楚？还螭龙，长四只脚便是螭龙了？

公蛎有点阴暗地想，毕岸见天处理那些同巫术有关的案子，说不定是怕人家复仇，故意说自己是螭龙，让那些复仇的巫人们把目标转移到自己身上来；要不就是想鼓动自己冲在前面，做个替死鬼。

哼，我才上不了这个当呢。赶紧儿成了亲，等鬼面薛和玲珑的病治好了，带着玲珑胖头去开间小生意铺子，每日里逗逗娃儿遛遛狗，赏赏花儿喝喝酒，悠闲自在，岂不乐哉？

想到这里，推了毕岸出去，连珠炮一般说道："行了，这事儿我知道了。我有多大的本事便端多大的碗，螭龙那碗饭，我指定吃不了。我看着阿隼比我还像螭龙呢，这话儿你同阿隼说最好，我还想多活几天。成亲可是大事，不能耽误的，你只要好好准备些礼金，我一定感谢你的大恩大德。"

毕岸把着门，皱眉道："你确定？我们今晚可以详细谈一谈。我手上有很多关于巫教、巫氏以及螭龙的资料，你若是有兴趣……"

公蛎忙道："没兴趣！"见毕岸还想说什么，一连串回道："我困了！不用谈！我没潜力！什么也不会！"用力一把将毕岸推出，将门关上，还不忘加上一句："成亲的银两不要忘了！"

（五）

若是公蛎能够看到毕岸眼神里的痛惜，或许不会如此坚决地拒绝。

毕岸站在中堂，听到房间里公蛎尤自唠唠叨叨，计算着成亲需要的东西，嘴角泛出一丝苦笑。这个胸无大志、繁琐俗气的公蛎，真的是自己当年一起出生入死的兄弟螭龙吗？

或许真是自己判断错了。

中堂的灯已经熄了，毕岸懒得去点，独自坐在黑暗中默默回忆。十年前那一役，自己重伤，螭龙被吸去全部精气，化为一条小水蛇，被禁公鬼冢丢入洛水。可是毕岸总是不相信他会死去，这么多年，踏遍洛水，访遍得道的水族，觉得公蛎的出身、来历以及修道的法术同螭龙最为相像，遂引他做了忘尘阁的掌柜。

可是公蛎性情大变，对之前之事全无印象。若不是毕岸亲眼见他两次出入千魂格，喷火烧了鬼巫娃娃，梦回十年前的祭台毁掉窖谶鼓，只怕早就以为认错了人。

或者刚才错了，不应该这么突然地告诉他——但是还有时间吗？

阿隼悄无声息地走过来，站在毕岸面前，侧耳听到公蛎哼着不成调的小曲儿，不由皱了皱眉，低声道："公子，会不会是我们弄错了？"

毕岸摇摇头，道："错不了。"

阿隼打量着公蛎门缝中透出来的灯光，神色凝重，道："如今怎么办？"

毕岸道："随他吧。"

阿隼似乎想说什么，又忍住了。毕岸道："查得怎么样？"

阿隼道："那姑娘叫玲珑，来洛阳时间不长，自幼丧母，养父陈应龙刚刚去世。家境不富裕，但在洛阳柳枝儿巷有些房产，平时给富人家做些针线荷包，对一些小乞丐倒好。"

毕岸道："她那个所谓的舅舅，是怎么回事？"

阿隼道："是有一个舅舅，是陈应龙小老婆的远房表兄，不知怎么走动起来了。目前看，没什么问题。"眼睛朝公蛎房间一斜，道："听说两人已经到了谈婚论嫁的地步了？"

毕岸无可奈何道："对。"

阿隼哑然失笑，道："真没想到。"又不屑道："我瞧他这辈子也就这样了。巫教这事儿，就靠我们两个就好，随他自生自灭吧。"

毕岸默然不语。阿隼急道："公子您还舍不得？要不是他的鲁莽，您怎会……"

毕岸打断道："过去之事，无需再提。"转身朝房间走去。

阿隼跟在后面，道："居住邙岭的狐族也来到洛阳城了，还有桂家，已经隐藏在暗处的巫教，各路人马蠢蠢欲动，不知意欲何为。"

毕岸喟叹一声，道："洛阳城中，真是暗流涌动。多留心观察，不要轻举妄动。"

阿隼道："是。"

毕岸又道："赵月儿那边，有什么发现？"

阿隼沮丧道："尸体几乎被剔成骨架，也没发现什么。不过我觉得她的中指指骨比较奇怪，所以取来给你瞧瞧。"说着从怀里拿出一块白绢，打开递到毕岸面前。

白绢中并不是指骨，至少看起来不是指骨的模样，而是一截小小的圆柱体金属，黑幽幽的，内部隐隐有些红色血丝。它似乎极为吸收光线，放在白绢之上，乍眼看去，倒像是白绢破了一个长条形的黑洞一般。

阿隼吃惊道："怎么变成这样了？"

赵婆婆身为巫教的禁婆，事关重大，死了之后，阿隼等找了件作来，对她进行尸检。可是两个经验最为丰富的老件作反复对尸体进行解剖、查验，都不曾发现任何异常。按照规定，本是要将尸体缝合下葬的，毕岸总觉得还有疑问，昨日又指使阿隼再行勘验。

一般尸体检验，多是查看体表、内脏和重要肢体，很少专门查看未缺损、未异常的手指脚趾。昨晚阿隼到了验尸房，意外发现她的右手中指有一截指骨发黑，而其他手指正常，便将这截指骨取了下来，想给毕岸看看有什么端倪，谁知竟然变成了一截金属。

毕岸小心地将凑近闻了闻，道："指骨中段？"

阿隼迷茫道："对，我亲手从她手上取下来的，包在这块白绢里，从未离身，所以不存在被人掉包之说。但当时我取下来时，上面还带着些干瘪的皮肉血管。"

毕岸沉吟了片刻，道："这是墨金。"

阿隼摇头表示未听说过。

毕岸道："墨金可以发射一种光线，人眼看不见，但对经络等会有影响。人若是长期佩戴这种东西，行为举止可能会渐渐异常。你昨日取下来时，上面还带着皮肉血管，可是一天工夫，这些东西已经融入了内部。"他指着墨金内部的血丝给阿隼看。

毕岸又道："赵月儿很小的时候，指骨已经被人换了。她带着这颗墨金骨头，生活了这么多年。"

阿隼恍然大悟，一拍大腿道："所以……赵月儿性格才会这么乖张！"

毕岸道："我猜想，或者还有另外一种功效。"他顿了一下，道："不管她在哪里，巫教都能找到她。或者那个龙爷手里，有能够感应到墨金的东西。"

阿隼吃了一惊，伸手去拿那块墨金。毕岸制止道："不要用手触摸，也不要带在身上。"将那段东西重新用白绢包好，道："明日赶紧去找个磁石做的盒子，或者将它周围放满磁石，用厚重的石棉包起来。"

阿隼似信非信，道："这么小个东西，真有这么厉害？"

毕岸道："世上有很多不为人知的金属，看起来同一般的金银铜铁锡相似，但其实包含各种奇怪的魔力。有的可以让人不知不觉中毒，连医术最高的郎中都救不回来；有的可以让人骨质发生变化，直到人脆得不能支撑自己的身体。还有的，便是这种，能够让人拥有特殊的技能或者法术。"

阿隼不禁咋舌，道："我明日多多找些磁石去。"

毕岸道："巫教那边，还有什么线索？"

阿隼焦急起来，道："我们布在北市的眼线，几日前有消息送出，说打听到巫教明年在洛阳有大动作。可是这四天来，我几次到日常接洽的地方等他，他都没来。"

毕岸脸色凝重起来。

阿隼道："他也跟着我们多年了，向来小心。或者他出去玩了吧？以前也有过消失几天再出现的。"

毕岸道："你明天再到接洽点瞧瞧，若碰不上他便给他留言，用最重的警告，告诉他一旦察觉有危险马上撤离，不要以身犯险。"

阿隼恭恭敬敬道："是。"

毕岸忽然摸了摸自己的中指，道："赤瞳珠还未露面？"

阿隼道："没有。"顿了一顿，问道："赤瞳珠有何用处？"

毕岸道："赤瞳珠从墨金中提炼，世上唯此一颗。赤瞳珠属金、属土，避水珏属火、属水，人体属木，同时佩戴，合五行之势，据说可产生无穷威力，是先秦法家最为有名的法器，当时分别为韩非子和李斯持有。两人去世后，落入后人手中，逐渐不知所踪。但这两个法器颇有些相生相克之意，先秦之后，在晋、汉、隋时曾五次露面，每次出现的时间都不相上下。所以，此次既然避水珏面世，赤瞳珠只怕不日便会出现。"

阿隼对历史知之甚少，挠头道："这玩意儿还这么复杂。"

毕岸道："我以后慢慢讲与你听。那个小乞丐小武呢？"

阿隼神色凝重起来，道："已经半月不见了。我正派人寻找。"

毕岸道："好。"

阿隼同毕岸告了辞准备退出，忽然又道："公子，若是巫教龙爷重出江湖，只怕不妙。"

毕岸道："十年前他元气大伤，想来应该也恢复得差不多了。"

阿隼不无担忧道："您的身体未恢复，又有鬼面薛……"

毕岸轻轻松松道："没事，若是我存心两败俱伤，只怕他也顾忌。"

阿隼明亮的暗黄色眼睛黯淡了下，道："还是寻求个两全其美之法。"

毕岸道："放心，我自有分寸。"

阿隼眼圈红了，低声道："好，千万不要像上次……"

公蛎听到毕岸和阿隼在外面窃窃私语，故意弄出些响动来，免得自己不由自主听到不想听的话。

就目前的生活来说，公蛎还是相当满意的。有钱花，有饭吃，还有个如花似玉的美娇娘爱自己爱得死去活来，这种神仙般的日子，千金也不换。或者若是做了那个所谓的螭龙，真可以修成正果，"老子就爱做个平头老百姓，那个身负救国救民大任的螭龙，谁愿意做做去！"——公蛎心里忿忿地想，若不是繁华的洛阳城太过诱人，一想起那些千奇百怪、淫邪诡异的巫术，他早逃开了。

（六）

洛阳的大雪总是来得突然而调皮。似乎是因为天空被浓厚的黄云压得过于沉重，天上的精灵不小心便降落在了凡间。先是洁白透明的小冰晶，发出细微的沙沙声，在人的头上肩上、地面上跳跃翻滚；接着便是飞舞的雪丝，一触及地面便无影无踪，细小得连水痕也不易看见；接着便是漫天飞舞的雪花，柳絮一般纷纷扬扬，裹着独有的清冷甘冽，调皮地扑打着行人和街上斜矗的酒旗招牌，地面上很快便铺了一层细细的白霜。

天空骤然明亮起来，像是一个赌气的孩子，气急了便索性开开心心，坦然面对这一切。街上的行人步履如故，并不会像下雨一样四处奔逃躲避，而依旧迈着古老城市独有的优雅步伐，偶尔满脸欣喜地仰望密布白色精灵的苍穹，感受下雪花入眼而化的清凉。

公蛎伸手接过一朵雪花，看着晶莹剔透的花瓣慢慢化成一滴水，心中忽然升腾起一种奇怪的感觉。

这种感觉，让公蛎第一次忘记了自己身上的鬼面藓，忘记了垂涎毕岸的相貌，忘记了暗香馆的姑娘和手里的所剩不多的银两，也忘了玲珑的火热和甜蜜。放眼望去，在白雪中傲然挺立的高大树木，悠远空灵的寺院钟声，猎猎作响的酒旗布幔，集市码头嘈杂热闹的生意叫卖声、寒暄声，让公蛎徒生一种感慨，好像自己在这座城中生活良久，而这种和平安详的景象如同烙在自己的身体里，挥之不去，自然之至。一瞬间，公蛎的目光甚至穿透各色房舍，看到房顶下围坐谈天的百姓，雪地中嬉闹的孩童，勤奋忙碌的商人伙计，以及走街串巷巡视追捕的捕快，繁乱之中，又透着一种井然有序的安然。

出来倒便盆的李婆婆见公蛎傻呆呆地站在雪地里，打着哈欠奚落道："哟，龙掌柜难不成第一次见下雪？"她的表情显而易见，透着一种"瞧你那个傻样儿"的嘲弄。

公蛎回过神来，忽然觉得同李婆婆等人斗嘴置气着实可笑，朝她略一点头，迈着方步坦然离去。李婆婆拎着火钳，冲着公蛎的背影叫道："喂，中午对面酒楼正式开张，有免费酒食赠送啊，别忘了！"

一句话，将公蛎那种难得出现的俯瞰众生之感冲得一干二净。

公蛎先去了玲珑那里，想详细询问下关于她生病之事。结果她却不在，吴妈甩着脸子比划道，玲珑舅舅生病，昨晚接了她去照顾，要几天后才能回来。

天色尚早，又下了大雪，好多商铺尚未开门，公蛎只好回来。

行至街口，便听锣鼓之声。原来对面酒楼正式开业，一会儿工夫，红灯笼、红绫带，还有盖着红绸的牌匾已经挂得整整齐齐，连忘尘阁门前的梧桐树上都扎上了红绫，穿着红黄两色长毛衣裤的舞狮师傅正在搭架，下面一群小妖怪一般的小狮子们将锣鼓敲得山响，一副喜庆气势。

胖头正站在门口看热闹，一见公蛎兴奋地道："老大，中午对面免费宴客，请你去呢。"

公蛎一眼瞄见正在里面忙活的几个妙龄女子，高兴道："好啊好啊，一起去。"

胖头将请柬塞给他，道："我就不去了。我今日有事。"表情闪过一丝扭捏。

公蛎道："这么好的热闹不瞧瞧去？再说昨日才见了，今天还见？"

胖头嘿嘿傻笑，挠头道："我今日真有事。你能不能同财叔说下？我担心他以为我偷懒。"

公蛎满不在乎道："走你的吧，财叔那边我来打发。"

胖头大喜，朝公蛎深深地鞠了一躬，转身便跑，又被公蛎一把拉住："还早呢。"公蛎朝隔壁街道挤挤眼儿，"人家说不定还没起床呢。"

胖头脸红了下，道："老大，不是你想的那样。"

公蛎心情好，凑近了亲亲热热道："喂，同哥哥讲讲，打算什么时候成亲？"

胖头愕然道："成亲？成什么亲？"

公蛎嬉皮笑脸道："哟，没想到，你还挺能啊。就跟人家玩玩儿？她爹会同意？"

胖头茫然道："老大你说什么呢？"公蛎眼尖，一眼看到胖头脖子后面一块红肿的咬痕，啧啧道："你小子，还好这口哇？"

胖头不好意思地将衣领往上拉，公蛎正想打趣他几句，一条大黄狗跑过来，冲着胖头摇尾巴。胖头喜滋滋道："老大我走了啊。"

公蛎瞧见虎妞远远的正朝这边张望，笑道："去吧去吧。"

这家酒楼不知什么来头，请了众多人来，其中不乏商界名流和一些装扮不俗的客人，整条街几乎被堵上。及到吉时，只听鞭炮齐鸣，锣鼓喧天，舞狮子的师傅在木桩上翻出各种花样儿来，公蛎仰得脖子酸了，闻到饭菜香味，这才恋恋不舍地入了座。

公蛎一打眼先看到那些精美的菜式，同周围人略一寒暄，便大快朵颐，至于装潢，只觉得古朴典雅，用料精细，比柳大时候高出好几个档次来。

刚吃了几口，忽然有个小童过来，说请他到雅间一叙。公蛎欣然前往，引得李婆婆伸长了脖子叫："我们都一起的呢，怎么只请他一人到雅间？"

公蛎得意地随着小童来到二楼雅间，小童推开门，自行退下。

这个雅间位置极好，光线充足，视野开阔，房间里一个临窗软榻，一个实木圆桌，足可供十几人进餐。但此时外面拥挤不堪，房内却只有一位年轻公子，倒有两位小二在身边伺候。他本正坐在软榻处品酒，一见公蛎，起身笑道："兄长请坐，在下姓江名源，第一次来洛阳，一人独饮正感无聊，冒昧邀请兄长共饮。"

这江源不过十八岁上下，鼻梁高耸，丹凤眼微微上挑，眉眼自带一种懒洋洋的笑意，比起毕岸，少了一丝冷酷，多了几分风流。一件暗纹蜀锦月白长袍穿在他身上，更显出几分飘逸灵动来。公蛎原是个看脸识人的主儿，见他衣服华美，容貌俊秀，心中便不怎么设防，反倒生出几分羡慕。

江源殷勤地帮公蛎斟满酒，道："小弟选择此处，本想着僻静些，谁知道碰上他今日正式开业。刚才在走廊往下看了半晌，只觉得一众人等，唯兄长品貌不俗，顿生一见如故之感。"

公蛎听他夸奖自己，心中高兴，忙回道："彼此彼此，在下龙公蛎，也瞧着公子可亲可敬呢。"两人距离顿时拉近了许多。

今日开业，按照酒楼行业的规矩，雅间打七折。公蛎原本想着今日道贺，对方是管饭的，所以身上不过带了三五两银子，本思量今日自己请客，只当带着胖头一起出来了，也算壮个脸面。谁知道这江源根本不看菜价，叫将原来点的菜全部撤了，重新点了满满一桌子，件件都是贵的，有些菜名公蛎听都不曾听过。

公蛎捏着自己荷包里的银子，不禁生出几分担心来，忙制止道："够了够了，不可浪费。"

江源仿佛知道他心中疑虑，摸出一个金锭丢给小二，道："快些上菜。"

公蛎忙扯出自己的荷包推让："萍水相逢，怎好叫兄弟破费？"

江源将荷包塞回公蛎手中，懒洋洋笑道："兄长见外。钱是什么东西？原是为了开心的，若是惹人不开心，这东西不要也罢。"

公蛎心想有钱人果然不同，心里有些泛酸，笑道："有钱的时候，这话没错，像我这等天天寻着钱过日子的，可就不敢说这样的话了。"又问道："江公子来洛阳公干？"

江源道："原是来玩。只是人生地不熟，也没个向导，陪同的表弟临时有事回去了，无趣得很。正打量找个熟悉洛阳的，带着逛一逛。兄长可有好的向导推荐？最好是年龄差不多，性格也随和的。酬劳方面，定然不亏了他。"

如此美差，公蛎几乎张嘴便要自己应承下来，但唯恐这江源小瞧了他，想了想，道："这却不难，我有个小兄弟，自小在洛河两岸长大，对周围景致最是熟悉。"心里盘算，胖头人虽然傻些，做向导却是极为实诚的，且对自己忠心耿耿，赚了钱同装在自己口袋差不多，便打定主意，推荐胖头做向导。

江源道："甚好甚好。我明日有事，明日巳时一刻，你带了他来，我们就在此地，不见不散。"话音未落，忽然"咦"了一声，面带微笑往椅背上一靠，一脸欣赏的表情。

原来窗外走过一个女子，身量苗条，步履娉婷，上身穿一件青色风毛窄袖小袄，下面穿着一件鲜红的石榴裙，在满天飞舞的大雪中，如同一朵盛开的鲜花。

公蛎不由自主伸长了脖子，忽然想到毕岸所谓"相由心生"，忙正襟危坐，颔首微笑。两人一起目送她走远，江源轻叩桌面，感叹道："自古河洛出美人儿，果然不假。可惜没看到脸。"

公蛎脱口而出道:"这有何难!叫了小二过来,打听下是哪家的姑娘,明天找个由头瞧一瞧去。"

江源哈哈大笑,道:"兄长果然是个爽快人,甚合小弟心意。不过街头美人,胜在远观产生的朦胧美和距离美,若是唐突纠缠,不仅玷污了这份自然随意,也破坏了自己欣赏的心境。我还是远远看着罢,只当浏览神都美景。"

这番说辞,同毕岸有的一拼。只不过毕岸是板着脸说教,而江源却说的云淡风轻,无一丝让公蛎难堪之意。公蛎心情大好,忙附和道:"正是正是,公子高见,同在下不谋而合。"

两人又聊了些洛阳的逸闻趣事和风景名胜,言谈甚欢。江源对河洛文化推崇备至,尤其对市井之间的诡异故事感兴趣,连带夸赞公蛎聪明能干,举止不俗。

公蛎在忘尘阁中,相貌人品皆受毕岸压制,如今江源对他恭维有加,不知不觉找回了信心。趁着酒兴,将神医杀人入药案、张发杀子案、回纥宝物案、孩童失踪案等 ① 添油加醋讲了一番,其惊心动魄,仿佛足以载入史册;而描述自己更是不余其力,兼聪慧与缜密于一身,如何布套设局,连毕岸和阿隼都成了打下手的了。

可惜这些故事终究也没几个,公蛎转向讲述洛阳的风脉地气,吹嘘道:"洛阳地脉最相宜,不仅牡丹名闻天下,也盛产美女,想当年洛神甄宓……"

江源听得津津有味,不时颔首微叹。两人你来我往,竟然将一大壶好酒喝得精干,又叫了一壶来,叩桌而歌,好不痛快。及至微醺,江源一双凤眼笑意盈然,忽然凑近,压低声音道:"我听说洛阳乐坊数以千计,其中美女如云,乐技高超。兄长可愿意带我见识一下?"他这一双眼睛,便是长在女子脸上也显得过于妖媚,偏生在他脸上,配上高耸的鼻梁和入鬓的剑眉,平添了几分邪魅之气,却照样男子气十足,无半分娘气。

公蛎在心里描画着他的眉眼,心想下次蜕皮,不如照着他的样子变化也好。听他提到想去乐坊,更是说到自己心坎中了,眉开眼笑道:"这是自然,来洛阳不去乐坊梨园,岂不枉来?"

江源眼神迷离,懒懒一笑,道:"好,好,我们明日便去,如何?"顺手将公蛎

---

① 见忘尘阁《噬魂珠》。

的酒杯斟满。

公蛎端起酒盅一饮而尽，却忽然眼前一黑，什么也看不见了。

这一下，酒便醒了大半。

江源见公蛎握着酒杯一动不动，脸上笑容僵硬，关切道："兄长若是明日有事，我们另约他时。"

公蛎醒过神来，扭头对着江源的方向，强笑道："无事，这杯酒喝得急了些。"

一片淡淡的红光中，视力渐渐恢复。公蛎脑袋发懵，手脚发麻，浑身不适，揉了揉了眼睛，打起精神道："明日见面再定不迟。天色不早了……"

一抬头，要说的话生生又咽了下去。

红光中，不见江源，却见一头高大的年轻白狐，眉眼细长，毛色光洁，正端着酒杯俯身看着他。

公蛎的手抖了一下，忙将酒杯放在桌上，道："在下不胜酒力，让公子见笑了。"

白狐的影子瞬间隐去，只见江源——或者白狐微微笑道："如此，兄长早些回去休息吧，我们明日巳时一刻再见。"

头又开始剧烈地疼起来。公蛎不敢表露出分毫惊诧，强颜欢笑道："多谢江公子款待。"

出得门去，楼下酬谢道贺者的宴席已经撤去，大腹便便的掌柜正在指挥伙计们收拾家什，公蛎同他说了几句道贺的话，趔趄着走了出去。

门口的冷风一吹，脑袋轻松了一些，原本阴翳的视线清晰了许多。公蛎伸了个懒腰，茫然地朝街口望去。

大雪纷飞，街上的行人同夏日相比少了许多。流云飞渡门前，一个身怀六甲的美貌妇人刚买了胭脂水粉出来，身边一个衣着华美的黑壮男子，一边嘘寒问暖，一边搀扶她小心地登上马车。

公蛎的眼睛一花。那黑壮男子分明是一只壮硕的黑熊变化而来，毛茸茸的大脑袋，比那妇人高了足有一头。

黑熊似乎觉察到公蛎的目光，凌厉地朝他看了一眼，微光一闪，体貌恢复正常。

这下无论公蛎如何细看，再也看不任何端倪了。

公蛎忍不住咧嘴一笑。东都洛阳地脉奇异，人口百万，不知有多少魑魅魍魉混迹其中，一两个得道的非人贪图人间的荣华富贵，冒充人类生活，也不算什么稀奇事儿。自己若同玲珑成了亲，在黑熊看来，岂不一样？还有江源，不过也是个混迹人间的非人而已，只要无甚恶意，交往起来比凡人也方便些。

只是自己道行浅薄，以前从未看穿其他非人原形，今日这是怎么了？

一瞬间，又想到了眼疾。听说人死之前会回光返照，原本奄奄一息的也会突然恢复力气，难道自己这双眼睛，是要瞎了之前的"回光返照"么？

蹒跚着回到房间倒头便睡，直到胖头叫他起床吃饭，这才醒来。

天已经黑了，大雪映照下，光线比往日要亮上许多。公蛎这才发现房间里竟然多了好几件家具：一件黄花梨脚凳，一件独脚红木圆桌，还有一件樟木雕花衣柜。

公蛎好生奇怪，问道："这谁送来的家具？"

胖头呵呵笑道："不是您亲自去老木匠家订的吗？"

公蛎狐疑道："我订的？"

胖头笑嘻嘻道："半月前订的啊。当时我也在场，你说屋里家具旧了，要换一换，挑了好久，才选中这几件。今日中午，老木匠说家具做好了，要虎妞送来，我看你不在家，就自己搬过来了。"

公蛎纳闷不已，难道是哪一次酒后定的，不记得了？忙问道："钱付了没？"

胖头道："已经付了。"

既然钱已经付了，公蛎便不再多问。这几件家具看来是下了工夫的，件件精致，公蛎心想，若是玲珑见了定也喜欢，如今早早定了，到时成亲时少买几件即可。

（七）

不知是不是酒喝得多了，半夜时分，公蛎口渴得难受，正辗转反侧纠结着要不要去倒碗冷茶，忽听一阵响动，似有轻微的锣鼓之声。

公蛎支起耳朵。果然，先是一阵击鼓，听起来既不像嫁娶锣鼓般欢快，又不似丧鼓般哀伤，声音沉闷、庄重；接着锣鼓长号齐鸣，中间夹杂着长长的咏叹和古怪的字符，听起来死气沉沉，却又让人烦躁不已。

公蛎索性坐了起来，耳边的声音倏然消失。摸黑儿倒了一杯冷茶喝了，重新躺在床上，锣鼓声又响了，小而清晰，直直地往他的耳朵眼里钻。

这下瞌睡没了，公蛎披衣坐了起来，心想谁家这么讨厌，半夜三更打锣鼓，谁知很快声音又没了。

如此这般，一会儿响一会儿不响的，三巡过后，这才静下来。公蛎松了口气，重新躺下，盘算着明日一早便去同玲珑商议成亲之事，忽听一阵镲鸣，同戏台要开场前的打击节奏一模一样。

公蛎几乎要破口大骂了，折身起床，恰在此时，新衣柜的门忽然开了。

一个两寸来高的小人儿从里面跳了出来，头大身小，似乎戴着面具。接着三个、五个，出来一堆蹦蹦跳跳的小人，有些抬着箱子，有些搬着器具，还有些更小更矮的，空着手牵在一起，鱼贯而出。

它们脸上画着些奇怪的花纹，能够发出淡淡的荧光，所以屋里虽然未点灯，但依然看得清清楚楚。

小人们跳上圆桌，开始布置。仿真的假山、草木，白色泛着水花的溪流，一会儿工夫，圆桌上变成了个有山有水的"盆景"。

两扇衣柜门忽然同时打开，未来得及跳落桌面的小人儿纷纷跪地膜拜，过了片刻，一个穿着黑衣长袍的小人儿，极具威严地从柜子深处走了出来。

它的面具同其他的不同，是一个咧嘴大笑的昆仑奴，画得也更为精致。

这不是灯影儿戏吗？反正大长的夜，公蛎也睡不着，索性围着被子，饶有兴趣地看了起来。

一众小人儿全部到了圆桌上。昆仑奴站在山水中间的一块空地上，挥动手臂，似乎在指挥其他小人做什么。小人们一阵忙乱，很快恢复了秩序：七个极小的小人儿被绑了起来，捆在七根竖起的柱子上，它们的身后，放置着几口大锅。

公蛎一惊，顿时想起那晚做梦的情景，忙屏住呼吸，仔细观看。

这七个被绑的小人，个头明显比其他人小，脸部只是一个小小的圆脑袋，连五官都没有画。公蛎猜是指这几个人都是小孩子。

七个黑色小人，分别站了七个孩子的身后，但另外一个黑衣人，却站在了一个成年小人的身后。

这些小人的衣服，颜色大都是纯色的，有些黑色，有些红色，不过大部分都是白色，唯独这个成年小人的衣服是杂色的，上面有黑有灰，而且是短襟长裤，一副农夫打扮，若不是黑衣人站在了他身后，公蛎还真没注意。

接下来的情形果然同公蛎梦到的一样，七个小孩额头被割开，身上的皮肤被剥下。但不同的是，那个农夫打扮的成年小人被绑在最后一根空着的柱子上，一个黑衣人将他的后背皮肤剥离下来一块，将处理好的人皮做成了小鼓。

正看得津津有味，公蛎忽然发现有一部分小人儿转移到了矮凳上。它们表演的似乎是另外一出戏：两个小孩模样的人平躺在上面，周围站着四个黑衣人。其中一个黑衣人看起来像是郎中，半跪在小孩身前号脉听诊，过了片刻，它拿出一柄小刀来，将小孩的手臂划开，放入了什么东西。

四个黑衣人绕着两个小孩跳起了舞，前进、后退、猛地回头，舞姿十分怪异，并无一点美感。躺在地上的小小人儿醒了，坐起来东张西望。

公蛎看了半日也不明白这出戏讲得是什么意思，又去看圆桌。此时，圆桌上那伙小人也开始了跳舞，最高大的那个昆仑奴面具黑衣人对着天空高举双手，似在念诵着什么，另有八个黑衣人每人抱着一个小鼓敲击。

其他的白衣人静止不动，唯独刚才被做过手术的两个小孩儿，随着昆仑奴面具吟诵的节奏，翩翩起舞。

锣鼓声起，一众小人全部跳起了舞，它们额头的亮光也渐渐变成了血红色。公蛎猜想是到了天狗吞月的时候了，一眼不眨地盯着正中那个昆仑奴面具人。

小人们舞动得也越来越快，看起来像一群成了精的小妖怪。随着黑衣小人手中的小鼓发出刺目的光线和凄厉的声音，轰隆隆一阵响，众小人围住的"石台"坍塌出一个黑黢黢的大洞。

血色更加浓重，所有的小人看上去都血淋淋的，舞步开始凌乱，先是外围的白衣小人东倒西歪，接着是黑衣人，抽搐了一阵，渐渐不动。

它们死了，死了很多人！

这同做梦梦到的不一样！公蛎这下开始吃惊了。

周围的小人大批死去，只剩下少数几个黑衣人勉强支撑，唯一正常的，是那个带着昆仑奴面具的小人。

鼓声越来越慢，仿佛一个人脚步沉重地走在空荡荡的地板上，发出"哐——哐——"的回声，一抖一抖的，让人五脏六腑随之发颤。

公蛎忍不住捂上了耳朵，但声音似乎是从自己身体内部发出，根本无法阻挡，听得人极为烦躁，恨不得跳起来，上前将那些小东西扫地出门。

但情况又有了变化。石台中间的大洞发出嘎吱嘎吱的声音，竟然慢慢升出一具巨大的红漆厚木棺材来。

实际上它不过三寸来宽，一尺来长，说它巨大，是对比那些小人来说的。

鼓乐忽然变得欢快，棺材随之振动不已。公蛎惊奇地发现，它上面的红漆似乎没干，歪歪扭扭地流了满地。

昆仑奴小人匍匐在地上，仰天狂笑。红漆源源不断地流动，很快蔓延至旁边倒着的一个黑衣小人身下。接着只见那些红漆如同触手一般扭动着爬上了黑衣人的身体，片刻工夫，将它裹了个严严实实。

未等公蛎反应过来，被裹着的小人翻滚了几下，红漆如潮水般褪去，"山石"地面上，黑衣小人身上的衣服皮肉消失不见，只剩下一具小小的骨架，随即化为齑粉。

公蛎忽然明白过来——那些东西不是红漆，而是一种类似苔藓、菌丝之类的东西，带有强烈的腐蚀性。

菌丝绕开了昆仑奴继续蔓延，一盏茶工夫，所有死亡的小人无一例外全部化成了齑粉。

菌丝渐渐退了回来，重新盘踞在棺木上，如今棺木鲜红欲滴，泛出润泽的光。

昆仑奴小人重新开始跳舞。这次的舞蹈跟刚才的大为不同，他的脖子一探一探，腰部灵巧地扭动，动作完全不似人类。

公蛎心中的疑惑越来越强烈——这些动作，公蛎其实很熟悉。

蛇舞。

棺木的盖子动了一动。昆仑奴跳得更加卖力，嘴里发出咝咝的蛇语声。可惜他的蛇语发音并不标准，公蛎听不出他说什么，但从狂热的动作和音节判断，他似乎是在召唤什么。

棺盖猛地一响，翻落在一旁，一个"巨大"的蛇头从棺材中伸了出来，蛇头碧青，似曾相识。

更让人惊骇的不是这个似曾相识的蛇头，而是蛇头的一侧，还长着一个人头。

公蛎觉得自己像是被人捏住了七寸，想要叫，却叫不出来。双头蛇慢慢地爬了出来，身子高高扬起，蛇头和人头皆一眼不眨地看着公蛎，公蛎甚至能够感觉到人头对自己邪恶地笑了一笑，嘴巴微动，叫着"来呀来呀"。

公蛎摸索着拿过镜子，战战兢兢地往铜镜中看去。镜子中的自己，同蛇头一侧的人头，长着一模一样的脸！

"啊——"公蛎终于忍不住了狂叫起来，蛇头、人头、昆仑奴，连同棺木上的菌丝和假山假水，都如受惊一般，飞快地扭动起来，只见一片微光腾起，一切瞬间灰飞烟灭。

公蛎的这声叫委实唤长而凄厉，胖头飞快地撞门而入："老大，你怎么又掉下床了？"

公蛎牙关紧咬，用力地掐住胖头的手臂，惊恐道："快……看灯影戏！"

胖头将他扛起来放在床上，道："你这是又做噩梦了吧？"挣脱被掐得生疼的手臂，取出火折子将灯点上。

公蛎一只手还紧紧攥着铜镜，满头满脸的冷汗，指着新圆桌说不出话来。

胖头顺着他指的方向看去，纳闷道："什么也没有啊，怎么了？"说着还过去将圆桌拍了一拍，赞赏道："好结实！用的都是上好的木材，我亲眼看着做的。"

一碗热茶下肚，公蛎感觉好了些，命胖头将灯头拨大，支撑着下床，绕着木柜和圆桌查看了一下。

柜子门确实是开着的，同公蛎刚才看到的一样，但里面空无一物，并没有留下任何小人活动的痕迹。圆桌和脚凳上面虽然有层薄薄的灰尘，但胖头认为是今天搬回来忘了擦拭的缘故。

难道真是做梦？

胖头将自己的铺盖卷儿抱了过来，在公蛎床前的地下铺好躺下，闭目道："老大你只管放心睡吧，要再掉下床，还有我这个肉垫儿呢。"又问："你刚才梦到什么了？"

公蛎勉强道："梦到我屋里演灯影儿戏，一群小人儿从柜子里出来，在圆桌上又唱又跳的。"

胖头呵呵傻笑，道："这么好玩儿？下次你做梦记得叫上我。"

公蛎没好气道："呸，你个傻子。"

胖头打了个哈欠，道："睡吧，明日还得早起呢。"公蛎却没有睡意，做了好几次深呼吸，终于平静下来，无话找话道："胖头你说，要是现在有人跟你说，你本来是个可以救世安民的英雄，不能自甘平庸，你怎么办？"

他不知道今晚的梦境同毕岸昨日提到的事情有无关联，但隐隐觉得，这几天围绕在自己身边这些事情有些怪异。

胖头好半天才回道："哪有这等好事？"

公蛎道："我是说假设。"

胖头闭着眼睛，迷迷糊糊道："我要是个英雄就好了。有你和毕掌柜的本事，专门治那些坏人。"

胖头把公蛎和毕岸相提并论，让公蛎觉得很是受用，本想再聊几句，他已经鼾声大作，只得作罢。

伍

乌玄晶

（一）

接下来便是年节，逛花灯、猜谜语、赏梅花、尝美食，公蛎忙得不亦乐乎，相思苦楚被冲淡了不少。

江源住进了对面的天炎酒楼，两人臭味相投，关系日渐密切。江源既不像胖头这般傻乎乎，又不似毕岸这等冷冰冰，长得英俊又出手大方，对公蛎去哪里玩的提议从来都是踊跃赞同、兴致勃勃，而且他的品位同毕岸有的一拼，无论是穿衣打扮还是舞剑评诗，样样精通，公蛎跟他一起出去，既有面子又能学到不少东西。

不过大多时候，公蛎都是独自一人。江源毕竟是客人，自己不能总跟在人家屁股后面转；玲珑过年时搬去了舅舅处，两人只能偶尔见个面，初七那日，玲珑让一个小乞丐传信说她舅舅生病，她要照顾几日，不能见面；毕岸、阿隼、胖头等各忙各的，谁也顾不上陪他。幸亏公蛎早年在洛水独来独往惯了，也不觉得寂寞，唯有想起玲珑的病时，比自己身上的鬼面藓还要焦虑。

玲珑这一忙，一直忙到正月下旬，可把公蛎想念坏了。这日早上，有小乞丐带来口信，说玲珑约他见面。公蛎本来约了同江源一起去梅园赏花，一听到这个消息，忙同江源告了假，兴冲冲去了柳枝儿巷。

谁知道玲珑却不在家。那个面目可憎的吴妈隔着门比划了两下，说玲珑有急事，要中午才回，便将门关上了，任凭公蛎如何敲都不再开门。

这个哑巴吴妈脾气极大，当着玲珑面还没什么，一到玲珑看不到的地方，便给公蛎甩脸子。

公蛎在门口徘徊良久，实在等得无聊，只好顺着磁河走动，不知不觉来到大杂院附近，又想去找小武问问关于玲珑病情的事。

大白天的，小乞丐们都去街上乞讨了，院中无人。公蛎绕到磨盘对面的院子，也不见那个少年阿牛，只有一个骨瘦如柴的老者在整理马尾。

公蛎十分丧气，只好往回走，兜兜转转在往日乞丐们爱集聚的地方晃悠，绕了几圈，仍没看到小武，便抄近路从涧河边一处偏僻的茅厕前走过，却见乞丐小娟子正斜靠着茅厕门前的松树晒太阳。

虽然是冬天，茅厕骚臭的味道还是令人作呕。公蛎掩着鼻子，上前用脚轻轻碰了她一下，道："你在这里做什么？"

小娟子抬眼看了看他，面无表情。公蛎忙抓了十几文钱，在她眼前晃动，殷勤地道："走走走，我们换个地儿说话。"

小娟子扭过身去，给了他一个后脑勺。公蛎见这孩子性子古怪，也不再兜圈子，绕到她对面，开门见山道："听说你也住在大杂院？你知不知道小武在哪里？八九岁，很精明的小男娃。"

小娟子木然看着他，嘴角垂落涎水。

看来这个小娟子还有些痴呆。公蛎丧气地将钱丢在她面前的破碗中，道："算了，给你吧，去买些糕儿吃。"捏着鼻子走了两步，又忍不住道："你一个女娃儿守在茅厕这里乞讨，先不说哪会有人来施舍，光是味道也把人熏走了。赶紧去周公庙、定鼎门呀，那里人多。"

小娟子站了起来，脸正对着公蛎。公蛎心中忽然疑惑，一把拉住她，质问道："那日是不是你给我送的纸条？"

那日公蛎去找毕岸，在望潮酒家收到一个小孩子送来的纸条，上写"速到土地庙"，结果误入迷阵，差点丧命不说，还撞死了巫琇，害得心里不安了好久。

小娟子呵呵傻笑，指着茅厕道："臭，臭人。"

公蛎越看她越像那日给自己送信的孩子，但她一个呆傻之人，能问出什么话来，丧气道："算了，那你认不认识小武？"

小娟子忽然冲他挤了下右眼，抱在胸前的左手食指朝他勾了一勾。

公蛎高兴地凑了上去，道："小武在哪里？"

小娟子皱起鼻子傻笑道："臭人，臭人。"突然闪电般出手，一把将公蛎脖子的琅玕珠揪了去，扬手一甩，不偏不倚，将它丢到了茅厕里。

公蛎大怒，推了小娟子一个跟头，慌忙跳进去找。

这种旱厕，上面搭着简易木架当做蹲位，下面便是一人来深的沟壑，不知道多久没清理过了，里面满满的都是屎尿和死猫死狗的尸体，味道混合在一起极为销魂，大冷的天，竟然还有蛆虫在蠕动。

公蛎捏着鼻子下到绕到茅厕后面，看到琅玕珠的丝络一头挂在露出屎尿的一块长满绿斑的圆石头上，便去找了根长长的树枝，趴在地上探下身子，想挑着丝络出来。

谁知那凸起的圆石头光滑无比，树枝一戳，那东西一动，琅玕珠带着丝络彻底滑入了秽物中。公蛎无奈，只好扎起裤脚，小心翼翼地沿着坑边冰冻的硬土层，跳到坑里，先用树枝搅和了一阵，觉得离琅玕珠落下位置太远，用不上力，便试探着踩在那块石头上。

但脚一落下，公蛎便发现不对劲了。这块石头竟然是悬浮着的，而且软软的，富有弹性，像是谁家丢弃的死猪泡胀的肚子。所幸公蛎脚步轻，强忍着恶心，飞快捞出琅玕珠，手脚并用地爬了上去。

琅玕珠连同丝络挂满了屎尿，臭不可闻。公蛎一边呕吐，一边不顾天寒地冻，下到河边敲碎薄冰，在水里摆弄了半天，那股子味道仍臭得人透不过气来。

公蛎气得大骂，而那个可恶的小娟子早跑得没影儿了，更让公蛎心疼的是，琅玕珠被屎尿浸染之后，光泽大减，里面的晶丝混沌一片，看起来发白发灰，全然没了之前的灵气。

公蛎心疼得要死，恨不得抓住小娟子痛打一顿。

洗是洗了，可是身上、手上和珠子上的臭味挥之不去，这个样子，自然无法再去找玲珑，公蛎只好垂头丧气地回了家。

回到忘尘阁，胖头不在家，汪三财在整理账目，公蛎只好自己烧了一大锅开水，好好地洗了一个澡，又用皂角粉将琅玕珠搓洗了好多遍，总算没了茅厕味。

公蛎换了衣服，连澡桶也来不及收拾，挑旺中堂的炉火，将琅玕珠连同湿淋淋的丝络用软布包了慢慢擦拭。汪三财来到中堂取东西，见状道："大中午的，怎么洗起澡来了？"

公蛎一手握着琅玕珠，一手拉着丝络在火上烤，闷闷道："没事。"

汪三财捏住鼻子，一脸嫌弃道："好臭！好臭！"抱着公蛎的衣服丢了外面，又凑过来问道："这是什么？"

公蛎心如刀绞。洗过之后，琅玕珠浑浊得更加厉害，不仅周围金色晶丝变成灰白色，连原本黑色漩涡状晶丝也成了黑灰色，看起来就像一颗死气沉沉的眼珠子。

偏偏汪三财问了一句："你弄个野猪眼做什么？"

公蛎大怒，叫道："我这是琅玕珠！你懂什么！"

"琅玕珠？"汪三财眯眼凑近看了又看，摇头道，"这就是一颗野猪的眼珠子嘛。叫什么琅玕珠。"他唯恐公蛎不信，摇头晃脑道："琅玕珠颜色为浅金色，中间有天然形成的黑色石眼。"

公蛎欲哭无泪，道："我这个当初也是浅金色，中间有漩涡状黑色瞳孔，还泛出些红色，漂亮得很。"

汪三财诧异地看了他一眼，决然道："你说的那种叫赤瞳珠，同琅玕珠外形虽然相似，实际上完全不同。"

公蛎辩解道："我刚才不小心把它弄掉进了茅坑，这才变成这样的。"

汪三财嗤笑道："你见哪种宝石遇到便粪一下子变破石子儿的？还琅玕珠，这明明就是一颗死了的野猪眼。"说着拿起珠子看了看，唠唠叨叨道："你看看，你看看。"说着两指头一用力，只听啪的一声，珠子如同成熟的浆果，被他给捏爆了。

琅玕珠扁扁的，中间裂开，黑灰色"眼珠"被挤出，看起来确实像是一个干瘪的野猪眼。

公蛎捧着琅玕珠，眼泪都要流下来了。这是他第一次收到女孩子送的礼物，还是个定情信物，不管它是野猪眼还是琅玕珠、赤瞳珠，都是玲珑对自己的一片心意，竟然被汪三财这么给毁了，下午见到玲珑如何交待？

汪三财不屑道："弄个野猪眼挂在脖子上，亏你想得出来。我说，你肯定被人骗了。"

公蛎再也忍不住了，一把揪住汪三财的衣领吼道："你赔我的珠子！赔！"

两人正在撕扯，胖头回来了。胖头连忙将两人分开，道："老大，财叔，你们这是怎么了？"

公蛎还未来得及答话，却见江源走了进来，见公蛎脸色难看，疑惑道："发生什么事了？"他住这里大半个月，同街坊们混得极熟，对忘尘阁如同自家一样。

汪三财正后悔做得莽撞，一见有救星回来，忙朝江源解释，皱着一张老脸道："江公子快帮我讨个饶，龙掌柜刚才拿了颗死的野猪眼在火上烤，非说是琅玕珠，我一时手贱，将把它给捏爆了，结果……"他瞄一眼气得要哭的公蛎，无可奈何赔笑道："龙掌柜，这东西真不值几个钱，下次我去邙岭，再买几颗好的给你。"

江源从公蛎手中拿过"琅玕珠"，看了一眼，和和气气道："财叔你去忙吧，交给我来处理。"拉住又要窜上去厮打的公蛎，道："这个东西，小弟我有一个。"

仔细看了看损坏的珠子，江源又道："财叔说的大体没错，不过不太准确，是颗野猪眼。不过，"他笑了笑，道："野猪眼可不是字面上的意思，它是一种包浆石头，产于天山凤凰石内，刚采出来时是野猪眼睛的形状，看起来华丽，但佩戴月余，便黯淡无光，若是碰到便粪等秽物，则瞬间变得松软，一捏即爆，所以不值几个钱，不过这种东西如今也不常见了。"

公蛎气愤不已，却不好同江源发脾气，眼泪不争气地流了下来，忙抹了去。

江源促狭一笑，道："心上人送的？"

公蛎默认。江源倒没有嘲笑他，郑重道："那确实要妥善保管。"看着公蛎的脸色，道："如今当务之急，是让人家姑娘不能发觉你弄坏了她送的礼物。我这里有颗差不多模样的珠子，比野猪眼要好些，叫做乌玄晶，说是从海底火山口采集的。平日里也用不上，刚好送给兄长，权当是兄长陪我这些日的辛苦费，你看如何？"

公蛎冷静下来想想，江源说的虽有道理，可是拿人家这么贵重的东西，似乎有些不妥，憋屈道："哪能要你的……"

江源一摆手，道："你我兄弟，这么客气做什么？你且戴着，以后再跟姑娘解释。"

公蛎别无他法，只好道："多谢江兄弟成全。"他却没想过他从毕岸那里拿东西拿得理所当然。

江源笑道："丝络么，周围可有人会打？"

胖头插嘴道："隔壁苏姑娘会打。"

公蛎沮丧道："苏媚又不在家。"

胖头眨眼道："还有小妖呢，我见她打过丝络。"

公蛎慌忙将丝络从上面解下，江源从荷包里拈出一块碎银子，不由分说递给胖头："快去快去，要小妖就照着这种花型打，天黑之前一定送来。这个请她喝茶。"

公蛎感激之余，心里想的却是有钱真好。

胖头一溜小跑去了。江源道："你等我片刻。"转身出门回了对面酒楼，一会儿工夫，又回来了，拿出一颗珠子来："你看看，同你这颗一样不？"

微金晶丝，中有黑丝漩涡，虽不如玲珑送自己的圆润，但甚为相似，大小也合适。

公蛎大喜，朝江源深深作了一个揖，嘴里却道："多谢兄弟成全！以后有用得着的地方，在下一定赴汤蹈火在所不辞！"

江源忙挽起他，笑眯眯道："兄长说的哪里话，这些身外之物，何足挂齿。"又道："赶紧去找个能工巧匠，将镶嵌的金饰取下，重新镶嵌在这个新珠子上。"

（二）

镶嵌金饰倒没花多少时间，可是胖头捎话回来，说小妖那边出了点麻烦，这种丝络花型复杂，要细细研究了再打，一个下午是打不得的，明天一早定能送来。

这么一来，公蛎只好忍了相思之苦。可是一个晚上，一会儿想起琅玗珠弄坏了后悔，一会儿担心玲珑发现珠子掉包了生气，烙饼一般翻来覆去，直到三更鼓敲响，才迷迷糊糊地睡着。

不知过了多久，公蛎被明晃晃的光线给照醒了，睁眼一看，天已大亮，满满一屋子的人围着自己，挤得水泄不通。这些人都低着头，有的戴着帽子，有的披散头发，公蛎看不到他们的脸，但衣服鞋子等质地良好，绣工精细，只是样式老旧，看起来不像是当朝的服饰。

公蛎大叫："胖头！毕岸！"也不见有人应声，可能已经出去了。眼见房间里越来越挤，有两个半大的孩子被挤得没地儿竟然蹲上了床尾，几乎要踩到公蛎的腿，而门口，还有人源源不断地往里面进。公蛎急了，叫道："喂，你们来我房间做什么？出去出去！"折身起来想去推那两个蹲在床上的人，如此一来，背后便空出了一块地方，一个瘦高的青年男子飞快地抢上来，蹲在了公蛎身后。

这下公蛎只能坐在床上。公蛎见他带着鞋子踩在自己枕头上，有些生气，用力推了他一把，恼火道："你们干吗呢？真是一点礼貌都没有！"青年头也不抬，用细长的手指指了指公蛎床里侧的墙壁。

公蛎摸不着头脑，纳闷地朝他指的方向看去。

公蛎不喜欢挂帐子，觉得闷得慌，所以靠床便是雪白的墙壁，为了不显得那么单调，他在北市画作市场上买了一张仕女图、一张洛神赋贴上，虽不是名师真迹，但看起来还不错，公蛎每日睡前都会跟仕女和洛神道声晚安。可此时一瞧，胖胖的仕女和飘逸的洛神都不见了。

公蛎一把抓住青年的衣服，怒道："谁让你动我的东西！还给我！"还未用力，青年的衣服烂下来一大块，公蛎连忙松手，衣服已经碎成片状，露出里面干瘪的胸膛。

公蛎瞬间觉得不妥，定睛一看，他身上的衣服早就朽了，再看其他人，衣服虽然华美，但全是腐朽的；而且粗粗看脸还觉得正常，一看到裸露的身体顿时心惊：这些人个个干瘪消瘦，风干了的皮肤如同半通明的黄裱纸，皱巴巴地拧在骨头上。

公蛎一下子舌头打起来结："你们……做……做什么……"青年男子忽地抬起头来，黑洞洞的眼窝露出两只干涸的眼睛，吓得公蛎猛地往后一缩。

青年并未再有进一步的动作，而是伸出两个瘦骨嶙峋的手指，朝他背后的墙面指指点点。

公蛎战战兢兢转过头去。雪白的墙面上，不知何时出现无数个字来，小篆体，排列整齐。

公蛎对小篆研究不深——当然，他对其他的字体也无甚研究，好多字皆不认识，但显然上面写的都是名字，两个字、三个字、四个字的都有，其中大多姓"姬"。打眼望去，整个房间的墙壁上密密麻麻，不知写的多少个名字，每个名字周围都有一个圈起来的黑红色框，犹如置身于谁家祠堂，让人感觉非常不舒服。

公蛎偷偷地扫了一下四周。光线很亮，但窗外白茫茫一片，胖头和毕岸一点动静也没有，连那个爱唠叨的山羊胡子的声音也听不到。房间内外已经站满了人，一个个低头面对公蛎，但看起来倒没有什么恶意，只是迟钝而毫无生机。

公蛎不知如何是好了，琢磨半晌，看到青年无光的眼珠子透出一丝渴望，试探道："你找我有事？"

青年点了点头，指向其中一个名字。这个名字位于正中，字体略大，周围镶嵌了花边，上写着两个字："姬非"。

公蛎想了又想，实在想不起有谁叫姬非这个名字，茫然道："姬非是谁？你吗？"青年摇摇头，用手指点最下面一个。可惜他的名字太过复杂，小篆曲里拐弯的像一团蚯蚓，公蛎着实认不出来，有些尴尬。

青年失望地转过了脸，朝其他人望去。公蛎的感觉，他们似乎在交流，商议着下步如何打算。但一群干尸一样的人就这么静静伫立，围着自己不说不动，而且周围全是死人的牌位，这种感觉实在不太舒服，公蛎忍不住道："你们到底做什么？不说我走了啊！"

拨开人群便要出去，自觉用力并不算太猛，却听咔嚓一声，站在正对面的老姬手臂被打断，直直地折了下来。公蛎大惊，捧着她的手臂惊慌失措："怎么会这样？"

她的手臂中间的骨髓已经完全干枯，中间呈现一个指头粗的洞，只有薄薄一层皮肉相连。更恐怖的是，一个乌黑发亮的蟞虫慢慢地从骨髓洞中爬出，伸出触须抖动了两下，似乎发觉臂骨断了，忽地调转了头，又飞快地钻进了上臂。老妪的手臂断了也不见她怎样，那个蟞虫的爬动却令她浑身颤抖，传递出极为痛苦绝望的讯息。

我又做噩梦了。公蛎沮丧地想。

青年人笨拙地拍了拍老妪，老妪扭曲的脸渐渐平静下来，但看得出，她依然非常痛苦，双腿抖动的几乎站立不稳。

公蛎狠下心来，朝着自己的手臂狠狠地咬了一口。

疼。

公蛎尖声叫道："毕岸！毕岸！"声音在房间里回荡，周围死一般寂静，失望和绝望的感觉在那些人之间传递，也传给公蛎，似乎有人在心中轻轻地哭泣，只有那个青年，满目期待地盯着公蛎。

这些是人是鬼？

公蛎抱住了脑袋："你们到底要做什么？赶紧走吧，我帮不了你们！"

周围的人一动不动，全部扭头看向青年。青年的目光迟疑了一阵，落在公蛎枕边的珠子上。公蛎忙将珠子握紧，告诫道："你可别打这个东西的主意。"

男子的脸很僵硬，但公蛎分明觉得他笑了一下，眼神渐渐变得坚决，并慢慢朝公蛎伸出手来。

公蛎心想，他定是看拿自己没办法，打算要握手告别了。忙伸手在他指尖握了一握，高高兴兴道："好好好，你们从哪里来赶紧回哪里去。"

青年的脸剧烈地颤抖起来，忽然屈膝跪下，朝公蛎行了一个大礼，接着身后呼啦啦跪了一大片，相互之间传递着喜悦和感激。

公蛎一惊，心想坏了，他们朝自己叩拜，肯定没什么好事，忙摆手道："不用谢我，我可……"

未等他说出那句"我可什么也没答应"，一群人如同飞了一般，屋子里一下子变得空空荡荡，墙面上的名字飞快地旋转，在公蛎的面前形成一个无底的漩涡，晃得公蛎头晕。

毕岸和胖头的声音从漩涡的深处传来，发出阵阵的回声。公蛎挣扎着叫了出来："胖头！"

这一声才是真正叫出声的。漩涡消散，胖头的声音由远至近，两个人站在自己床前，正是毕岸和胖头。

窗外灰蒙蒙一片，天并未完全放亮。胖头拍着他的脸，焦急道："老大，老大！"又回头求助毕岸："他这是怎么了？总是做噩梦。"

公蛎忽地折起身，去看床里侧的仕女图和洛神赋。胖胖的仕女仍笑眯眯地看着他，洛神身姿曼妙飘逸，高贵清冷，两张年画皆完好无缺。

果真又是噩梦。公蛎一阵轻松，身子一软往后仰去，吓得胖头连忙用肩头抵住。

毕岸神态凝重，问道："经常做噩梦吗？"

公蛎有气无力道："一些小人演灯影儿戏。"毕岸盯着他紧握的手，道："还有什么？"

公蛎忙将手中的珠子藏起来，诚恳道："刚才那个也不算噩梦。感觉好像屋里站满了人，一会儿又呼啦啦走了，我以为天亮了，所以才叫你们。"

胖头憨笑道："不如我今晚还搬来同你一起住。"

毕岸不再多问，打量了下四周，冷着脸道："我不常在家，以后除了生意收的货物，家里添置什么新东西，麻烦先跟我说一声。"

胖头见他目光在那些新家具上盘桓，以为他不高兴公蛎擅自更换，忙主动承认错误："毕掌柜，这个责任在我……"

毕岸打断他的话，沉声道："去拿把砍刀来。"

公蛎心中来了气，道："不就是几件家具，又不是多名贵的东西，你至于吗？"

毕岸狠狠地瞪了他一眼，用脚踢了踢凳子，又去看圆桌，然后走到柜子处用手轻叩。胖头偷眼看着，唯恐两人打起来。毕岸眉头一皱："快点！"

胖头忙出去拿了劈柴的砍刀来，公蛎气得鼓鼓的。

毕岸卸下了柜子门，一刀将柜身门柱砍断，然后三下五除二将柜子放倒，在里面细细的翻弄起来。胖头掌着灯，一脸心疼地问道："毕掌柜，您这是找什么？"

毕岸从后板的夹层中，慢慢抽出一个东西来。

原来是纸剪的小人，两寸来高，做工粗糙。胖头学着他的样子，很快又从里面找出好几个来："这里面放些小纸人做什么？"

公蛎本来蒙着头赌气，听到"小纸人"三字，折身坐了起来。

十几个小人，有黑有白，不过比那晚看到的已经少了很多。公蛎心中的不安越来越强，忍不住叫道："这是什么？"他心里隐隐已经猜到，可是不从毕岸口中说出来，总归是不信。

毕岸道："厌胜。"

胖头瞪大了眼："什么是厌胜？"

果然是厌胜术。厌胜，最古老的传统巫术之一，多传承与木匠、泥瓦匠等技艺工匠之手。原意本是通过一些手段以防止邪煞阴灵、鬼魅疾病等对人造成侵扰与伤害，后来渐被不良之人利用，成为施咒做法的工具。据传若是在建房或者打造家具时得罪了心地不善的工匠，工匠便会施展厌胜之术，轻则家宅不宁，夫妻不睦，重则患上恶疾，遇上灾劫，甚至会家破人亡。

洛阳城中传闻，城西一家家境不错的人家二十年前翻修房屋之后，家中女眷多行为放荡，偷情、从妓者众多，后来一个云游的道士发现了门道，指使家主爬上门梁，发现柱子中放着两个象牙雕刻的裸体女子。家主按照道士的吩咐，将其丢入油锅中烹炸、敲碎，之后便家风良好，再也未发生伤风败俗之事。而当日给他家做活的工匠已经年过五旬，莫名其妙皮肤溃烂而死。

这个传闻有名有姓，说得煞有介事，但公蛎胖头等话不走心之人，听了只当故事，从未放在心上，更不会想到厌胜之术会发生在自己身上，所以两人都有些傻眼。

毕岸道："你过来看看，梦到的可有这些东西？"

公蛎忙凑过去看。

脚凳上，雕刻着孩童嬉戏图，两个孩子躺在地上，其他四个围着玩耍。而圆桌上，画的是一幅山水图，但却没有人，唯一的活物是草丛中的一条蛇，躲躲藏藏露出半个身子来。这两幅画，不论是构图还是刀法皆普通平常，十分常见，所以公蛎竟然没有留意，连上次做了梦之后，也没想起同这些图有何关系。

毕岸道："你当时看到什么了？"

公蛎道："一群小人在古怪地跳舞，同上月破窖谶鼓时梦到的情景倒有几分相似。"说着简单地复述了一遍，却下意识地隐瞒了有关双头怪蛇的情况——不知为什么，公蛎隐隐觉得，那条怪蛇，似乎同自己有莫大的关系。

胖头吃惊道："不会吧？老木匠他……"这批家具是老木匠让送来的，难道施法者是他？

毕岸沉吟道："是谁还不一定。"他摆弄着小人，道："这些纸剪小人，并没有攻击性，周围也没有要害人的符咒或者器具。所以我想，这个施法术的人，不是想要害你，而是想向你透露什么讯息。"他指着桌面和脚凳，"这些图，同柜子里放置的小人，一同表演了一个场景，这个场景应该是在施法术者心里存了好久却不能说出来，他借助这种方式，往外传递。"

公蛎想了想，含含糊糊道："后来祭祀结束，出现了一口红色棺材，里面有条奇怪的东西。或者他想告诉我们巫教祭祀的目的。"

毕岸箭一般的目光射过来："什么奇怪的东西？"

公蛎好不容易忘了那个东西，如今不得不想起来，特别想起那两个同自己一模一样的蛇头和人头脸上邪恶猥琐的笑，心里很是不舒服，敷衍道："我没看清。"

胖头不相信善良的老木匠会参与巫教之事，插嘴道："天快亮了，我们去问问老木匠，看他怎么说。"

毕岸断然道："不可！"

胖头不明就里，缩了缩脖子，小声回了句"是"。毕岸嘱咐道："事态复杂，老木匠被人陷害也未可知，还是静观其变，暂时不要打草惊蛇。"

简单吃过早饭，公蛎等那条丝络等得脖子都长了，隔壁流云飞渡还未开门。

胖头见他坐立不安，劝道："老大你先去附近走走，小妖定是昨晚坐得夜深了，今早上起不来。"

如今元宵节刚过，家家户户还沉浸在过年的气氛中，街边商铺的生意都处于半开张状态。公蛎见生意冷清，自己一个人无聊，便拉了胖头道："你陪我走走。"

两人顺着街道走了一圈，不知不觉来到老木匠家附近。公蛎捅捅胖头："喂，那家具，你确定是老木匠做的？"

胖头得意道："当然，你瞧那手艺！"说完却觉得不妥，嘟囔道："他看着不像是会用那种手段的人呐。"

公蛎正想问问老木匠关于双头怪蛇之事，撺掇道："你帮我问问，就照我昨天晚上讲的，同他讲一遍，我在一旁看看他的表情。要真是他做的，一看便知。"

胖头头摇得像个拨浪鼓："毕掌柜说了，不得多嘴。我们赶紧回去吧，小妖肯定将丝络打好了。"

公蛎脾气上来了，抓住他的衣服作势捶打："你不听我的话了是不是？我们就偷偷问问，又不是找他算账，说不定还能帮他呢。毕岸也说了，他没恶意，我不过

问些内情罢了，你知我知，不往外传，谁能把他怎么样？"

胖头迟疑半日，道："还是觉得不好。"

公蛎怒道："你是怕得罪你未来老丈人是吧？那我一个人去。"转身朝木匠铺子走去，胖头无奈，只好跟了上来。

木匠铺子刚刚开门，虎妞还没起床，老木匠正在专心致志刨一块木板。公蛎同他寒暄了几句，见一张半成品的脚凳，上面同样刻着孩童嬉戏图，一边用手摸着，一边故意笑道："老叔好手艺，这些娃娃同真的一样，不知道晚上会不会跳出来？"

老木匠的眉头明显跳了一下，抬头定定地看着公蛎，半晌才道："你们先坐，我去倒茶。"颤巍巍走了几步，回头莫名其妙对胖头说了一句："帮我照看虎妞。"随后进了后院。

公蛎朝胖头一挤眼睛，小声道："看到了吧，老木匠肯定知道些什么。"

两人在铺子里等了足有一盏茶工夫，也不见老木匠出来，倒是虎妞大说大笑地出来了，看到胖头，笑得极为开心："这么一大早就来了？"又同公蛎打招呼："龙掌柜早！"

公蛎等得心焦，探头往院里瞧，玩笑道："你爹爹说给我们沏茶，我等得嘴巴都干了！"

虎妞笑嘻嘻道："说不定又去睡回笼觉了。我去瞧瞧。"转身回了院子。

胖头不安地移动着双脚，道："老大，不如回去吧，毕掌柜不让问。再说有虎妞在场，也不好问什么。"

公蛎满不在乎道："没事，我保证什么也不说破，只是看看他的反应。"

话音未落，只听虎妞发出一声惨叫。胖头撒丫子朝后院跑去，公蛎随即跟了上去，仰脸一看，顿时惊呆了。

老木匠吊死在了门梁上。

（三）

公蛎站在木匠铺子里，神态恍惚。哭天抢地的虎妞，蒙着白布的老木匠，散发着劣质油漆味的棺材，往来吊唁的人们，还有满院子的白绫、孝衣，像正在演着的灯影儿戏，忽远忽近，忽大忽小，没有一点儿真实。

周围的人都在忙，最忙的当属胖头，虎妞已经哭得不辨方向，胖头一边向周围上年纪者请教，一边笨拙地安排：找圈坟人，请道士做法场，定做纸扎，俨然家里的顶梁柱。唯独公蛎，孤零零地站在院中，像一个心虚的孩子，想要帮忙，却总是心神游离。

一只手按在了他的肩膀上，公蛎一哆嗦，回头一看，却是毕岸。毕岸送了十两银子过来，站在老木匠身边审视了良久，对仍在一旁痴痴发呆的公蛎道："回去吧。"

公蛎耷拉着脑袋，深一脚浅一脚地跟着毕岸回了忘尘阁。

李婆婆等人已经知道老木匠上吊的事情，不过唏嘘两句，关系好的便去遗体前告个别，该做生意的照做生意，一切都很平静。小妖已经将丝络打好送了来，看到公蛎失魂落魄的样子，打趣道："你这又是怎么了？见天儿掉魂。"

公蛎看着小妖明净的笑脸，心中一片茫然。来洛阳不过半年，苏青、巫琇、赵月儿、老木匠，已经见识了四个人的死亡。若说同自己没有关系，那真是睁眼说瞎话。时至今日，公蛎觉得，冥冥中仿佛有一张看不见的大网，正在悄然地收紧，而那种逃也逃不开的恐惧，比尸体、巫术等更为可怕。

小妖见他脸色不好，收起了笑脸，关切道："你不会是又病了？要不要我去叫郎中？"

毕岸终于开口，冷淡道："他没病。小妖忙去吧。"小妖吐了舌头，小声道："男子汉大丈夫，整天病恹恹的，切！"

小妖蹦蹦跳跳地走了。公蛎见毕岸站到了自己身边，似乎有话要说，忙慌乱地晃动着丝络道："我还有事。"转身往房间逃去。

毕岸却道："小武死了。"

公蛎脚下一滑，绊在了门槛上，摔了个狗啃屎。

毕岸道："小武被人发现，死在磁河旁边的茅厕中，浑身泡胀，面目全非，据测死亡时间已经超过二十天。"

公蛎的上下牙齿咔咔响了起来——昨天上午，茅厕里那个泡胀的"圆石头"，竟然是小武的肚皮？！

公蛎瘫坐在地上，语无伦次道："他……他是怎么死的？"

毕岸道："表面看，是失足落入茅厕溺死的。"

怪不得一直找不到他，原来他早死了。

毕岸看着公蛎面无血色的脸，缓缓道："巫教横行，以后无辜死去的人，只怕更多。"

公蛎捂住了耳朵，一口气不歇地大声叫道："财叔财叔我今天要吃王拐子家的芝麻烧饼你快点去买啊……"跳上床拉过被子，飞快蒙住了脑袋。

老乌龟说得对，洛阳城中的繁荣是属于凡人的，从来不会属于任何一个修道的非人。同玲珑到一个没人的地方生活，或许真是个不错的选择。

下午时分，公蛎又去了柳枝儿巷。玲珑不在家，吴妈也不知道去了哪里，大门紧锁。公蛎在思念和煎熬中徘徊了一个下午，晚饭时分仍不见两人回来，只好又垂头丧气地回了忘尘阁。

幸亏毕岸和胖头都不在，公蛎一头钻进房间，再也不想出来。

谁知不一会儿，汪三财过来敲门，说有一封公蛎的信。

原来是玲珑约他晚上亥时见面。亥时已经很晚了，见了面不久闭门鼓便会敲响。难道——玲珑想留自己住宿？

公蛎顿时激动起来。两人确定关系之后玲珑多次自责，说自己不够检点会被公蛎看轻，所以再也不肯同公蛎做出过分之事。公蛎为了表示尊重，自然不敢造次，连偶尔一次的拥抱都小心翼翼，唯恐玲珑生气，所以两个人虽然情话说了不少，却再未敢越雷池半步。

但不代表公蛎不想。他回想了无数次那晚令人耳热心跳的场景，可唯一记得便是自己赤身裸体躺在玲珑床上和玲珑身着亵衣曲线毕露的身体，其他的一概不记得，每每想起，对自己那晚喝得人事不知深感后悔。

如今才刚刚戌时，公蛎心急如焚，恨不得当下便收拾了东西去找玲珑，正准备出门，却见胖头回来了，径直来到公蛎房间，道："老大，你今晚有没空儿？"

公蛎唯恐胖头要求自己给老木匠守灵——不是公蛎不近人情，实在是不知如何面对，忙道："我今晚约了人。"

胖头失望地哦了一声，端起一杯冷茶一饮而尽，迟疑道："那好，我出去了。"

公蛎心中不忍，问道："老木匠的后事……办得怎么样了？"

胖头道："多亏毕掌柜帮忙，没什么事了，他家侄子也来了，我明天早上再去瞧着。"唉声叹气半晌，道："真没想到会是这样。"

公蛎心里一哆嗦，忙调转话头："虎妞怎么样？"从始至终，胖头和毕岸都不曾说过一句指责他的话。

胖头道："伤心得不得了。她说她爹爹一直好好的，不知怎么就寻了短见。"

公蛎忙道："这几日你只管帮着虎妞料理后事，财叔那里我来解释。还有，毕掌柜答应我每月从账面领取十两银子，你先领了用。"

胖头嘴里应着，脚却不动，似乎有什么事情。公蛎不敢多问，忙装着看书，但心思烦乱，哪里看得进去，所以忽听胖头叫了一句老大，竟然吓了一跳。

胖头移动着双脚，脸色凝重。公蛎紧张地看着他，心想完了完了，胖头肯定要质问自己为何不听毕岸交代，导致老木匠自杀。

不料胖头却道："我找到妹妹了。"

原来这些时日，胖头不是恋上了虎妞，而是通过虎妞找到了妹妹。

两个月前，胖头在木匠铺子里帮忙，被虎妞问起家庭情况，便提到自己有个妹妹，自小儿送了人。当时刚好有个姑娘在定制家具，听了此话脸上的表情很是奇怪。不日后，那姑娘私下里找到虎妞，说自己自小被收养，记忆中有个哥哥，如今孤身一人，很希望能找到家人。虎妞同胖头交好，自然不遗余力，当仁不让地做了传话筒。

在虎妞多次牵线之下，胖头终于同那位姑娘见了面。姑娘说她小名叫做"玉妹"，七岁之前同父母和哥哥住在一起，但后来不知为何被送了人，记得母亲左眉中有一颗痣，父亲的手臂有一块烫伤的疤痕，甚至能够说出同胖头玩耍的趣事。

这同胖头的记忆完全契合，两人都十分激动，就此相认。但已经更名睿姬的她性格多变，对胖头时而亲近时而疏远，亲近时像个小女孩一般叽叽喳喳一同回忆小时候的时光，疏远时对胖头爱理不理，提起已经去世的父母也很是冷淡。胖头知道妹妹心里委屈，自然不同她计较，每天只要能见到她便十分开心，赚的钱除了给公蛎，其他的几乎全部花在了妹妹身上。

胖头脸上显出又开心又难过的神气："她认为当初是爹娘不要她，所以心里有怨恨。"

公蛎有些惭愧。胖头先前也曾提过要他帮着找妹妹，他却未放在心上，而这些时日他沉浸在自己的幸福之中，更少关心胖头，见他每日乐乐呵呵的，只当是喜欢上了虎妞，忙关切地道："她现在同谁住在一起？若是一个人，不如搬来同住。"

胖头沮丧道："她一个人，我说要她搬来同住，相互之间有个照应，她坚决不肯。之前想带她来见见财叔和你，她都死活不肯哩。"

公蛎很想做摆出老大的样子来，像江源那样随随便便一出手，便是上百两银子，可是他囊中羞涩，愣了片刻，只好道："找到了就好，其他的慢慢来。"又问：

"她这么些年过得好吗?"

胖头又开始咬指甲:"看她衣着打扮还算不错,但她……似乎很不开心。我一问她这个,她便发怒。"挺了挺胸脯道:"我以后一定好好干活,多赚钱,不让她再受委屈。还有虎妞。"

提起虎妞,两人的情绪都有些低落。但想起玲珑,公蛎心里暖暖的:"对,我们都好好干,让她们过得好好的。"

玲珑一事,公蛎始终没告诉胖头。不是有意隐瞒,而是除了食物,他并没有将心事与人分享的习惯。

胖头一副勇挑重担的样子,鼻子因为激动而发红:"老大,那我走了哈。我去跟妹妹说,这两天要忙虎妞家的事儿,免得她等不到我心里焦急。等你哪天有空了,陪我一起去劝劝她,若是她不肯搬来同住,我住她那里也无妨。"

(四)

时候不早了,公蛎也收拾了出去。两人出了门便分道扬镳,公蛎去柳枝儿巷,胖头先去虎妞家里看看,然后再去找妹妹。

到了玲珑家,门虚掩着,却黑灯瞎火的。公蛎忘了不快,激动得心怦怦乱跳,叫道:"玲珑,我来啦。"

黑暗中出来一个人影,却是吴妈。

吴妈扳着一张脸,打了个手势,意思让公蛎跟她走。公蛎着急道:"你家姑娘呢?"

吴妈一副"废话这么多"的嫌弃表情,白了公蛎一眼,大步往前走去。

以前不曾留意,此时跟着吴妈后面,只觉得她步态轻盈,看起来一点也不像是五十多岁的人。

绕过涧河石桥,沿着柳堤走了老远,穿过一片浓密的桃林,摸黑来到一处粉墙黛瓦的院落前,打开一处角门走了进去。

虽是夜间,天色昏暗,但公蛎一眼便喜欢上了这个院子。环境僻静,布局优美,假山小亭,溪流环绕,一排排的桃树交叉横斜,有围成圆圈状的,有呈五角状的,到了春天定然美不胜收;而其中一棵大桃树下,还有两个造型飘逸的石人雕像,一坐一站,作对月饮酒之势,更另公蛎心生羡慕。

吴妈带着他在花树来回穿梭了好一阵子，才在树丛中看到一蓬明亮的灯光。

吴妈站定，做出一个安静的手势，指了指其中一间点着红烛的精致厢房。

远远的，便听到了玲珑的娇笑声，公蛎心痒难耐，恨不得扑上去抱着她，一诉相思之苦，正要大声叫她，却听到房间里还有一个极为熟悉的男子声音。

公蛎的激动瞬间变成了惶恐，脚步不由停滞了下来。吴妈仿佛知道他想什么，鄙夷地斜了他一眼，快步走开了。

屋里玲珑似乎喝了酒，柔声柔气道："毕公子，小女子亲手酿的酒，你真的不想再喝一口吗？"她的嗓音轻柔悦耳，拖着长长的尾音，很是动听。

毕岸的声音也不似从前冷淡果敢，而是带着一丝慵懒："在下不胜酒力，多谢姑娘。"

若是其他有血性的男子，要么挥舞着拳头冲进去，要么拂袖而去，可公蛎既没勇气冲进去，又不甘心就此离开，他选择了第三种，跳过回廊的栏杆，站在了窗外——窗户刚好开了一条缝，不偏不倚刚好可以看到屋内的情形。

炉火正旺，铜炉熏香袅袅，温暖如春。玲珑穿着一件薄薄的大红绣花丝绸斜襟盘扣睡衣，下面是同色散脚镶边裤子，头发松松垮垮地挽在一边，并未戴公蛎送的那支紫玉丁香花簪；一双玉手抚弄着酒杯，眼睛款款地瞟向毕岸。

毕岸斜靠在一张软榻上，嘴角含笑，满脸春色。玲珑掬了一杯酒，咯咯笑着往毕岸的嘴里喂，撒娇道："公子骗人，原是想要奴家喂了才喝。"

毕岸嘴角一扬，道："好甜。"

玲珑又倒了一杯酒，送到毕岸嘴边，柔声道："毕公子，你瞧我美不美？"她今晚红唇似火，蛾眉入鬓，眼角点点梅妆，顾盼之间眼波流动，尽显挑逗之事。

毕岸就手儿一口喝掉，眼睛微眈，道："美。"接着一个翻身，含含糊糊道："好困，我不行啦。"

玲珑不依，上去抱住了他，在他脸上轻轻一啄，撒娇道："不许睡，再陪我喝。"又倒了一杯送过去。

两个人的动作自然随意，显然不是第一次喝酒。公蛎觉得自己的心像有一只手在狠狠地捏，明明疼得尖锐，脑子里却混沌一片，只有木呆呆地看着。

毕岸很是听话，一杯接一杯地喝，很快人事不知。玲珑娇声道："讨厌，快醒醒……"抱着他的肩头用力摇晃。

毕岸翻了个身，发出均匀的鼻息声。玲珑凝视着毕岸，忽然落下泪来，用葱段一般的手指划过他的脸颊，低声道："为什么爱上我的不是你呢？"

毕岸睡着香甜，一动不动。玲珑将毕岸推至软榻内侧，除了外衣，按着他的胸肌不时发出惊叹之声，甚至在他胯间捏了一捏，那股子从骨子里透出来的放荡，竟然让公蛎不寒而栗。

公蛎不明白她为何一会儿伤心欲绝，一会儿放浪形骸，只觉得心如刀绞。

玲珑嘴角扬起，邪恶一笑道："好一个英俊的小羊羔。"伸手去脱毕岸的内衣，恰在此时，吴妈过来敲门。

玲珑飞快拉起一件衣服将毕岸盖上，然后不知按动了何处的机关，一面墙壁无声地翻转了过来，毕岸连同身下的半侧软榻转入墙后，瞧不见了。

玲珑换了一副端庄的模样，双脚放在矮凳上，正襟危坐，道："进来。"

吴妈比划了两下。玲珑道："带进来吧。"

公蛎原本以为吴妈说的是自己，正要从花丛跳回回廊，却见她出了房门，头也不回朝大门走去，一会儿工夫转回来，后头跟着一个人。

公蛎顿时愣了。吴妈身后跟着的不是旁人，正是胖头。

胖头怎么也到这里来了？公蛎连忙蹲下，重新躲在花丛之后。

房里玲珑已经换了衣服，穿着家常的棉布小袄，脸上的胭脂和唇妆搽去，宛如邻家小妹。

胖头一进来，便满脸疼惜地叫了一声"妹妹"，从怀里拿出一对兄妹玩耍的泥人儿，道："你看像不像我们两个？"玲珑看也不看，冷着脸道："这么晚了，你还来做什么？"

玲珑竟然是胖头的妹妹？

胖头憨厚地笑，道："虎妞家里出了事，我怕你这两日找不到我，专门赶来告知你一声。"

玲珑将头扭在一边，一副撅嘴使气的样子："哼，告知什么？当年你和爹娘把我丢弃的时候，有提前告知吗？"

胖头心疼不已，道："好妹妹，是我们对不起你，说不定爹娘有苦衷……"

玲珑带着哭腔道："好，你们都有苦衷，只有我是活该被爹娘丢弃，是不是？"她眼里泪光闪现，表情又悲愤又难过，倒也不像是装的。

胖头落了泪，道："我当时年幼，一天早上醒过来不见你，问爹娘，爹娘只是哭……没多久两人都去世了……"

玲珑怔怔地听着，泪水大颗大颗地滴下来，呜咽道："我被人送到那个鬼地方，天天害怕得睡不着觉，可是一睡着便会梦到家人都不要我了。"

胖头抱头蹲在地下，哭了起来。

公蛎觉得自己脑子似乎不够使了，不知道玲珑说的哪句是真哪句是假。

玲珑伤心了一会儿，情绪渐渐平复，过去拉了胖头，将头贴在胖头宽厚的背上，喃喃道："你小时候最爱我了，驮着我看大马，给我做风筝，还给我买糕儿吃……"

不知为何，公蛎总觉得玲珑的表情是在回忆另外一个人，而不是她前面那个满心欢喜的胖子。

胖头眼圈红红的，难为情道："我只记得你在跳舞，我在旁边玩泥巴。"

玲珑眼里的柔情更浓，一副陶醉的样子："对啊对啊，我同你一起过小河沟，你胆小不敢过，我说来，姐姐给你做桥梁，你踩着我过。"

胖头笑了，纠正道："妹妹你记错啦，是你不敢过，我背你过，结果两人都掉进了河沟里。"

玲珑看着胖头，咯咯笑道："那年过年，爹爹给我们买了一样的小花裙子，我好开心，结果第一天穿你就绊在了一个木桩子上，花裙子被撕了一道口子。你哭得什么似的，我说妹妹别哭了，我把我的裙子给你。"她眼神迷离，像是回到了小时候："后来娘把破的地方补了一只蝴蝶，还很漂亮呢。"

不仅公蛎，连愚钝的胖头，都听出不对劲儿了，怔怔地看着玲珑。玲珑提起裙裾，像孩子一般蹦跳起来："你自小儿身体弱，几乎每月都要病一场。那些药好苦，你不肯喝，我为了哄你，每次都同你喝一样多的药，喝得我胃疼。"

她明明泪流满面，却笑得极甜："还有一次，你被隔壁的王二孬打了，哭着回来找姐姐。我才不让人欺负我妹妹呢，哼，我去找他打架。他比我高大半个头，可是被我打得哭爹叫娘的，以后见我们俩都绕着走。"

胖头忍不住了，不安地叫了声："妹妹！"

玲珑泪眼蒙眬地看了他一眼，歪头笑道："叫姐姐！你才是妹妹，又想跟我争着做姐姐了？"

胖头懵了，看着玲珑不知所措。玲珑拉了胖头的手，转着圈子，兴奋地道："快说快说，我是不是天底下最好的姐姐？"

胖头茫然地点头。玲珑忽然停住，睁大眼睛看着胖头，泪如泉涌。

胖头笨拙地从怀里抽出条脏兮兮的手绢来，自己放在鼻子下闻了闻，味道显然比较销魂，只好收起来，用衣袖去给玲珑拭泪。

玲珑推开他，深吸了一口气，道："你走吧。"

胖头迟疑道："妹妹，你一个人住，我总是不放心，不如……"

玲珑不等他说完，厉声喝道："我不是你妹妹！"她瞬间像变了个人似的，眼神冷酷暴戾。

胖头眨着眼睛，小心道："好妹妹，你别生气，我这就走，只是你这个样子……"

玲珑抓起酒杯狠狠地摔在胖头面前，陶瓷碎片溅起，划过胖头的手背，出现一条长长的血痕。

胖头毫不理会，反而赶忙去门后拿了扫把，将地上的碎片细细地扫干净，嘴里道："你小心踩到了划伤脚。"

玲珑眼睛发红，扑过来夺下扫把，将扫进灰斗的碎片抛洒得到处都是："快滚！我不是你妹妹！"

胖头更加急了，安抚道："好好，妹妹你别心急，我扫好马上就走。"仍俯身去捡酒壶碎片。玲珑毫不心软，尖叫着朝胖头踢打，并又掐又捶他的肩背，用力之猛，公蛎隔窗都能听到咚咚咚的捶打声。

而胖头不仅不还手，还一脸疼惜，嘴里说着"妹妹小心手疼"，只是护着脑袋不让她的长指甲刮花了脸。

公蛎很想告诉胖头，她不是你妹妹，可是不知是不是因为天太冷，公蛎冷得连动动嘴巴都觉得困难。他摇摇晃晃绕着花丛，扶着回廊慢慢往外走。

吴妈悄无声息地走了过来，皱眉看了看他，忽然出手，用力推了他一把。

公蛎本来浑身无力，这一推，他蹬蹬蹬倒退了好几步，一屁股撞在房门上，仰面跌入房内。

正在死命捶打胖头的玲珑停住了手，胖头忙趁机挣脱出来，两人的动作停顿了片刻，异口同声道："你怎么来了？"胖头是欣喜和惊讶，玲珑是狐疑和冰冷。

公蛎没理会胖头，双手撑着坐在地上，耷拉着脑袋闷闷地说了一句："不是你叫我来的吗？"

玲珑恢复了正常，将头发绾起——用的仍不是公蛎送的簪子。

心碎的感觉又来了，痛得太厉害，以至于有些麻木。玲珑柔声道："未到亥时呢。不过早来了也好，我这里备有好酒呢。"过来挽了公蛎的臂弯，拉他到榻前，仰脸道："我今晚是不是很丑？"

公蛎无言以对。玲珑用手轻揉着脸颊，低声道："刚才心里难过，哭了一场。"她将温热的脸贴在公蛎的上臂上，"是不是吓到你了？"

这下轮到胖头在一旁目瞪口呆了。

公蛎想说的话如同春天乱飞的柳絮，明明有很多，却抓不到，只有瞠目结舌地看着玲珑。玲珑苦涩一笑，道："你问我家世，我总不肯告诉你，现在说了吧。我自小被亲生爹娘丢弃，流浪了几年之后，才跟了养父，像个丫鬟一样，被打骂着长大。"

她下巴朝胖头微微一点，无限伤感中又带着一点欣喜，道："这个，便是我亲哥哥。"

胖头的嘴巴撮了起来，一副马上要哭的样子。

这个傻胖子，还认为玲珑是亲妹妹。公蛎突然想笑，因为总算有人比自己还可怜。

玲珑黑漆漆的眼珠子一转，道："你们好像认识？"

胖头揉了揉腰，蹒跚着又开始打扫地面的碎片，喜滋滋道："是哩。他是我老大。"

玲珑夸张地叫道："这么有缘？"又娇嗔道："哥哥！别扫了，快过来喝酒，这么好的日子，当然得庆祝一下。"公蛎抬了一下眼，更觉得没甚意思——玲珑显然早就知道公蛎同胖头的关系，却故意两头隐瞒。而且，若不是刚才亲眼看到墙壁机关后面还躺着半裸的毕岸，公蛎如何也不会将放荡、暴戾、狡猾同她联系起来。

玲珑手脚麻利地取出两个杯子来，并表情自然地将刚才毕岸用过的酒杯快速塞入坐垫后面的阴影处。一切还是那么的得体、从容。

玲珑显然已经发现了公蛎的异常，但她却不说破，而是十分体贴地按他坐下，手放在他的额头上试了试，道："好像有些着凉。"

公蛎觉得，自己的心正被一点点剜开，而玲珑便是那把刀。

胖头终于将碎片扫得干干净净，抓起一个小手炉往公蛎的怀里塞："你不是说约了人吗？怎么找过来的？"

未等公蛎开口，玲珑脸上飞起一朵红云，低声道："约他的人，是我。"

胖头左右看看，道："你们俩……"顿时开心起来。

玲珑娇羞一笑，头朝公蛎的肩上靠去。公蛎下意识躲了一下，玲珑却靠得更近，委屈道："我不是有意隐瞒你，实在是……"她楚楚可怜地看着胖头，"自小儿亲生爹娘丢弃了我，在养父家里又不受待见，唯恐你知道了瞧不起我。"

胖头的眼圈又红了，鸡啄米似的点头。公蛎在心中冷笑不已，几乎想要质问她关于毕岸的事情，可是看到胖头宠溺的目光，顿时蔫了。

算了，走吧。洛水中的洞府，绝不会比今晚这个房间更冷。

公蛎挣扎着起来，竭力让表情看起来平静："天色不早，我先回去了。胖头你也早点回。再见。"

玲珑的眼神渐渐黯淡，低下头去，露出一段雪白的脖颈。她终究对自己还是有一点感情的吧。公蛎心中闪过一丝欣慰。

见公蛎去意已决，玲珑不再挽留，飞快起身，将两个酒盅斟满，体贴道："外面冷，喝口热酒再走吧。"接着苦笑道："放心。"仰脖先干了一杯。

公蛎到底不忍拒绝，接过一饮而尽。玲珑微微一笑，招呼胖头道："哥哥，你也来一杯吧。"胖头颠儿颠儿地过来，自己倒了一杯，同公蛎一碰，大声道："我好开心！"

三杯酒下肚，肚子里暖烘烘的，公蛎觉得好像没那么痛苦了，脸上露出笑容。

玲珑附耳过来，轻轻道："公蛎哥哥，你还要走吗？"

公蛎嘻嘻笑道："走，怎么不走？我要走啦，不来洛阳了。"

胖头舌头打结，道："老，老大，你去哪儿？我和妹妹，跟你一起去。"

玲珑却面不改色，站起身来道："我叫吴妈送你出去。"高声叫吴妈。

吴妈应声而来。玲珑道："龙公子不胜酒力，你去取件披风，送他回去吧。"

吴妈低头退出，刚一转身，玲珑飞快抢出，一根银针没入她的后脑勺。吴妈一点声音也未发出，软绵绵地倒了在地上。

歪在榻上的胖头腾地坐直了，结巴道："妹妹你……做什么？"公蛎终于找着自己的舌头了，嘻嘻哈哈道："她年纪大了，经不起你这一掌。"

玲珑眼波留转，顾盼生辉："是吗？我瞧她顶多比我大十岁。"娇声叫胖头："过来帮忙。"

胖头将吴妈抱起，放在对面一张躺椅上，嘟哝道："你打她做什么？"

玲珑伸手在她脸上一抹，表情又得意又鄙视，道："臭男人。"

胖头直了眼：躺在椅子上的吴妈，完全变了另外一副模样，国字脸，高鼻子，下巴上还有乌青的胡子茬，毫无疑问是个中年男人。

公蛎觉得有些面熟，仔细一看，这不是同自己有过几面之缘的胡家公子胡烁吗？心中疑惑，脸上却不动声色，幸灾乐祸道："谁啊这是？"

玲珑娇声道："一个爱慕我的臭男人，装扮成老婆子，还以为我不知道呢。"她轻踢了胡烁一脚，恚怒道："这个讨厌的家伙。"但表情十分得意，扭动着腰肢，嗲声嗲气道："他来的第一天我便知道，根本不是我请的那个吴妈，可怜他还装哑巴，比划说发烧嗓子烧坏了。哈哈，我故意装不知道，每次我抓了小鲜肉回来，便叫他在门口守着，故意叫他嫉妒。"她款款朝公蛎抛过来一个媚眼，"包括你。一二三四，人齐啦，好一池子大白鱼。"

这些说得极为露骨，胖头不满地叫了声："妹妹！"

玲珑收了媚态，指使胖头将胡烁搬入里间，胖头对玲珑的举动显然不赞同，只是不敢多说，劝说道："妹妹，你若不喜欢他，只管赶他走便是……"

玲珑理也不理，嘻嘻笑道："哥哥，你在这世上，最亲近的人是谁？"

胖头憨笑道："当然是你呀。"

玲珑眉眼盈盈看向公蛎，娇嗔道："除了我。"

胖头将头朝公蛎一摆，傻乎乎道："那当然是我老大。"

玲珑拍手道："太好了！"

公蛎身子发软，脸儿发烫，身后粉红色鸳鸯戏水的靠垫像玲珑的身体一样舒服，而面前的玲珑和胖头，则像灯影儿戏里的小人，忽近忽远。

公蛎傻笑起来。

（五）

一杯冷水兜头泼在了公蛎的脸上，他一个激灵清醒过来。

旁边便是胖头，同他一样手脚被缚，并排坐在地下。玲珑跷着二郎腿儿，歪头托腮，坐在对面软榻上。

公蛎又恢复到了不知说什么的状态。倒是胖头，挣脱了两下，赔笑道："妹妹，你同我玩就是了，老大他身子骨弱，放开他吧。"

玲珑眨着眼，一副天真无邪的样子："妹妹？我说了，我不是你妹妹。"

公蛎觉得，玲珑在天真、放荡、成熟之间的转换，如同三个不同的人共存于一个人的身体内。

胖头难过起来，道："妹妹你别再这样说。"

玲珑挺直了腰，眼神瞬间变得尖刻而明亮："哥哥，我们今晚来玩个游戏，好

不好？"她朝墙面看了一眼，笑颜如花："那两个睡着没醒的，就等会儿再玩。"

公蛎知他说的是毕岸，胖头却一脸懵懂，道："什么那两个？"

玲珑不答，笑嘻嘻道："择日不如撞日，今天就好。"

胖头嗫嚅道："妹，你不要胡闹。"玲珑换上了另一种表情，温柔可人："你不是同这位公蛎哥哥感情最好吗？我可听你说过很多次，说你们两个情同手足。"她妩媚地冲着公蛎一笑，柔声道："进入这个门的，大多再也走不出去，但你们俩，一个是我的哥哥，一个是我的……"她哧哧笑道："猎物。"

猎物。

公蛎忽然觉得洛阳的一切都如此可憎，深恨自己没有力量毁灭这一切，连同玲珑和自己。

玲珑看到公蛎在抖动，笑道："这种结是特制的死结，打不开的。而且，你们还喝了我的软骨散。"眼睛在胖头和公蛎脸上流转了片刻，道："一个小游戏。"她猛地凑近公蛎："你和胖头，只能有一个活着。"

她转向胖头，一副楚楚可怜的模样："哥哥，我不喜欢他，他总是缠着我，你帮我杀了他吧。"

胖头的五官都拧在了一起："妹，你……你没发烧吧？"

玲珑的眼泪吧嗒吧嗒落下来："你若是杀了他，我就认了你，搬去同你一起住。"她抓住胖头的手臂摇晃，撒娇道："哥，好哥哥，快点答应我，只要你说同意杀他，我什么都依你。"

胖头惊恐地望着她，却摇了摇头，道："不行。"

玲珑从靠垫后抽出一把小匕首，强调道："不，不用你动手，只要你同意杀他即可。"

胖头斩钉截铁道："不行，我宁愿你杀了我。"

玲珑跳了起来，二话未说，挥手给了胖头一个大嘴巴，睁大眼睛道："你知不知道我是谁？"她转向公蛎，脸上泪痕未干，眼睛却如狼一般带着一抹凶狠而残忍的笑："我有上百种可以让你生不如死的方式，你要不要试试？"

胖头终于怒了："妹，你闹够了没？老大他又没有对不起你，快放了他！"

公蛎双肩低垂，眼神迷茫，像没有听到一样。

玲珑忽然叹了一口气，道："我有时很讨厌你，可是有时，又羡慕得不得了。"她的眼神变得温柔，"我既讨厌你的浑浑噩噩，得过且过，又羡慕你的知足常乐。

偶尔会想，若是真跟了你，你定然会对我很好，是不是？"

公蛎空洞的眼神恢复了一点儿神采。玲珑温软的指腹从他脸颊抚过，眼里泛出泪光："可是不行啊。我逃不脱……"声音依然温柔，但眼神却变了："我再说一遍，你和他之间，只能有一个人活着。公蛎哥哥，你来选，你活还是他活？"

公蛎很想告诉玲珑，今晚来，本来是想告诉她愿意同她一起私奔，可是开了口，却软绵绵道："你杀了我吧。"

玲珑站起身，冷冷道："你们真以为我在开玩笑？"挥手一刀，插在公蛎的手臂上，顿时血如泉涌。

胖头同公蛎一起发出一声惨叫。胖头额上的青筋绷起，吼道："你到底要做什么？"

玲珑面不改色拔下刀子，公蛎瘫软下去，身后的靠垫很快血污一片。玲珑眨眼看着胖头，楚楚可怜道："哥，你不认我这个妹妹了？"

胖头沉默了一阵，十分难过地道："你根本不是我妹妹。"扭头去叫公蛎。难得的是，公蛎竟然没晕倒，只是看起来更加无精打采。

玲珑柔声道："你明白就好。不过多谢你这些日把我当亲妹妹看。唉，若真是有你这么个哥哥，我也知足了。"

胖头几乎要哭了："你这么做到底为什么？我们又没得罪过你。"

玲珑一脸无辜，道："我又是扮演妹妹，又是扮演恋人，虽然好玩，可是太累，总担心一个安排不当被你们撞穿。今晚刚好都来了，索性做个了断。"她蹙眉看着胖头，道："哥哥，错的不是你，是他。"

胖头道："他怎么了？"

玲珑诡秘一笑，道："他是龙公蛎。"看胖头一脸茫然，道："算了，说了你也不懂，也没必要知道。"

公蛎的血止住了，胖头松了一口气，叫道："老大，你怎么样了？"

公蛎有气无力道："没事。"

玲珑嫣然一笑，道："我刚才说的，你们两个好像都没当一回事儿啊。"她将小刀在炉火上烤，刀刃发出啪啪的微响："听说过嗜尸虫吗？闻血而生，食尸而眠。"

话音未落，公蛎觉得胸口犹如虫子再爬，一阵麻痒通向至手臂，只见尚未凝固的伤口中伸出一根管状的东西，接着拱出一条蛆一样的红白色肉虫子，那个管状的东西，正是它的口器。

即使公蛎心如死灰，看到这个也觉得恶心至极，抖动着身体又是蹭又是耸，却奈何不了虫子，关键是虫子蠕动着从伤口钻进钻出，实如百爪挠心，奇痒无比。胖头扑过来帮忙，却因为手脚被缚，且身体酸软，一头栽在了地上。

玲珑俯下身子，悄声道："这只嗜尸虫，就藏在我送你的琅玕珠内。戴在胸口三七二十一天之后，它便会孵化成薄薄的一张膜，紧贴在你的皮肤上，一闻到血腥味，很快变成成虫。"

琅玕珠！一想起自己如爱护眼睛一般爱护琅玕珠，公蛎仿佛听了自己的心碎声。

玲珑伸出食指点了下他的额头，神态极为狎昵："你这个死鬼，真够小气的。我本来以为送你颗珠子，你也送我个好点的礼物，谁知道脖子都等长了，你才给了支紫玉簪。我多次暗示，你就是不肯将避水珏送给我。"

"避水珏？"公蛎大吃一惊，"我哪有避水珏？"未等公蛎说出那句"我只有一个仿冒的"，玲珑的脸已经沉了下来："看着老实，实际上一肚子坏水。"说着用指甲朝匕首上一弹。

匕首刀刃发出微微的颤动声。伤口中的嗜尸虫如同得到了号令，在伤口中又是翻滚，又是钻进钻出，一时间如万蚁噬骨，痒得钻心偏偏无法抓挠，公蛎努力伸长脖子，想去咬那只虫子，却狠狠地咬在了自己手臂上。

玲珑咻咻笑道："不要白费工夫，你咬死了这一只，会有更多嗜尸虫生出来，你想想，满嘴里都是蛆虫的感觉，更不好受。"

公蛎喘着粗气，竭力不去看、不去想那只蠕动的嗜尸虫："你想要避水珏，只管开口就是，我只有半个仿冒的，正愁卖不上好价钱……何苦如此处心积虑靠近我？"

玲珑道："说实话，我对你一点兴趣也没有。避水珏么，只是其一，最主要的是有人对你有兴趣。"

嗜尸虫不怎么动了，公蛎瞬间好受了不少，警惕道："谁？"

玲珑道："你不用打听那么多。我只负责将嗜尸虫放在你身上。"

原来什么都是假的。公蛎反倒轻松了些，道："你会巫术？"

玲珑嫣然一笑道："怎么，很惊讶？"

公蛎挣扎道："龙爷派你来的？"

玲珑脸上露出惊讶之色道："看来我小瞧你了。"

公蛎脸色灰暗，道："他找我做什么？"

玲珑眨眼道："我哪里知道？说不定他看上你了。其实你挺可爱的，真的。"

这个夸赞并没有让公蛎感到开心，他依然不依不饶追着问道："你要是想接近我，原本不用这么费劲。"

玲珑笑了，道："我只是想看看，你到底有什么过人之处，让那么多人对你另眼相看。可是相处两个月来，我只能用一个词总结：平庸。"

公蛎的脑瓜子瞬间变得好使起来，道："你所说的'那么多人'，还有谁？"

玲珑悠然道："还能有谁？天天守在你身边，供着你吃喝，给你半个当铺的，那个人。"

公蛎心中不由一惊，脑子又混乱起来："你……你不要胡说。"

胖头急了，插嘴道："毕掌柜怎么会做这种事？妹妹你不要信口开河。"

毕岸就在身后的密室里，他是否听到了玲珑的话？

——公蛎很想马上找到他、摇醒他，问他到底要做什么，可是这念头只是一闪而过，便觉得胆战心惊，更何况身上无力，只有无精打采道："好吧，除了他，还有谁？"

玲珑笑眯眯道："你还是担心下身上的嗜尸虫吧。"

公蛎心不在焉，茫然道："担心有个屁用……该死就死，你愿怎样便怎样。"

玲珑似乎有些出乎意料，哑然片刻，笑道："我如今倒真有些喜欢你了。你放心，一时半会儿死不了的。没有我的命令，它不会大量繁殖。它只吸血，而且饭量也不大。不过呢，"她恶意地看着公蛎的脸由红变白，再由白变成蜡黄，"它吸血的时候能分泌一种毒素，这种毒素能够让人的肌肉、骨骼慢慢化成血水，等全身的肌肉和骨骼都化了，就只剩下一张完整的人皮了。所以那种桐油剥人皮的方式，已经不时兴啦。"

胖头哪里听过这种话，既震惊又伤心，胸脯气得一鼓一鼓的。玲珑过去扶他坐起来，柔声道："虽然你认错了妹妹，可这也是我们俩的缘分，我心里也当你是我的亲哥哥，所以这个选择权，我还是交给你。"她将头歪在胖头的肩膀上，轻声道："你若是选择活着，以后就是我在世上唯一的亲人啦。若是选择让他活……"她打了个寒噤，垂下的眼睫毛飞快地抖动起来，"半月之后，你……你便只剩下一张皮。"

她紧紧抱住了胖头膀子，殷切地望着他："哥哥，你要好好活着，我知道你的

亲妹妹在哪里，我们一起去找她，好不好？"

胖头身体一震，惊喜道："真的？她如今过得好不好？"

玲珑满脸欢笑："好，她如今比我还高些，不过比我要漂亮得多。关于你父母和小时的趣事，我也是听她说的。"

胖头几乎要落泪了："收养她的人对她好不好？她在哪里？在洛阳城中吗？"

玲珑柔声道："好，她比我幸运，有人疼，有人爱。我明天就联系她，若是她同意，我们收拾一下就去见她，如何？"

胖头激动得脸和脖子都发红了，忙不迭地点头："好，好。你赶快联系她。"

心如死灰的感觉又来了。公蛎甚至觉得呼吸都很多余，恨不得就此死去。

玲珑眼底闪过一丝得意，看似极其随意地道："那好，听你的，我先处理了这位龙掌柜，马上就联系她。"

胖头一愣，道："等会儿。"他看向公蛎。公蛎已经闭上了眼，一副等死的样子。

玲珑眼里的柔情渐渐消失，一张粉脸冷若冰霜："没时间了。我数三下。一。"

公蛎偷偷睁眼地瞄了一眼一脸傻相的胖头。

"二。"玲珑的眼睛跳动着奇异的光，死死地盯着胖头。

胖头忽然道："老大，我这几月的工钱还有五百六十三文没结，在财叔那里。你去领了帮我存着，等找到我妹妹了，就给她。"

公蛎睁大了眼。

胖头说话从来没有如此口齿清晰过："我妹妹七月十五丑时生，中元节那天，今年十七岁。另外她后腰正中有块蝴蝶形的胎记，因为位置特殊，我一直不好意思告诉你。"不等公蛎说话，他挺胸面对玲珑，道："你放了我老大吧。我皮肤好，块头大，做人皮风筝刚好合适。"

公蛎心中一阵惭愧。若是今晚玲珑将选择权给自己，自己会如何选择？公蛎不敢想。

玲珑手中的匕首当啷一声掉在地下，喃喃道："为什么？为什么会这样？"她突然扑上去，抓住胖头一阵摇晃，脸部因为五官扭曲而显得狰狞："你这个笨蛋！蠢货！伪君子！……为什么你们都选择牺牲自己？你这个混蛋！混蛋！"

胖头的脸上瞬间被挠得开了花。玲珑发簪坠落，头发凌乱，加上声嘶力竭的嚎叫，如同疯了一般，转过头来扑打公蛎。

公蛎忙将脑袋用力往臂弯里藏，嘴里叫道："不许挠脸！"说了之后自己也觉得好笑，如今性命都不保了，为何第一反应仍是不许挠脸呢？

等了一阵，只听玲珑喉间发出"呃、呃"的喘息声，却没有感受到挨打，探出头一看，原来不知何时，房间里多了一个人。

（六）

坦白来说，是多了一个淡淡的黑色影子，若有若无的双手紧紧地钳住了玲珑的脖子，将她几乎提离地面。

公蛎猛眨眼睛。不是眼花，确实有一个影子，五官模糊淡薄，透过他的身体甚至可以看到后面帐幔上绣着的花鸟。

玲珑的呼吸越来越急促，脸涨得通红。但在胖头看来，玲珑似乎突发喉疾，自己卡着脖子透不过气来，大惊道："妹妹，你怎么了？"

影子松开了手，玲珑跌坐在地上，抚着喉部剧烈地咳嗽起来。

影子走到公蛎跟前，上下打量良久，嘴巴微动，看口型好像说了两个"好"字，接着似乎察觉到什么，长袖朝着火炉一挥，火炭爆出无数细小光点。

公蛎瞬间觉得身上轻松了许多，但却不敢动也不敢多言。影子定定在公蛎面前站了片刻，忽然伸出指头在他眉心一点，然后躬身施了一礼，翩然离去。隐约可分辨出他宽袍大袖，上衣下裳，黑色袍服似乎有红色滚边，着装庄重，身姿潇洒，只是头饰服装皆不是当下风尚。

玲珑缓过劲儿来，勉强站起来，惊惧地打量着四周，小声道："谁？"胖头也感觉到了不对劲，嘟囔道："怎么感觉有阵风刮过去了。"

公蛎呆呆地看着，连大气儿也不敢喘。

房间里莫名其妙安静了下来，唯有炭火发出啪啪的轻爆声。

梆，梆，梆，外面传来三声清晰的梆子声，接着是一阵轻而快的敲击。

玲珑一个激灵，警觉地看着门外。她的表情很是奇怪，带着几分震惊，似乎踌躇，又似乎很激动，绞着手来回走了几圈，不时疑惑地打量几下公蛎，后来终于下定决心，转身对着镜子理了理衣裳，绾好头发，然后打开妆奁匣，从中拿出一个半尺高的吊线木偶来。

胖头忍不住了，叫道："妹妹，你今晚到底要做什么？天色不早了，该休息啦。"

玲珑回头诡异一笑，道："我叫睿姬。"将木偶放在地上，将控制双腿的线往上一提。

公蛎精神恍惚，正在神游，忽觉双腿不受控制，一下子跳了起来。再看胖头和胡烁，也直竖竖地站着，胡烁甚至仍保持闭目昏睡的姿态。

玲珑神色凝重，专心致志地操纵木偶。而控制木偶的麻线像是同时也拴在公蛎等人身上一样，木偶一跳，三人便也跟着一跳。

公蛎同胖头面面相觑，两人除了眼睛和嘴巴，其他的地方都不受自己控制了。

木偶步子小，公蛎等又被捆了双脚，移动并不快。胖头急道："你要去哪里？解开绳子我们自己走不就得了？"

玲珑冷笑道："解开之后，我还捉得住么？"侧耳听了听外面的动静，急切道："快！我们换个地方！"正说着，房门忽然被完全打开，一阵冷风灌了进来。

两个高大的男子面无表情矗立在门口，方面大耳，眼神空洞，穿着同样的灰白色长袍，连发冠都是灰白色的。玲珑吃了一惊，伸头向外张望道："你们是？"

其中一个留着长须的男子道："龙爷，派，我们，来。"他说话的声音好生奇怪，又低又瓮，语调平缓得不带一点起伏，呆板至极。

玲珑似乎难以置信，后退了一步，低头道："两位使者请进。"

被称为使者的男子慢吞吞走了进来，两人连迈步的姿势都一模一样。玲珑收了吊线木偶，恭恭敬敬道："使者前来，所为何事？"

长须男子木然道："珠母成熟，特来采集。"玲珑惊愕地看了一眼公蛎，忙低下头去，辩解道："还欠些时日，若今日贸然采了，恐质地不良。睿姬建议择日再采。"

长须男子对玲珑的建议置若罔闻，朝另一无须男子道："动手。"

玲珑脸上的表情渐渐平复，自行去将榻上的小桌收了，躬身道："愿听使者吩咐。"

无须男子僵硬地走了过来，扛起公蛎放倒在榻上，他的肩头又冷又硬，硌得公蛎生疼。他到了胖头跟前，却站住了，慢慢举起了右手，做出一个劈砍的动作。玲珑忙道："使者手下留情，这个胖子不碍事的，搬到一边即可。"

胖头欲张口说话，被玲珑一把捂住了嘴。公蛎看在眼里，心中很不是滋味。

见长须男子未予反对，无须男子扛了胖头，将其放在里间胡烁的长榻脚下。玲珑小声嘱咐道："千万不可多嘴，否则我也救不了你。"

胖头梗着脖子道："我老大呢？"玲珑脸色一寒，抽了手绢儿出来朝他鼻头上一甩，只见胖头闭上眼睛，瞬间不省人事。

长须男子道："请，睿姬，配合。"

玲珑的脸抽动了一下，磨磨蹭蹭上前，在软榻下方一按。墙壁升起，露出后面的夹层，衣衫不整的毕岸同公蛎并排躺在一起，正睡得香甜。

公蛎本来还寄希望于毕岸苏醒，如今一见，顿时心凉，不由苦笑道："玲珑姑娘，你这是何必呢，若是想杀我，也不必把他们也抓来凑数。"

玲珑面如寒霜，道："死到临头，我就把话说清楚了吧。你同毕岸，脑袋里的血珍珠该采集了。这个我不擅长，所以龙爷派了使者过来。"

"血珍珠？"公蛎愣了一下，惊喜道："血珍珠是你们种下的？"

玲珑对他喜出望外的表情十分意外，疑惑道："是。"

公蛎急急忙忙道："你知不知道有个浑身发出丁香花香味的女孩子？去年初夏，金谷废园里，十二个女孩子在练习歌舞，后来几乎全部被人开颅取珠，只有一个逃掉……我一直在找她啊！"

玲珑倏然变色，厉声道："你当时在场？"

公蛎不知该说自己在场还是不在场，但见玲珑似乎知道一些内情，激动不已，连声追问道："她逃走了没？如今在哪里？有没有被你们捉到？她有没有鬼面藓，治好了没？"

玲珑显出极为震惊的神气，照着对待胖头的方式将手帕往公蛎脸上一甩。

公蛎虽然没有像胖头那样失去知觉，但口鼻麻痹，再也说不出一句囫囵话来。玲珑脸色铁青，扭头问长须男子："需要我做什么？"

一直在一旁呆立的长须男子摇摇头，从怀中拿出一个灰白色的酒壶来，对准炉火浇了几滴。玲珑飞快从怀中取出一颗药丸含在嘴里，迟疑了一下，又跑去给胖头嘴里放了一颗，但却没理会公蛎、毕岸和胡烁。

一股奇异的香味瞬间弥漫了整个房间，同公蛎那晚在金谷园发现十一个女孩遗骸时闻到的一模一样。难道自己和毕岸也会变成两具白骨？公蛎如今被伤得麻木，不仅忘了恐怖反而还有些好奇。

炉火中气雾升腾，形成一个个淡淡的骷髅状烟圈，房间香味渐浓。

长须男子走了过来，伸手捏住了公蛎的下颚，端起酒壶似乎要往公蛎的嘴巴里倒。

酒壶的壶嘴，缺了一小块，似曾相识。而近距离看长须男子，脸上布满风吹日晒形成的细小裂纹，耳后凿刻痕迹尚在，衣服皱褶中长着少许干枯的苔藓。公蛎心中灵光一闪，叫道："你们，你们是桃树下的石人雕像！"

公蛎发出来的，只是呜啦呜啦的怪叫声。但长须男子不知是明白了他的意思，还是因为其他什么，稍微一愣，手上动作停滞了下来，一动不动。

可不是，汉白玉雕塑，风吹雨淋的，以至于表面有些发灰；从发冠到鞋底，清一色的灰白色。而长须男子手中的那个酒壶，正是摆在树下的石刻道具。

公蛎曾听毕岸说过，那些女孩儿们的颅骨被打碎，伤口形状及受力方式极为奇特，不像是常人用锤子或石头等钝器打击形成的。当时想破脑袋，都想不出倒是个什么样的工具。而如今看到石人，公蛎瞬间明白，当时定然也是石人，五指硬生生插入颅骨，将颅骨掏出一个大洞来，然后取珠。

嗜尸虫又开始蠕动，痒得公蛎恨不得将整条手臂剁下来。

公蛎本来是最怕死的，可是昨晚至今，经历厌胜术、老木匠上吊、玲珑欺骗、神秘影子人等，早已麻木，更不用提旁边还有个一直羡慕嫉妒的毕岸陪同，感觉情况并没有想象的那么糟糕。

玲珑垂头而立，不知在想什么。两个石人保持着原有的姿势，站了良久，这才慢吞吞重新动了起来。

长须石人收了酒壶，转向另一个石人，道："睿姬，使命，完成。"

玲珑深深地看了公蛎一眼。这一眼无喜无悲，全然没有装出来的天真或纯情。但目光最终还是落在毕岸脸上，凝视良久，垂下眼睛低声道："对不起。"

公蛎不知道她这句"对不起"是对自己还是对毕岸。

玲珑挺了挺腰身，对长须石人道："禁婆睿姬告退。"

禁婆？玲珑竟然是巫教的禁婆？

公蛎吃惊之下，嘴巴麻木大为减轻，大着舌头叫道："你是禁婆？"

玲珑面无表情。公蛎闷声闷气道："我听说禁婆叫银姬，是个老婆婆。"

玲珑轻蔑一笑，转身朝门外走去。一直站在她身旁的无须石人忽然转身，五指张开朝她的背心抓去。未待公蛎惊呼，毕岸如豹子一般跃起，手起剑落，将石人的手臂斩断一只。

但已经晚了，石手已经插入玲珑背心。玲珑踉踉跄跄，扑倒在花架上，眼见断臂石人紧跟而来，拿起小刀用力插在花架上。

小刀一阵抖动，两个石人的身体忽然胖了一圈。定睛一看，原来它们身上已经忽然被无数个虫子包围，密密麻麻，蠕动拥挤，如同穿了一件虫子做的衣服，不时有虫子从石人的嘴巴鼻子中钻进钻出，场面极为恶心。

别说公蛎，连毕岸都忍不住后退了几步。就这么一愣神的工夫，只听长须石人发出一声怪异的低吼，两个石人身上的虫子扑簌簌全部掉在了地上，化作一摊脓水。玲珑吐出一大口鲜血，晕了过去。

一来一去，不过瞬间的工夫，公蛎正目瞪口呆，毕岸已经躲过两个石人的围攻，一剑将绑缚公蛎手脚的牛筋挑断，道："快，找他们身上的符咒！"

公蛎慌忙爬了起来，因脚腕麻木，竟然一头栽在了地上。接着只觉得脑袋上方一阵疾风吹过，一仰脸，只见长须石人壮硕的拳头已经挥至门面，拳头上还带着点点滴滴的黏液。

情急之下，公蛎一个打滚，恢复原形，溜着地面箭一般逃开。石人的拳头砸在地面上，生生砸出一个碗口大的坑来。那边短须石人也极为勇猛，身上已经被毕岸砍了数剑，依然将断臂挥得虎虎生风。

公蛎爬上房梁，对房间布局一览无遗。

房子竟然是个多边形的，状如蜂巢，被隔成相对独立的小间，各房间之间有环形通道相连。而自己身处的这一间，刚好处于外围。

公蛎正想清点一共有多少个房间，只听毕岸叫道："找到了没？"低头躲过长须石人的拳头，一剑砍在对面石人头上，削去其半个脑袋。

公蛎忙集中精神，尾巴缠在房梁上，探身往下望去。两个石人身上花花绿绿，布满亮晶晶的虫液爬痕，部分地方被腐蚀得严重，但并无什么古怪的花纹符咒，急道："没有符咒！"

说话间，毕岸斩断了长须石人的一只脚。但这石人竟然仍屹立不倒，单脚跳着同毕岸对打。公蛎急了，叫道："要不逃吧？"

毕岸侧身躲开石人的一记重击，道："胖头等怎么办？"

公蛎一看，玲珑早昏了过去，衣衫上血污一片，断手仍插在她背后，倒是胖头和胡烁鼾声渐起，睡得香甜。

下面毕岸左右同时出手，两个石人分别从两侧攻了上来。毕岸猛地蹲下，接着一个闪身跳出圈子，叫道："拉我上去！"

公蛎忙甩出尾巴，卷着毕岸的手臂将他拉了上来。两个石人躲避不及，轰然撞

乌玄晶

二二四

在一起，但瞬间跳开，在二人身下摆出严阵以待的架势。

两人竟然被困在了房梁上。公蛎无奈道："石人打不死的，怎么办？"

毕岸看着已经被砍得断手断脚的石人，道："这是驱附术。"命令公蛎："你送我探下去瞧瞧。"

公蛎依言，忍着上臂的疼痛，上身缠住房梁，尾巴卷住毕岸双腿，慢慢将其放下。

无须石人瞬间发动，挥着断臂朝毕岸的头部砸来。公蛎忙将毕岸往上一提，它扑了个空，一拳砸在对面长须石人的脑门上，毕岸趁机一剑，将它的头顶削下。

熟悉的感觉又来了，不用毕岸指挥，两人配合得极为默契，仿佛如此并肩作战早已是家常便饭。

只有半截脑袋的石人如同无头苍蝇一般在原地打转。断足的长须石人双目炯炯，泛出红光，猛地一跃，原地跳起两尺来高去抓毕岸的头发。公蛎尾巴抡圆，带着毕岸迅速转往石人背后，毕岸反手将它右手五指斩断。

如此这般，或左或右，或上或下，很快两个石人已经残缺不全，身上全是剑痕，但仍然走动打转，竟然是杀不死的。公蛎累得气喘吁吁，埋怨道："这石头人怎么这么邪乎！"

毕岸皱眉凝视了片刻，忽道："下！"公蛎顾不上多想，忙探出身体，毕岸挽出一个剑花，飞快地点在长须石人右耳后面。正在跳跃挥舞的长须石人啪嗒一下停止了动作，接着哗啦一声，成了一堆乱石。公蛎卷着毕岸迅速转至另一石人背后。

这下公蛎看清楚了，它的左耳后方，有一颗米粒大小的朱红色血痣，点破之后，仿佛支撑它的力量瞬间消散，轰然倒塌，连原来削下来的断足断臂都化成了碎石。

两人跃下房梁。毕岸道："你的手臂怎么样了？"

刚才忙着打斗，倒忘了这一茬了，毕岸这么一提，公蛎顿时龇牙咧嘴，摆出一副哭丧相："被禁婆放进去一只虫子。"刚才一用力，伤口撕裂，又开始流血，但那只恶心的嗜尸虫却不见了。

（七）

毕岸拿出一小瓶子药粉，尽数撒在玲珑的背上。

石人断手化成碎石后，很多残留在伤口中，当下没有工具，谁也不敢擅自清洗。公蛎终究不忍，小声道："要赶紧带她看郎中才行。"毕岸把了一把脉，脸色甚为难看，道："没用了。"起身去解救胖头和胡烁。

药粉很快起效，玲珑轻咳了几声醒了过来。看到公蛎惨然一笑，道："公蛎哥哥。"

一声"公蛎哥哥"，让公蛎心口一疼，见她躺在冰冷的地面上，迟疑了一下，还是上去轻轻抱了她，放在软榻上，道："你不要说话。"

从外面查看是否安全的毕岸回来，抱胸而立。玲珑斜眼看着他，眼里露出一丝挑逗之色："毕公子，你醒了？"

毕岸冷冷道："我本来就没醉。你的软骨散别说十倍的量，便是全部用上，对我也没用。"

玲珑温柔地附和道："对啊，你这么聪明，怎么会轻易上了我的当。"转头瞧着公蛎，拉住他的手微微一笑道："是不是很恨我？"

公蛎心中五味杂陈，缩回了手，扯开话题道："那些石人，怎么会攻击你？"

玲珑眼中一片迷惘，道："我也不知道……一听到鏾鱼儿响，我便觉得不对劲。"她盯着地面上的两堆乱石，低声道："怪不得他们来得那么快。"

毕岸慢条斯理道："他们的目标本来就是你。"

玲珑一怔，尖叫道："不可能！"她似觉失态，深吸了一口气，道："我年纪轻轻，便被封为禁婆，教内有人不服也属正常。定是有人私下泄愤，想瞒着龙爷除掉我，好霸了禁婆的位子。"

公蛎忍不住道："你就这么想做禁婆？"

玲珑尖刻道："若你自小便在这么个人不人鬼不鬼、又摆不脱的环境里长大，你会不会甘心只做一个玩偶？"

公蛎无言以对。玲珑似乎并未意识到自己受伤严重，而只认为失手败露，冷笑道："我在教中，原本是个异类。从猎物变成猎手，在一众吃人不吐骨头的魔鬼缝隙中生存，见人说人话，见鬼说鬼话，唯独没有说过一句真话。遭人忌恨，本属正常。能落入你们手中，也算是我的造化。"

毕岸道："他只怕不是忌恨你，而是想取你的心。"

玲珑一愣，下意识地低头看了一眼前胸，然后又伸手去摸背部。

毕岸道："是不是你自小便被人告知患有绝症？"

玲珑看着满手的鲜血，将信将疑道："绝症……自我十岁时起，他们便告诉我，我活不过十八岁。"

公蛎却想，毕竟在身患绝症方面，玲珑还是没有骗人的。

毕岸道："你没有绝症，只是被喂食了一种虫子。"玲珑十分惊愕，断然道："不可能！我自己习的便是虫噬术！"

公蛎一下子又想起了手臂伤口中的嗜尸虫，顿时心生恨意，放开了玲珑的手。

毕岸也不辩解，拔出长剑，凝神屏气，轻轻往剑身上一弹。公蛎捕捉到一丝极其轻微的嗡嗡声，玲珑忽然眉头一皱，痛苦地捂住了胸口，身子缩成一团，背后止住的伤口迸开，血将后面的靠垫殷红了一大片。

胖头浑然不觉，紧张道："怎么了？"

毕岸按住剑身，震动消失，玲珑慢慢恢复正常。毕岸道："这种虫子，同你的嗜尸虫、银姬的银蚕一样，需用特殊的声音驱动。而这种虫噬术的高级之处在于，它采用的是一种凡人听不到的超低震动。"

玲珑手捂胸口，怔怔不语。毕岸道："不死蛰虫，以女童为宿主，寄宿于心脏，八年成形，谓之蛰母。你身上寄宿的，便是一只蛰母，再有三个月，蛰母成熟，破体而出，宿主自然死亡。这便是你所谓的绝症。"

玲珑涩涩道："我确实……没有听过。"

毕岸道："我见你第二面，便知道你身上有异物，见你悲天悯人，待乞儿如同手足，只当你是意外成了宿主，原想救你，没想到你是巫教新任的禁婆。"

公蛎不解道："既然那个什么母虫，再有三个月才成熟，为何今晚要对她动手？"

毕岸摇了摇头，也不知是"不知道"还是"不想说"。

玲珑神色寂寥，道："我能活到今时今日，已经是个意外了。龙爷或者想采集血珍珠时顺便把蛰母也采了，免得到时候再费事。"她口吻中的自嘲和无奈，公蛎忽然心生感慨，玲珑承担了太多的心理负重，以至于小小年纪，心态却苍老如斯，相比起来，小妖、虎妞等要幸运得多了。

胖头紧张道："妹妹，老大身上那只蛆，你赶紧给弄死吧。"他看着玲珑的样子，又心疼又厌恶，不敢张口埋怨，但又担心公蛎。

玲珑忽然暴怒，道："死便死了，有什么要紧？这世上每天死的人多着呢！我快要死了，有谁会理我？"

胖头讪讪地赔笑："什么？"

玲珑冷笑道："虫子我只下了一只，又没有下在脑袋里，还是只快死的，你怕什么？再说我的虫噬术已经被破了，他想死，还得另找他法呢。"

毕岸抓起公蛎的手臂看了看，微微点了点头。

胖头小声道："你……你干吗非要跟着巫教混？不如……或者找个巫教找不到的地方……"他本想说不如去我们当铺，但不敢擅自做主，只好打住。

玲珑的脸因为扭曲而显得格外狰狞："若是逃得了，我还会如此？"她看着地面上的脓水，忽然咯咯地笑道："好！好！"笑声极其悲凉，但刚笑了两下便开始剧烈咳嗽，并吐出一大摊鲜血。

玲珑的行为，似乎一直充满了矛盾和摇摆，善良和邪恶，自负与自卑，温柔与暴戾交替出现。特别是今晚，她的表现更加异常，同众人的关系也十分微妙，明明是敌人，却好像彼此相当信任；但若说朋友，显然又不是。

公蛎手足无措，唯有拉过衣衫帮她把嘴角擦干净。毕岸又取出一颗药丸，让公蛎喂她服下。

玲珑终于不咳了，靠在软垫上闭目养神。毕岸忽然道："你既然来了洛阳，干吗不同小妖相认？"

玲珑一哆嗦，道："你……你知道什么？"正百感交集的公蛎瞬间瞪大了眼睛："你是小妖的姐姐？"而刚蹒跚着过来的胖头则茫然道："你同小妖认识？"

毕岸道："你念念不忘寻找妹妹，甚至因为妹妹的关系在使用虫噬术时手下留情。可是找到了又不敢相认，何苦煎熬自己？"

玲珑指尖冰冷，浑身颤抖："我怎么有脸认她……十年前……"

跟着玲珑的描述，公蛎又回到了前不久的那个梦里。七岁那年，小妖和同胞姐姐罗小菁一同被巫教掳走，要取背部的皮肤做窨谶鼓。在活人取皮的惊吓和龙爷的威逼下，两人只能选择一人活着，而一向照顾妹妹的小菁最终时刻选择了自己，导致小妖被扔下悬崖，生死未明。

但龙爷食言，并没有放了小菁，而是留下了她，只是免去了剥皮制鼓的命运。小菁伶俐，小小年纪仰仗着擅长察言观色、投其所好，竟然在巫教中活了下来，后被寄养在一家姓陈的巫教成员家里，改名睿姬，在长安长至十六岁，期间一边学习巫术，一边执行巫教任务。她本来聪明懂事，但危难之时舍弃妹妹，成为心中永远的噩梦，加上所从之事多邪恶阴暗，心理渐渐扭曲，一方面对无家可归的流浪乞儿疼惜有加，另一方面淫邪恶毒，运用手段捕获猎物、放纵自己。她所习巫术与银姬

媚术同出一脉，但她并没有异能，不过胜在性格收放自如，老成持重、天真活泼、风情万种等皆可演绎得天衣无缝，小小年纪便引得不少男子着了她的道儿。

玲珑平静了下，道："此次来到洛阳后，有次我在街上照顾一个小乞丐，无意碰上了小妖，一眼便认出了她来。"

公蛎终于明白了之前她逼着自己和胖头选择做生死选择的含义，这个关结，已经成为她难以克服的心魔，一心想通过别人来证明自己当初的选择情有可原。公蛎纠结了良久，终于想出一句安慰的话来："其实你当时……也是人之本性。"

玲珑泪流满面："我每晚做梦，便梦到小妖，她追着我身后叫姐姐，问我为何丢下她……发现她还活着，并且在一个普通人家里，我好开心，可我如今这种身份，别说没脸认，便是认了，只怕圣教也不肯放过她。"

毕岸道："别说一个七岁的孩子，便是成年人这样选择也没什么，是你自己放不下。"

玲珑低声道："是啊，我放不下……我宁愿当初自己死了，让妹妹活着……"旁边的胖头也陪着掉起了眼泪，带着哭腔道："你真的认识我妹妹？"

玲珑擦干眼泪，沉默了片刻，挤出一个微笑，道："我猜可能是她。不过已经多年不见，不知道她是否还活在世上。"原来巫教会在各地搜罗身负异能的女童，在十二岁之前每年七月时，汇集一处集中管理，用以观察、考核、筛选，以便分别教授不同的巫术。十一岁那年，玲珑在其间认识了个同龄女孩，两人聊得甚为投机，玲珑正是那时得知了她小名以及父母哥哥的有关消息。

毕岸道："集中地在哪里？"

玲珑道："并无固定之地点。有时是官方的教坊、梨园，有时是民间的私塾、绣坊，名义上进行女红或技艺培训，私下却会进行暗地的联络。而且这些培训时集中的女孩子并不都是圣教的人，也有很多是寻常人家的女孩子。"

玲珑见毕岸双唇紧闭，神态严肃，轻轻叹了口气，道："毕公子，还是算了吧，圣教，不，巫教组织严密，网络密织，各行各业都蛰伏有教众……我从未见同巫教作对的人有好下场，连巫氏家族的人也不行。"

毕岸道："巫氏家族如今衰败得厉害，早已不足与巫教抗衡。"

公蛎踌躇道："难道巫琇……还有那个三爷……"

玲珑咬唇沉默片刻，道："是，我这次来洛阳，原本是因为吴三一事。"原来吴三的大杂院本是巫教在洛阳的分坛，表面是一群乞儿聚集之地，实际上内设剥卦，主要用于采集生魂，而窨讖鼓符合剥卦气脉，故也隐藏在其中。但几个月前，总教发现吴三失去联系，便派了玲珑来洛阳，结果发现巫琇已经取代吴三，控制着大院。

毕岸道："那晚公蛎毁掉千魂格，巫琇失控冲出，恰好你催动嗜尸虫，除去了巫琇。"

玲珑难以置信地打量了一眼公蛎，失声道："他？千魂格？"玲珑当日接近大杂院，别说巫琇，连毕岸都不曾怀疑这个容貌秀美、心慈面善的小姑娘会是巫教的新任禁婆，所以巫琇竟然被她暗地里下了嗜尸虫。

玲珑察觉到官府追查孩童失踪案，已经关注大院，决定及早动手，偏偏那晚公蛎误打误撞一把火烧了千魂格。巫琇被嗜尸虫撕咬，失控冲出，刚好撞上公蛎，后脑磕伤。

怪不得官府没治罪，原来凶手根本不是公蛎。公蛎悲喜交加，愤愤地瞪了毕岸一眼，嘟囔道："白白承你一个情。"却没想到去埋怨真正的凶手玲珑。

毕岸道："我连夜解剖了他的尸体，颅脑和胸腔几乎被吃空，里面全部是虫子，只好一把火烧掉。幸亏那晚及时，若是再晚一个时辰，只怕巫琇只剩一张皮了。"

玲珑嘴角一撇，道："哼，小瞧我，死有余辜。"

毕岸皱眉道："你一个妙龄女子，为何选择如此恶心的虫噬？"

玲珑冷冰冰道："我这样的，可不正像蛆虫一般活着？心早已烂透了的，只能在污秽中滚爬。"

公蛎愈加不懂玲珑。她毫不掩饰对自身的鄙视和唾弃，却又不思逃脱；天真和沧桑，希望和绝望，对罪责的忏悔和毫不手软的杀戮，在她身上表现得如此强烈。

毕岸沉默了片刻，道："你杀巫琇，尚可理解，你为何杀了小武？"

公蛎身子一抖，碰到了玲珑的伤口，玲珑呻吟了一声，道："小武被发现了？我没办法啊，他天天跟踪我，摆又摆不脱，甩又甩不掉，偏我又是个见不得光的人物，没办法。"她一脸惋惜，啧啧道："好可惜，我本来还是很喜欢他的。可是这孩子，心眼太多，小小年纪就有一股子狠劲儿，我一看到他，便不由自主会产生一种压迫感……"

她双眼发亮，不知是笑还是哭："就跟龙爷给我的感觉一样，我很不喜欢。所以那天一时冲动，便下了手。唉，这孩子，希望他不要恨我。"

天寒地冻之下，茅厕中的蛆虫，竟然是玲珑下的虫噬术。公蛎第一次觉得人类

如此可怕。

玲珑似乎十分激动，探身去拉毕岸的衣袖："毕公子快告诉我，你从何时开始怀疑我的？"

毕岸后退了一步，道："小武尸体的症状，同巫瑢一样。而当日巫瑢死亡时，我在房内嗅到了西域冥桐的味道。而你勾引公蛎，用了冥桐汁。"

玲珑满脸惊喜，仿佛听到了是别人的事儿："你好厉害！这都可以分辨出来？！我就用了一次，而且只用了一点点。"

她伸出小指比划着，红光满面，精神亢奋，但却给人一种油灯将尽的感觉，隐隐透出一种死亡的气息。

公蛎无力地看着她兴高采烈的脸。怪不得那晚酒后自己失控，原来她用了冥桐诱惑自己，让自己把她当做了丁香花女孩。

公蛎脑袋空空，良久忽然想起一件事儿，怔头怔脑插嘴道："等会儿，千魂格是什么东西？"

毕岸道："巫氏家族的法器，需收集千个生魂，并以童男童女灵气供养。估计这便是巫瑢控制大杂院的主要原因。"

玲珑兴高采烈道："我本来打算日后伺机进入大杂院带走窨譏鼓的，不料官府竟然封了院子，不仅破了剥卦，窨譏鼓也失踪啦。因为这个事儿，龙爷十分生气，吩咐我一定把嗜尸虫放入公蛎的脑袋内。"

事情错综复杂，公蛎犹如一团乱麻，有气无力地提醒："不讲这个了，玲珑你继续讲关于胖头妹妹的事。"

胖头早等不及了，激动道："我妹妹叫什么名字？你们之后有没有再见过面？"

玲珑强撑着道："当时的教习嬷嬷叫她阿篱。这些年巫教受到打击，每年来的孩子只见减少，不见增加。据说因为有些不听管教或学艺不精，便会被不知不觉处理掉。所以我只见过她这一次，而因为我同她私下交谈，我们当年曾被严厉惩罚。"

瞧她眼里的恐惧，当年的惩罚定然非常严厉。胖头语无伦次道："她……难道她……"

玲珑道："不会，可能她提前通过考核，被布置了任务了也不一定。当年十一岁时，她已经出挑了美人儿一般，如今六年没见，她一定更加靓丽啦。"

公蛎忍不住道："你为何要冒充胖头的妹妹？"

玲珑的嘴唇越来越白，她闭眼休息了一下，道："我见他也在找妹妹，便有些同病相怜。后来又听到他说起你时一口一个老大，情同手足，我便忍不住想瞧瞧关键时刻他会不会丢下兄弟。"

原来如此。公蛎小声道："我一个小……小人物，有没什么本事，龙爷害我做什么？"

玲珑看向公蛎，眼底充满疑惑和不解，像一个迷失的孩子。

公蛎只当她还是一心想要避水珏，垂头丧气道："若是为避水珏，那是你弄错了，我哪里会有这宝贝，只有一个仿冒的次品。"毕岸不动声色地看了他一眼。玲珑"啊"了一声，眼神有些涣散，软绵绵道："我什么都不知道……你别问我……"

毕岸紧追不舍道："老木匠呢？你杀了他？"

玲珑目光散乱，茫然道："老木匠……啊，你是说老丁？他自然也逃不开……我没有杀他，也没有逼迫他，是他自愿的……"她的声音越来越低，像是睡着了。

尽管巫教目前的动向仍扑朔迷离，但今日这事基本清楚了，一个小小的玲珑，竟然有如此大的能量，杀巫琇，溺小武，诱公蛎，迷毕岸，另加骗胖头；但她同时，也是别人的猎物。

玲珑小憩了片刻，不安地动了动身子，睁开眼睛茫然地看向屋顶："对不起……我怎么觉得好冷……抱抱我……"她朝毕岸站立的方向伸出手去。毕岸纹丝不动，一脸冰冷，倒是公蛎见她手臂垂落，心里不忍，忙出手接住。

玲珑不出声了，冰冷的手指紧紧抓住公蛎的手。公蛎看向毕岸，毕岸微微摇了摇头。

公蛎心中莫名难过，迟疑了下，还是上前抱住了她。

谁知过了一阵，玲珑竟然又睁开了眼，原本极为苍白的脸颊也重新泛起了红霞。她偏头看到抱着自己的是公蛎，怔了片刻，将脸埋在公蛎的胸前，呢喃道："好暖。"

公蛎竟然热泪盈眶，张口结舌半日，还是说了那句最想说的话："你，可曾喜欢过我？"

玲珑睫毛微动，一脸憧憬："我自小儿便渴望，有个既英俊又能干的少年公子对我一见钟情，一辈子保护我，宠着我……"她抬头深情地看了一眼毕岸。

原来玲珑早在同公蛎接触之前便已经看上了毕岸，多次制造机会接触，只是毕岸性格冷酷，不管她是调皮活泼还是风情万种，毕岸向来视而不见。再后来玲珑周

旋于公蛎和胖头之间，多多少少还有些报复毕岸的意味。

今晚，她告诉毕岸，她知道关于老木匠死亡之事的真相，带了毕岸来到此处，实际上打算采取引公蛎入局之法，假装生米做成熟饭，逼毕岸就范。

玲珑眼神迷离，喃喃道："我这是怎么啦……越是喜欢便越是任性……心里好难受……讨厌的公蛎又来找我，我不想见他……毕公子，毕公子！"

她直起脖子，对着毕岸轻声呼唤，但眼神穿过毕岸，不知落在何地。

毕岸目露不忍，但依旧冷得像根冰柱子。

公蛎只觉得心如同掉在了冰窖里，依然固执地问道："你到底有没有喜欢过我？哪怕就一点点。"

玲珑的眼睛无神地转了一圈，终于重新聚焦在公蛎脸上，揪下身上的螭吻珮，虚弱道："还给你……公蛎哥哥，你是个好人……我太累啦，累得没力气去爱别人……好冷。"

好人，终究不是爱人。公蛎握着染血的螭吻珮，耷拉着脑袋，很想大吼一声"谁他妈愿意做好人"，并畅快淋漓地痛骂玲珑一顿，或者同毕岸打一架，但终究没那么做，而是默默拉过坐垫，将玲珑露出的脚踝盖上。

玲珑往他怀里拱了拱，像一只温顺的小猫咪："好暖和，真好。我愿意……就这么……死在你的怀里。"

玲珑的额头越来越烫，她开始说胡话，嘴里念叨着一些人的名字："小妖……阿篱……林涯……白黎笙……简玉行……"除了小妖和阿篱，其他的名字全是陌生人，不知他们与玲珑之间发生了什么，能让玲珑在弥留之际念念不忘。

公蛎等人，只能默默看着，胖头已经掉下泪来。玲珑说得累了，喘息了一阵，忽然全力挣扎，冲着公蛎叫道："影子人！姬非！螭龙胆！快逃……"

一句话未说完，玲珑脑袋垂落，气息全无，再也没有醒过来。

（八）

早已守在门外的阿隼接管了院落。明亮的火光中，玲珑连同即将破胸而出的鳖母，以及她的噬尸虫，一起化为了灰烬。

公蛎很想号啕大哭一场，可是却眼睛干涩，心像被摘走一般，空落落的。胖头一边添柴，一边絮絮叨叨道："玲珑姑娘，下辈子一定要托生个好人家，离那个巫教远远的……都怪家里人没看好，好好的女娃儿，一辈子就这么毁了……"说着想起妹妹，又开始抹眼泪。

不知何时醒过来的胡烁，背手看着熊熊燃烧的火光，叹道："红颜薄命。但愿她在下面过得顺心如意，不用纠结痛苦。"

几人离开桃林时，天色已经蒙蒙亮。公蛎情绪低落，一言不发。胖头陪在他身边，不知该劝些什么，只能过一会儿可怜巴巴地叫一声"老大"。

倒是胡烁精神抖擞，寸步不离跟在毕岸身后，插科打诨说些同案子有关的趣闻，看到公蛎失魂落魄的样子，回头笑道："龙公子这个病，叫做失意综合征，我可以治。"

胖头道："怎么治？"

胡烁一本正经道："你明日抓紧时间，再帮他物色个死心塌地的美人儿，一下子便好了。"

毕岸回头瞥了一眼公蛎，拍了下胡烁的肩，轻轻道："别闹。"胡烁冲公蛎一挤眼睛，乖乖地闭了嘴，拉住毕岸的衣袖，温顺地道："好。"

两人举止随便，态度亲昵，似乎极为熟悉，公蛎回过神来，吃了一惊，道："你是——"

胡烁转过身，又腰娇嗔道："我是什么？我多次明里暗里提醒你，你就是不听我的。哼，要不是我多次帮你，你早就给玲珑榨得只剩下骨头了！不对，是被嗜尸虫吃得只剩下一张皮了！"他伸手将脸一抹。

胖头眼睛直了："苏媚姑娘！"

公蛎脑筋仍处于迟钝状态，半晌才"扑哧"吐出一口气。怪不得每次见到胡烁都是一身浓重的檀香味，后来变成吴妈，又是清新的皂角香气，为的就是掩饰身上的香味，不给公蛎嗅出来。再回想起多次在玲珑家里遇到吴妈的情景，她又是劝阻又是驱赶，处处提醒劝诫，可惜只当她瞧自己不顺眼。

苏媚毫不客气地挽住了毕岸的手臂，洋洋得意道："要不是我忍辱负重，今晚只怕危险了。"

毕岸挣脱了一下，还是由她去了，道："是。"

苏媚嘴巴一噘，道："哼，就一个'是'就完了？你从来不会说些好听的。"脸

上却笑得像朵花儿。

毕岸的神色并不轻松，沉吟道："今晚的事情还是有些蹊跷，为何石人会突然要杀玲珑取鳖母？或许——"

苏媚接口道："或许巫教内部有什么异变。"

毕岸有些自责，喟叹道："当时错误判断目标，以至于来不及出手救她……"

苏媚飞快道："不怨你。想想还是有些后怕，若不是破了驱附术，那两个石人会放过我们？"

毕岸道："是。"

苏媚道："玲珑只是巫教庞大组织的一个小小触须，只怕后面还有更大的阴谋。"

毕岸道："是。"

两人一人一句，言语简洁，仿佛老夫老妻。公蛎心中又酸又苦，想起玲珑宛若隔世。

苏媚忽然惊喜道："快看，好美的日出！"

一轮朝阳破晓而出，映照在磁河洁白的冰面上，洒下点点金色，冬日朝霞下的洛阳城静谧而庄严。

四人站在堤岸上，静静地看着。

路边窝在稻草堆里的一个小乞丐，伸着懒腰醒了过来，一抬头瞧见公蛎如丧家之犬的脸，调皮地吐了吐舌头，趿拉着破鞋飞快地跑了，腿脚灵便，不瘸不拐。

正是那个拽了琅玕珠的小娟子。

一切都是假的！连小乞丐都是骗子！只有自己被蒙在鼓里。公蛎瞬间崩溃，指着毕岸、苏媚和胖头悲愤交加，半日说不出话来，突然发足狂奔。胖头大急，跟着后面一边追一边叫道："老大你去哪里？"

公蛎回身吼道："滚！老子再也不相信你们了！"

随后赶来的毕岸一把拉住胖头："让他静一静。"

公蛎跑了几步，看到胖头等人并未追赶，更加伤心，看着冰面上孤独的倒影，只觉得自己是天底下最为可怜的人，瞅准正中一个钓鱼的冰洞，闭眼一个猛子跳了下去。

胖头号啕大哭，若不是毕岸死命拦着，也非要跳下水去找公蛎不可。

水冷得彻骨，公蛎却有一种暖暖的安心感，或者自己本就应该老老实实待在洛水的洞府里。回家的念头一上来，公蛎忽然剧烈地想念那个简陋的洞府，甚至嗅到了门口丁香花的香味。

可是游出好久，还能听到胖头撕心裂肺的痛哭，公蛎忍不住折回来，从水面中冒出头来，勉强道："别哭了，我想回老家住一段时间。"

胖头眼泪鼻涕糊了一脸，咧嘴哭道："真的？什么时候回来？"

百般滋味涌上心头，公蛎鼻子又酸又辣，恍惚间看到毕岸凝重的眼神，叹了口气往深处潜去，刚游了丈远，又凫上来，嘱咐胖头道："我今日约了对面江公子去梨园听戏，你帮我告知一声，免得他空等……"

毕岸凝望着已然平静的水面，道："我有时真的怀疑，是不是我弄错了，他根本承担不了如此大的责任。"

苏媚表情轻松，道："不，就是他。石人中途停手，或者也源于此。"

毕岸双眼亮了起来，微笑道："是，就是他。"

胖头像个没娘的孩子，哭得十分狼狈。苏媚递给他一条手帕，认真道："放心，龙掌柜一定会回来的。"

胖头哽咽道："真的？"

苏媚强忍住笑，道："走之前还惦记着对面江公子的约定，你想他能走多久？"

胖头想了想，觉得苏媚说的有道理，擦干了眼泪，笼起双手对着河面叫道："老大，你早点回来，我们等你！"

毕岸歉然地看了一眼胖头，道："是我们过分了，琅玕珠中有噬尸虫，应该早些提醒他的。"

苏媚无奈道："当我发现玲珑将噬尸虫通过琅玕珠送给他时，他已经佩戴多日，虫子已经上了身，只能静观其变。只是没想到，玲珑竟然遭此意外，线索全部断了……"

三人看着明亮的冰面，默然不语。

而冰层之下，河水深处，孤独的小水蛇摆着尾巴，箭一般地往洛水游去。

图书在版编目(CIP)数据

玲珑心/海的温度著.—上海:上海人民出版社,
2015
　(忘尘阁)
　ISBN 978-7-208-12799-9

　Ⅰ.①玲…　Ⅱ.①海…　Ⅲ.①长篇小说-中国-当代
Ⅳ.①I247.5

中国版本图书馆 CIP 数据核字(2015)第 029153 号

出 品 人　邵　敏
责任编辑　邵　敏　方蔚楠
封面装帧　叶　珺

忘尘阁之二

玲珑心

海的温度 著

世纪出版集团

上海人 & 大 版 社出版
(200001　上海福建中路 193 号　www.ewen.co)
世纪出版集团发行中心发行
上海市北印刷(集团)有限公司印刷
开本 720×1000　1/16　印张 15　插页 2　字数 200,000
2015 年 4 月第 1 版　2015 年 4 月第 1 次印刷
ISBN 978-7-208-12799-9/I·1343
定价 28.00 元